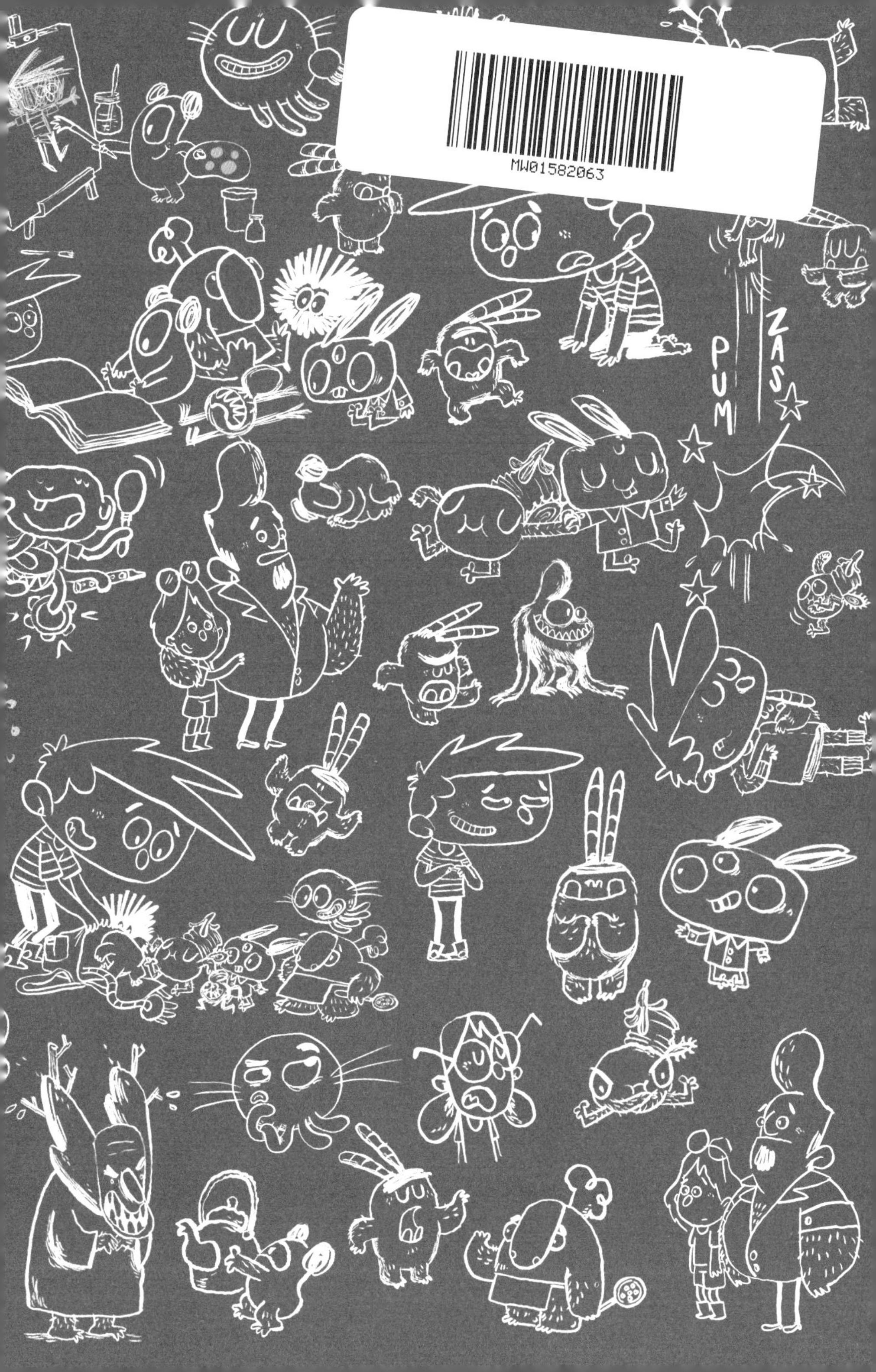
PUM
ZAS

UN PACTO MONSTRUOSO

Combel Editorial es un sello de Editorial Casals, SA
© 2024, Jaume Copons, por el texto
© 2024, Liliana Fortuny, por las ilustraciones
© 2024, Editorial Casals, SA, por esta edición
Casp, 79 – 08013 Barcelona
combeleditorial.com
agusandmonsters.com

Autores representados por IMC Agencia Literaria, SL

Diseño de la colección: Estudi Miquel Puig

Primera edición: febrero de 2024
ISBN: 978-84-1158-081-6
Depósito legal: B-272-2024
Printed in Spain
Impreso en Índice, SL
Calle D, 36 (Zona Franca) – 08040 Barcelona

Cualquier forma de reproducción, distribución, comunicación pública o transformación de esta obra solo puede ser realizada con la autorización de sus titulares, salvo excepción prevista por la ley. Diríjase a CEDRO (Centro Español de Derechos Reprográficos, www.cedro.org) si necesita fotocopiar o escanear algún fragmento de esta obra (www.conlicencia.com; 91 702 19 70 / 93 272 04 45).

UN PACTO MONSTRUOSO

**JAUME COPONS &
LILIANA FORTUNY**

CON LA COLABORACIÓN
DE NOA SAUER

combel

1

SUSTOS

Como cada viernes, salimos de la escuela con la bolsa de libros que Emma, nuestra bibliotecaria, nos había preparado. Había llegado el buen tiempo y el curso se había acabado, y quedamos con los monstruos en un lugar escondido del parque para poder leer tranquilamente.

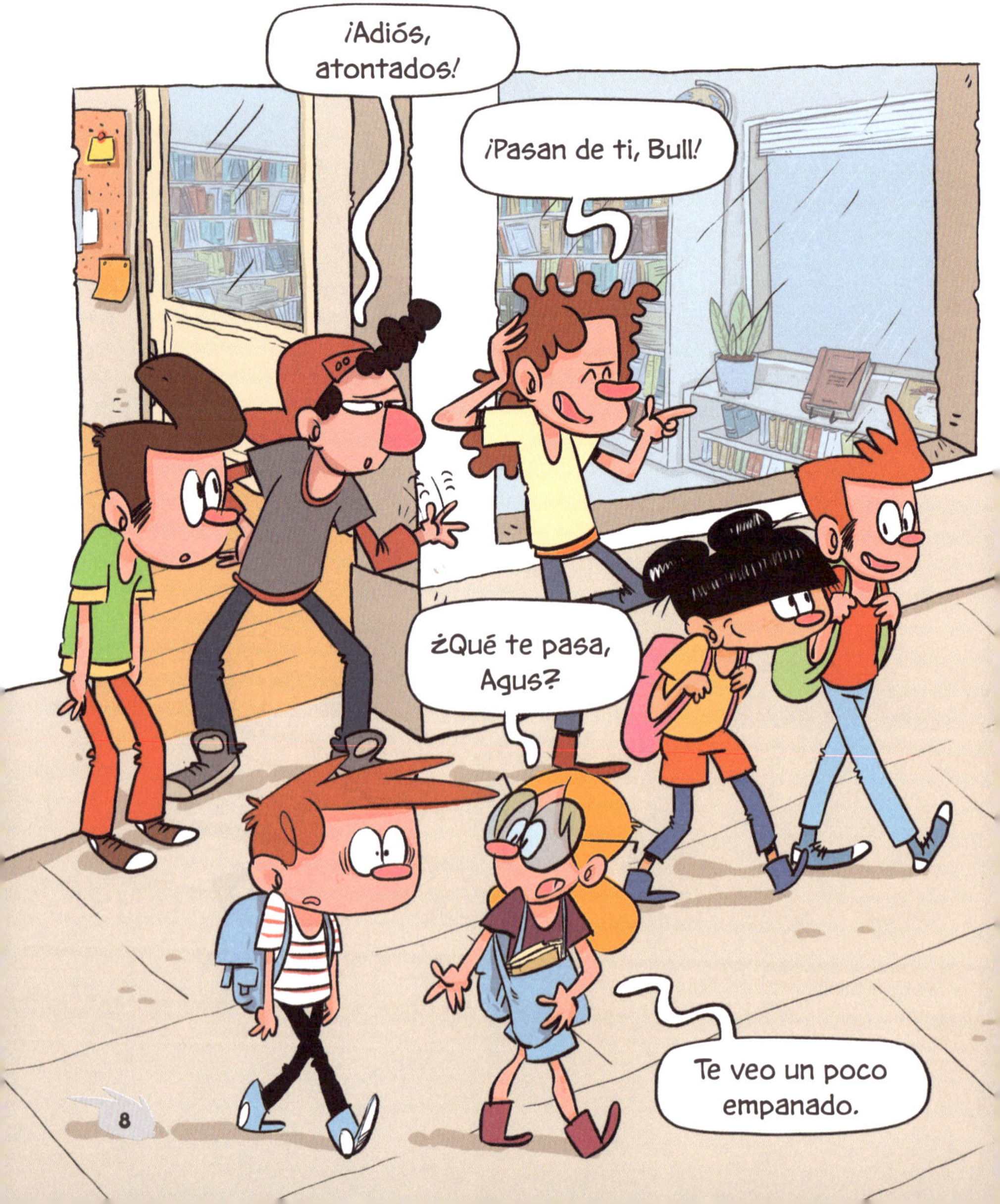
¡Adiós, atontados!
¡Pasan de ti, Bull!
¿Qué te pasa, Agus?
Te veo un poco empanado.

Sí, estaba empanadísimo. Terminábamos nuestro último curso en el colegio y, no sé… Entre otras cosas, en aquel preciso momento estaba pensando que los viernes sin Emma y sus libros se me iban a hacer muy extraños.

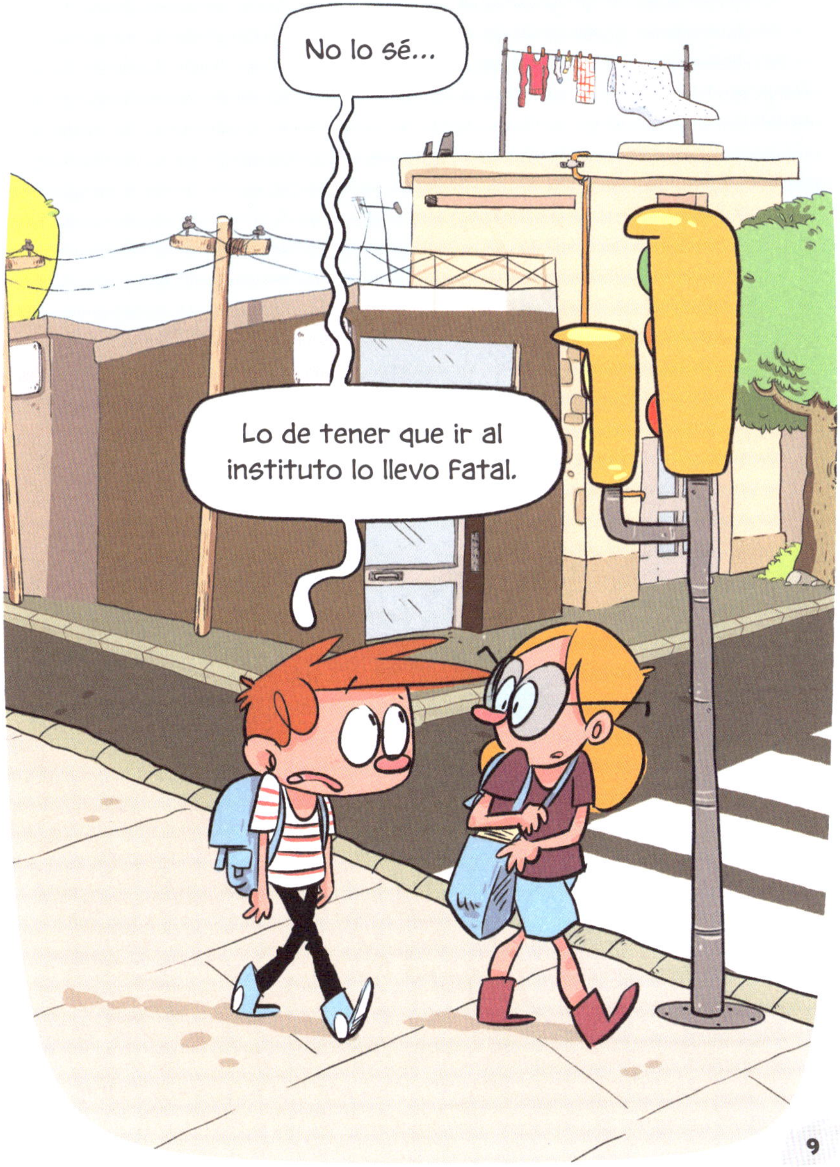
No lo sé...
Lo de tener que ir al instituto lo llevo fatal.

Cuando llegamos al parque, nuestros amigos ya nos esperaban. Lidia y yo nos apresuramos a sacar los libros de la bolsa y entonces nos dimos cuenta de que Emma se había equivocado. No nos había dado la bolsa de los libros. ¡Nos había dado una bolsa llena de libretas!

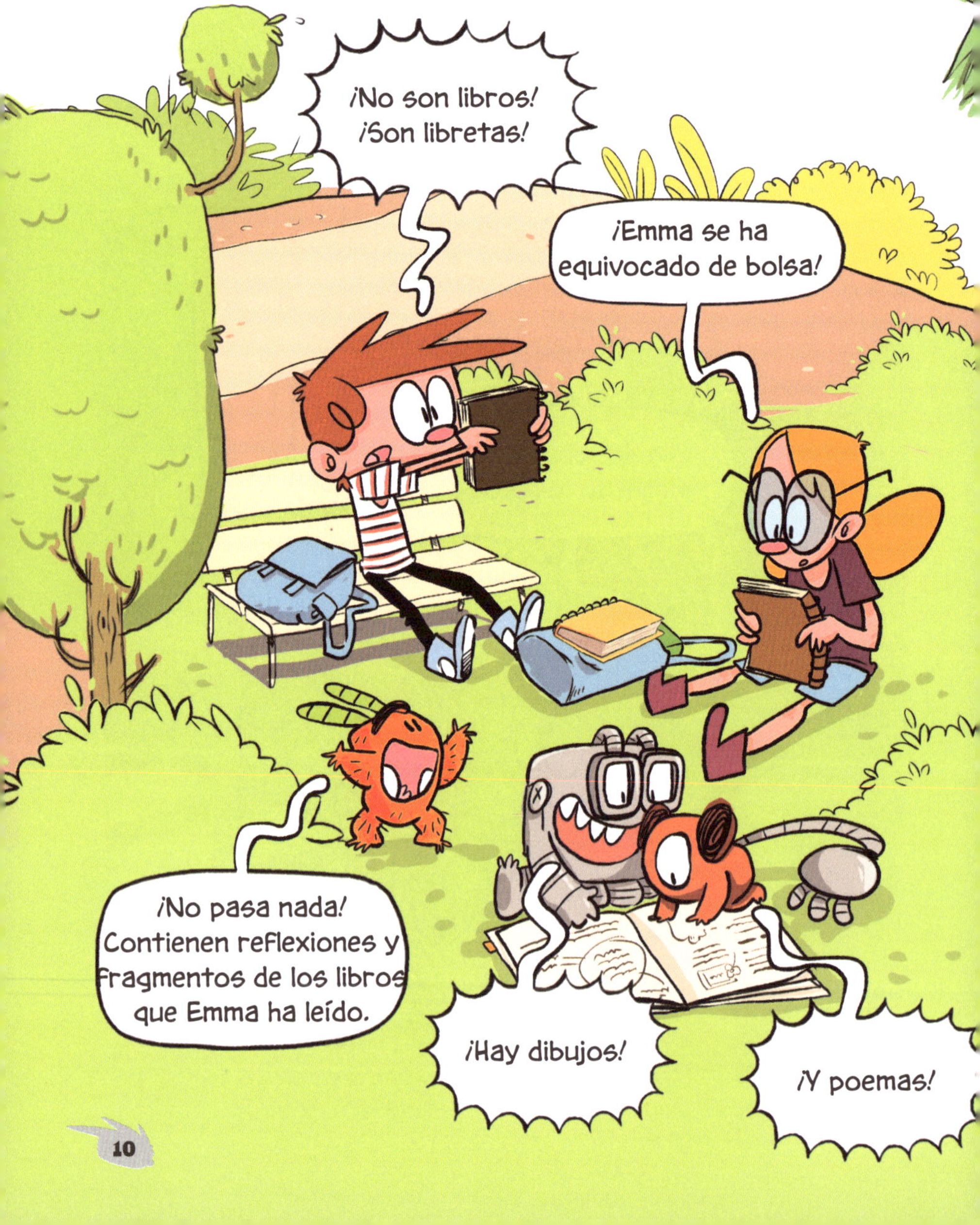
¡No son libros! ¡Son libretas!
¡Emma se ha equivocado de bolsa!
¡No pasa nada! Contienen reflexiones y fragmentos de los libros que Emma ha leído.
¡Hay dibujos!
¡Y poemas!

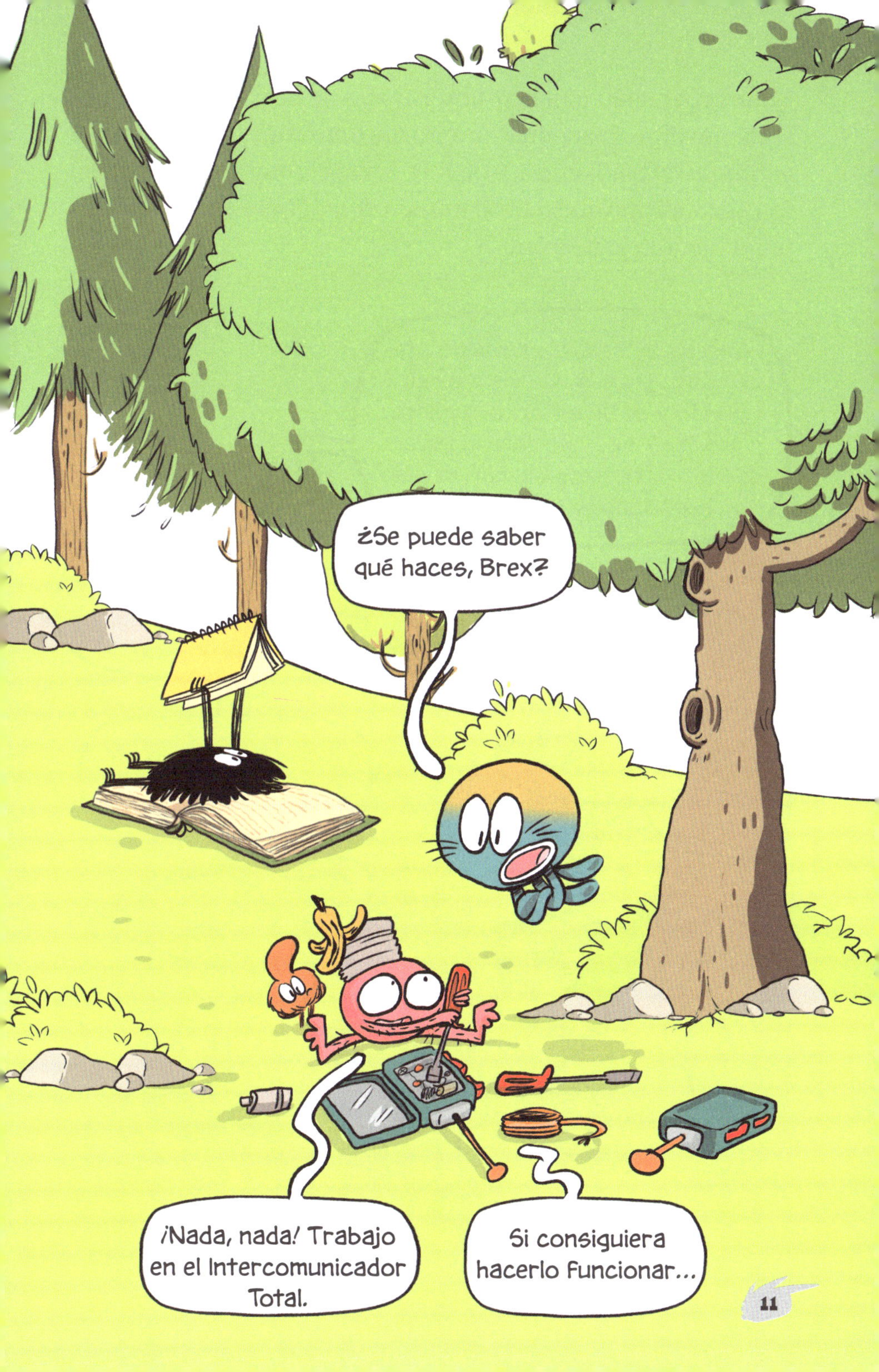
¿Se puede saber qué haces, Brex?
¡Nada, nada! Trabajo en el Intercomunicador Total.
Si consiguiera hacerlo funcionar...

Según el Sr. Flat, aquellas libretas podían ser tan interesantes como un libro. Y, además, pronto encontró unas notas sobre *El guardián entre el centeno*, de J. D. Salinger, que despertaron su interés, y afirmó que todo el mundo debería leer aquel libro antes de ser mayor de edad.

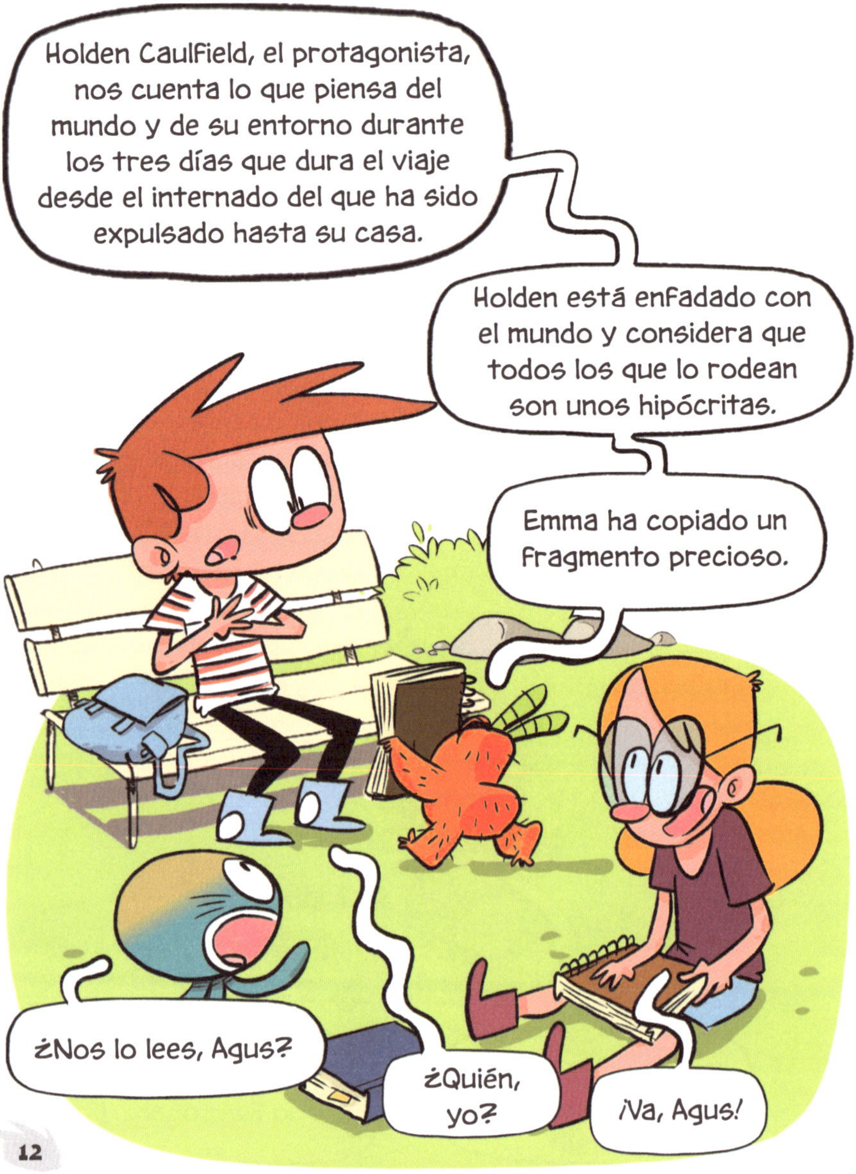

Holden Caulfield, el protagonista, nos cuenta lo que piensa del mundo y de su entorno durante los tres días que dura el viaje desde el internado del que ha sido expulsado hasta su casa.
Holden está enfadado con el mundo y considera que todos los que lo rodean son unos hipócritas.
Emma ha copiado un fragmento precioso.
¿Nos lo lees, Agus?
¿Quién, yo?
¡Va, Agus!

Aquel fragmento dejaba claro lo que quería hacer Holden en la vida y además explicaba perfectamente el título de la novela. Me emocionó mucho.

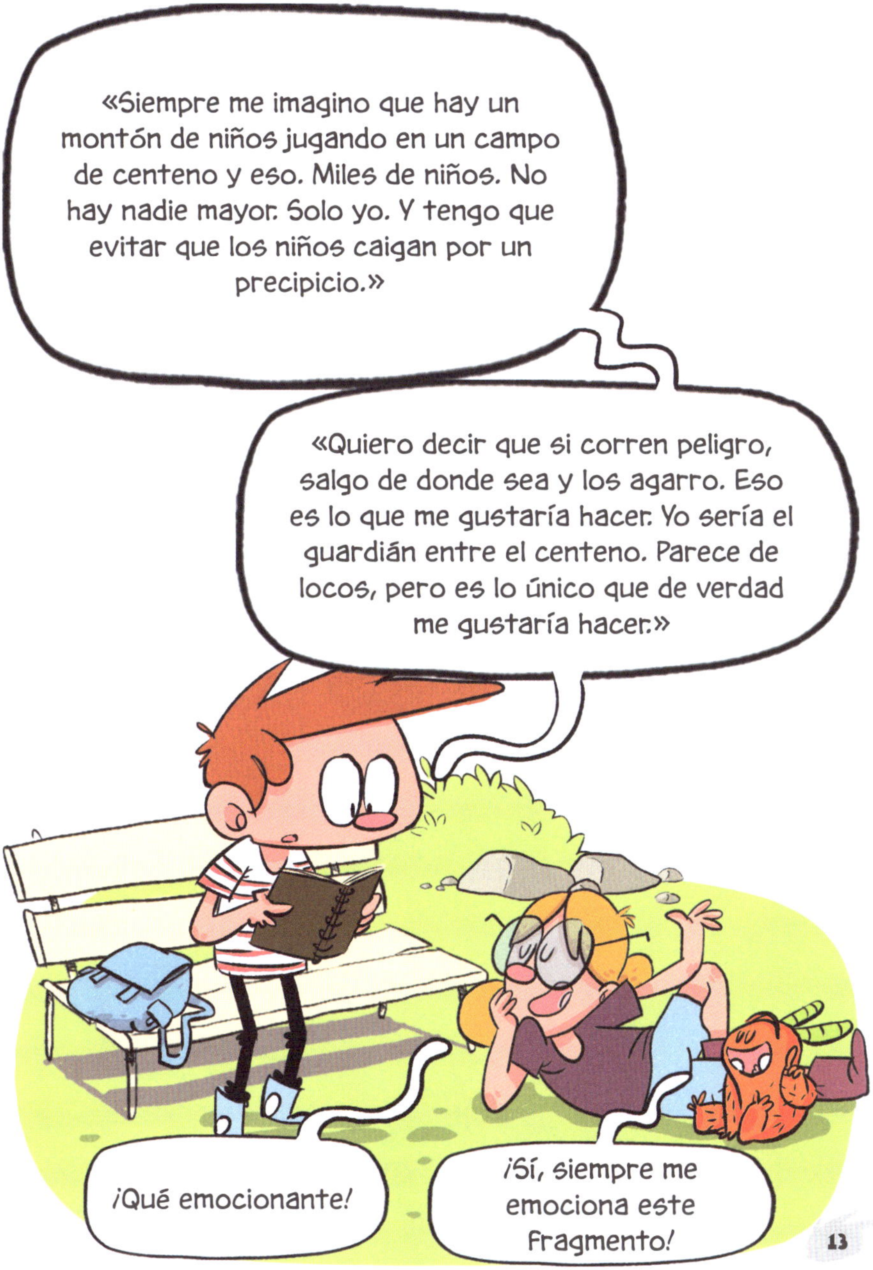
«Siempre me imagino que hay un montón de niños jugando en un campo de centeno y eso. Miles de niños. No hay nadie mayor. Solo yo. Y tengo que evitar que los niños caigan por un precipicio.»
«Quiero decir que si corren peligro, salgo de donde sea y los agarro. Eso es lo que me gustaría hacer. Yo sería el guardián entre el centeno. Parece de locos, pero es lo único que de verdad me gustaría hacer.»
¡Qué emocionante!
¡Sí, siempre me emociona este fragmento!

Tras la lectura decidimos relajarnos un rato. Pero la tranquilidad duró más bien poco, porque de repente llegó Nap totalmente descuajeringado.

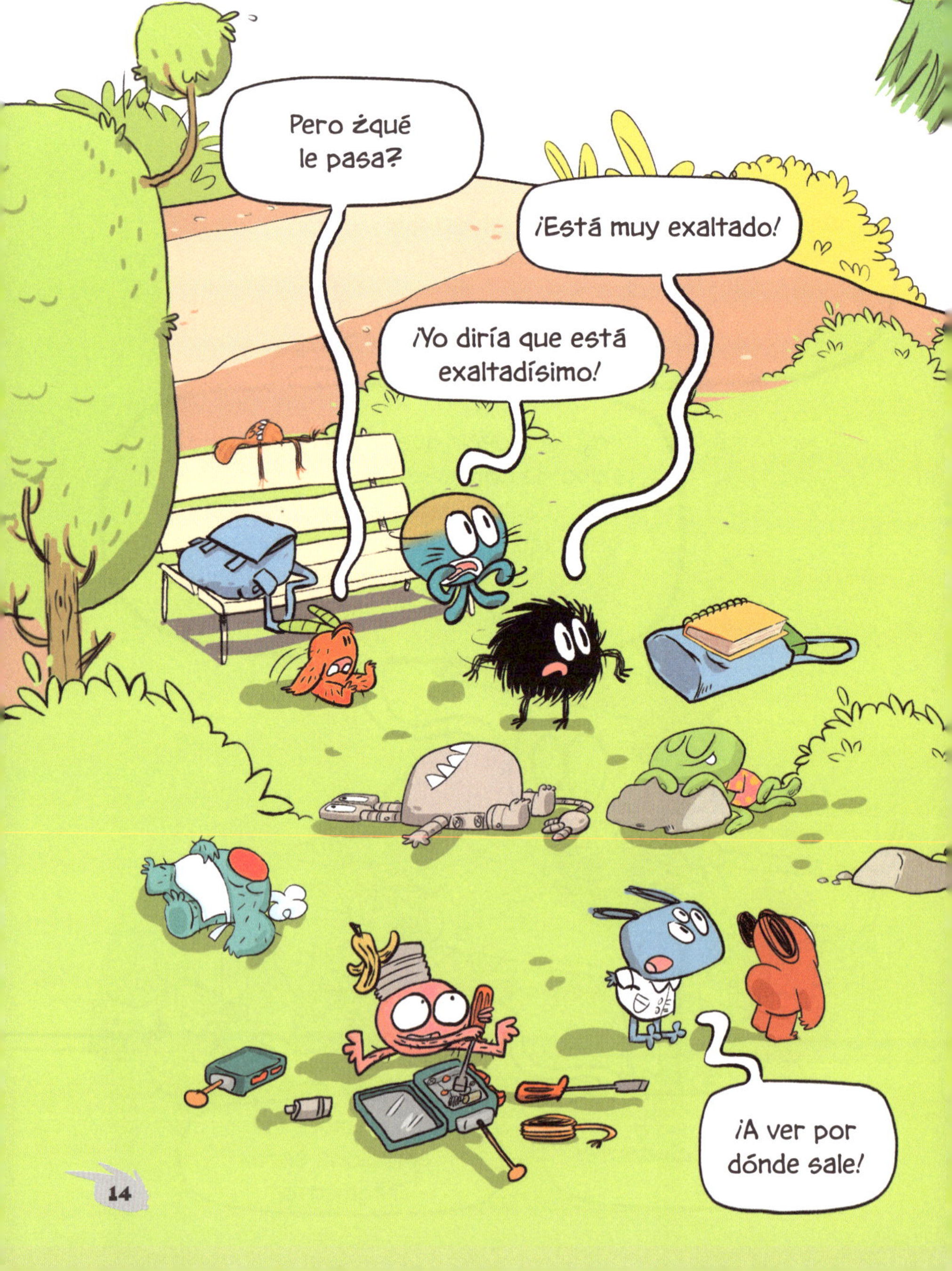
Pero ¿qué le pasa?
¡Está muy exaltado!
¡Yo diría que está exaltadísimo!
¡A ver por dónde sale!

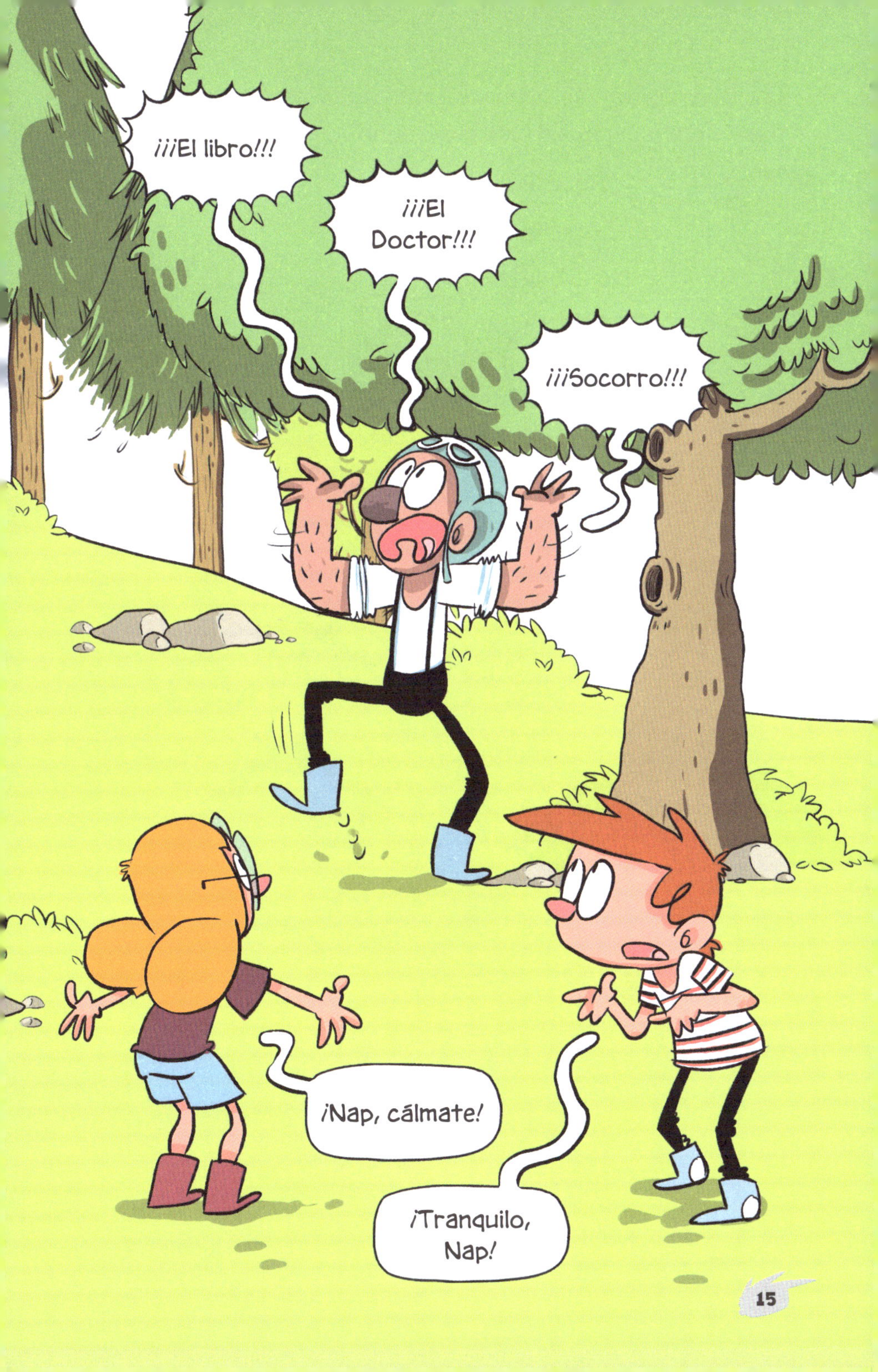
¡¡¡El libro!!!
¡¡¡El Doctor!!!
¡¡¡Socorro!!!
¡Nap, cálmate!
¡Tranquilo, Nap!

En general, Nap se explicaba muy mal, pero aquel día claramente era incapaz de hacerse entender.

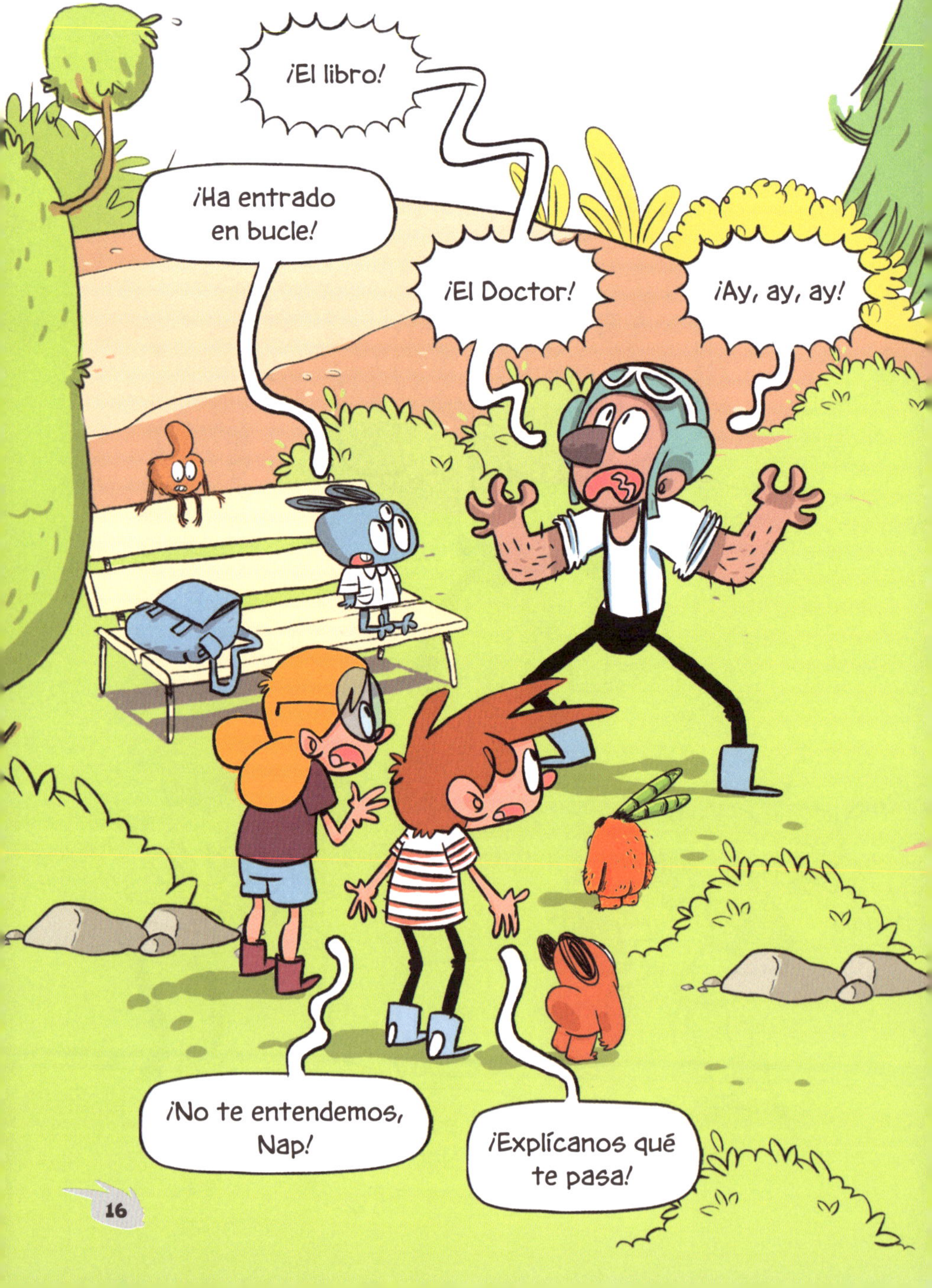
¡El libro!
¡Ha entrado en bucle!
¡El Doctor!
¡Ay, ay, ay!
¡No te entendemos, Nap!
¡Explícanos qué te pasa!

Visto que no había manera de entender a Nap y que ya se disponía a irse, metimos a los monstruos en la bolsa y lo seguimos. Y tengo que decir que mientras cruzábamos el parque no fue capaz de articular ni una sola frase comprensible.

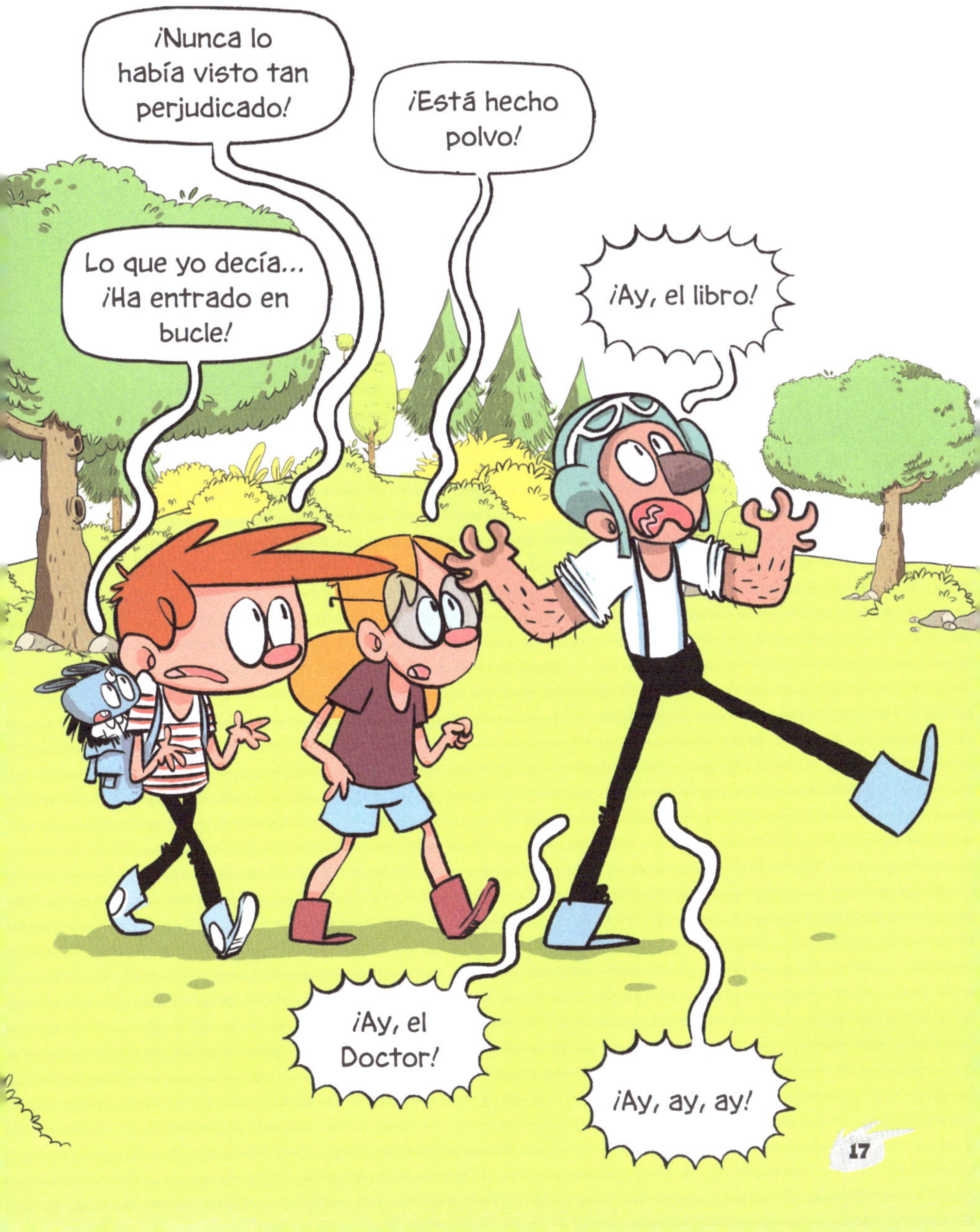
¡Nunca lo había visto tan perjudicado!
¡Está hecho polvo!
Lo que yo decía... ¡Ha entrado en bucle!
¡Ay, el libro!
¡Ay, el Doctor!
¡Ay, ay, ay!

2

¡Y MÁS SUSTOS!

De repente llegamos a una zona que estaba en obras y vimos al Dr. Brot, que aún estaba peor que Nap. Todo hacía pensar que había pasado algo gordo. Pero algo tan gordo que era inimaginable.

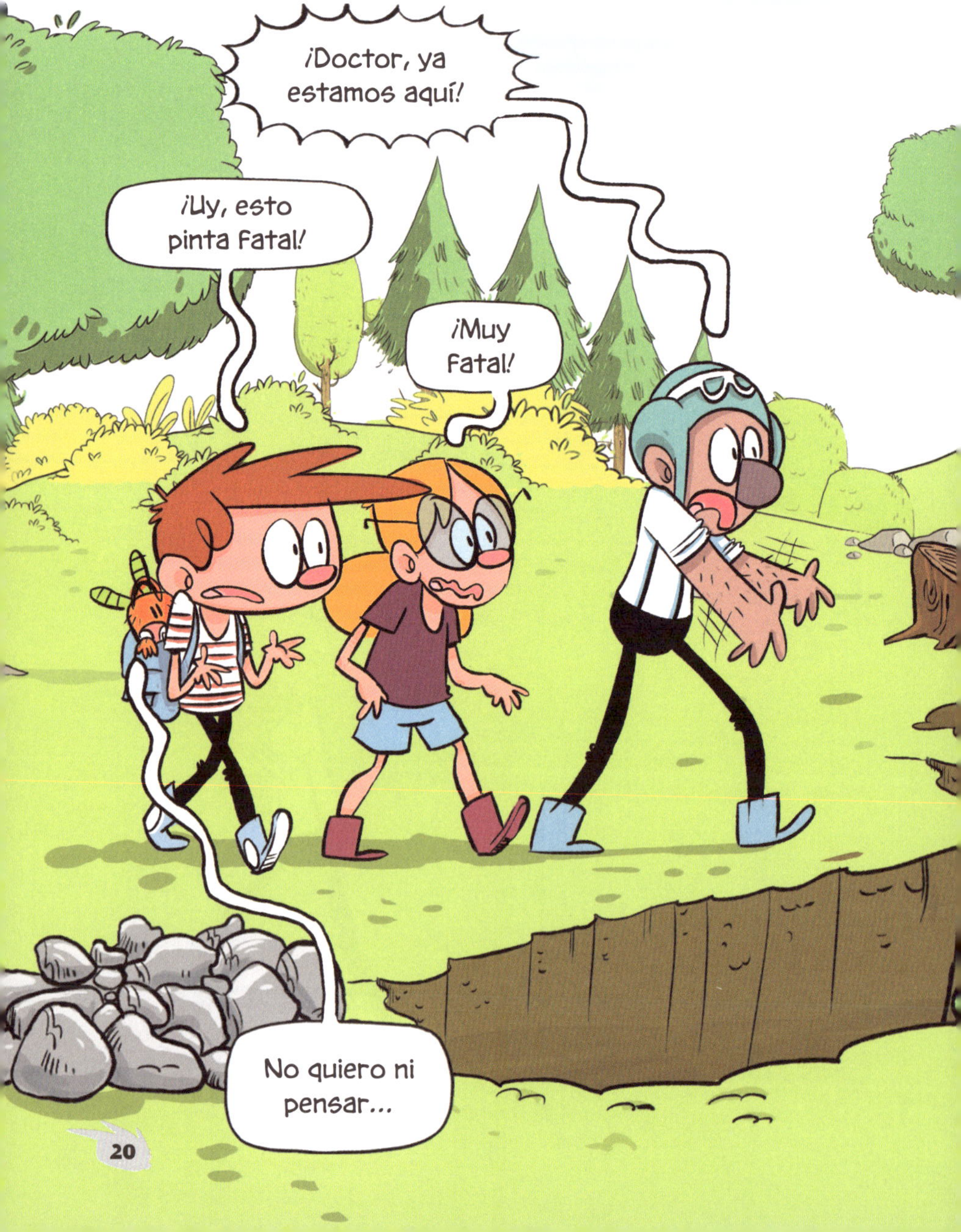
¡Doctor, ya estamos aquí!
¡Uy, esto pinta fatal!
¡Muy fatal!
No quiero ni pensar...

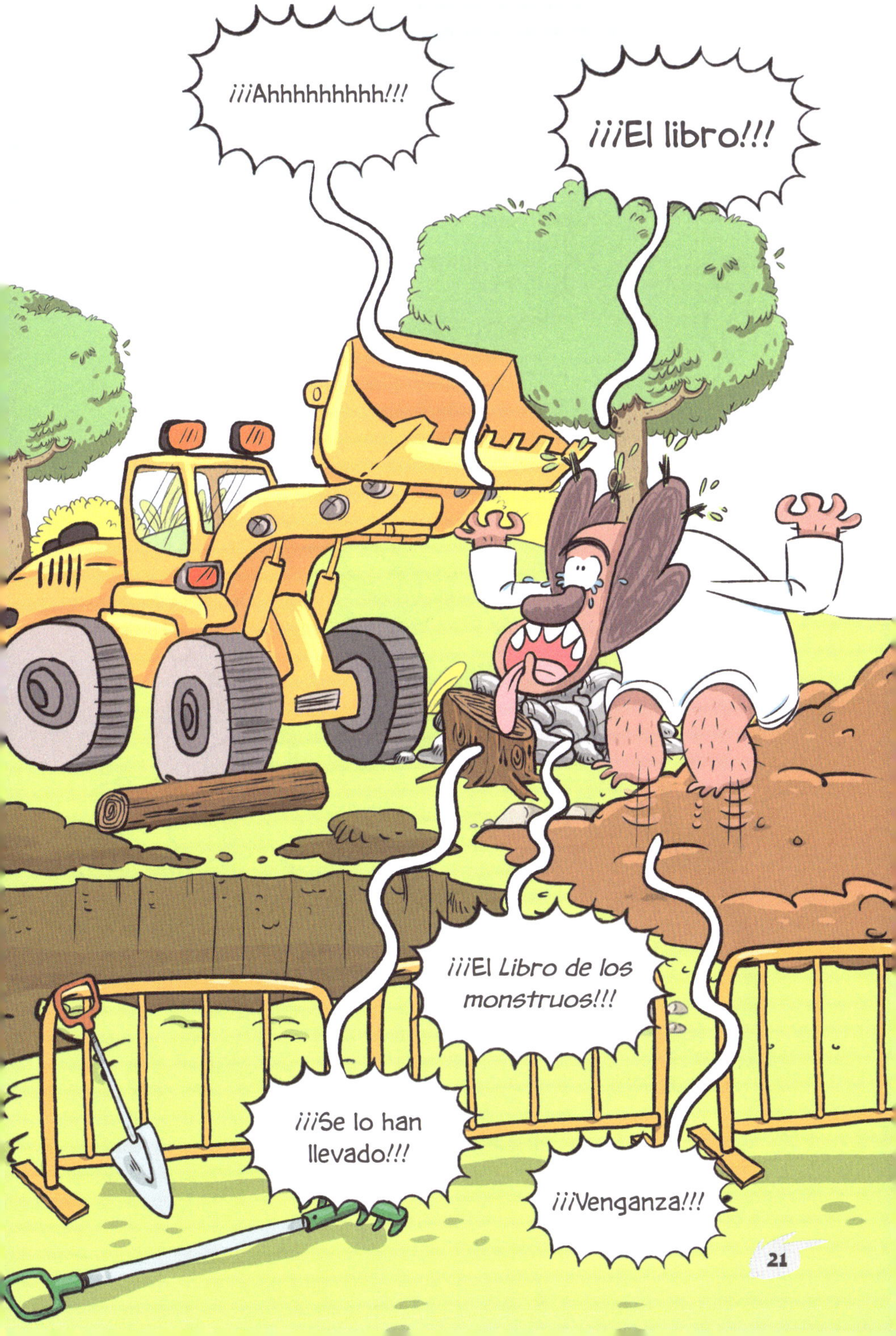
¡¡¡Ahhhhhhhhh!!!
¡¡¡El libro!!!
¡¡¡El *Libro de los monstruos*!!!
¡¡¡Se lo han llevado!!!
¡¡¡Venganza!!!

No tardamos en entender que el Doctor había perdido el *Libro de los monstruos*. Y nuestros amigos entraron en una espiral de nervios que ni siquiera Ziro pudo detener.

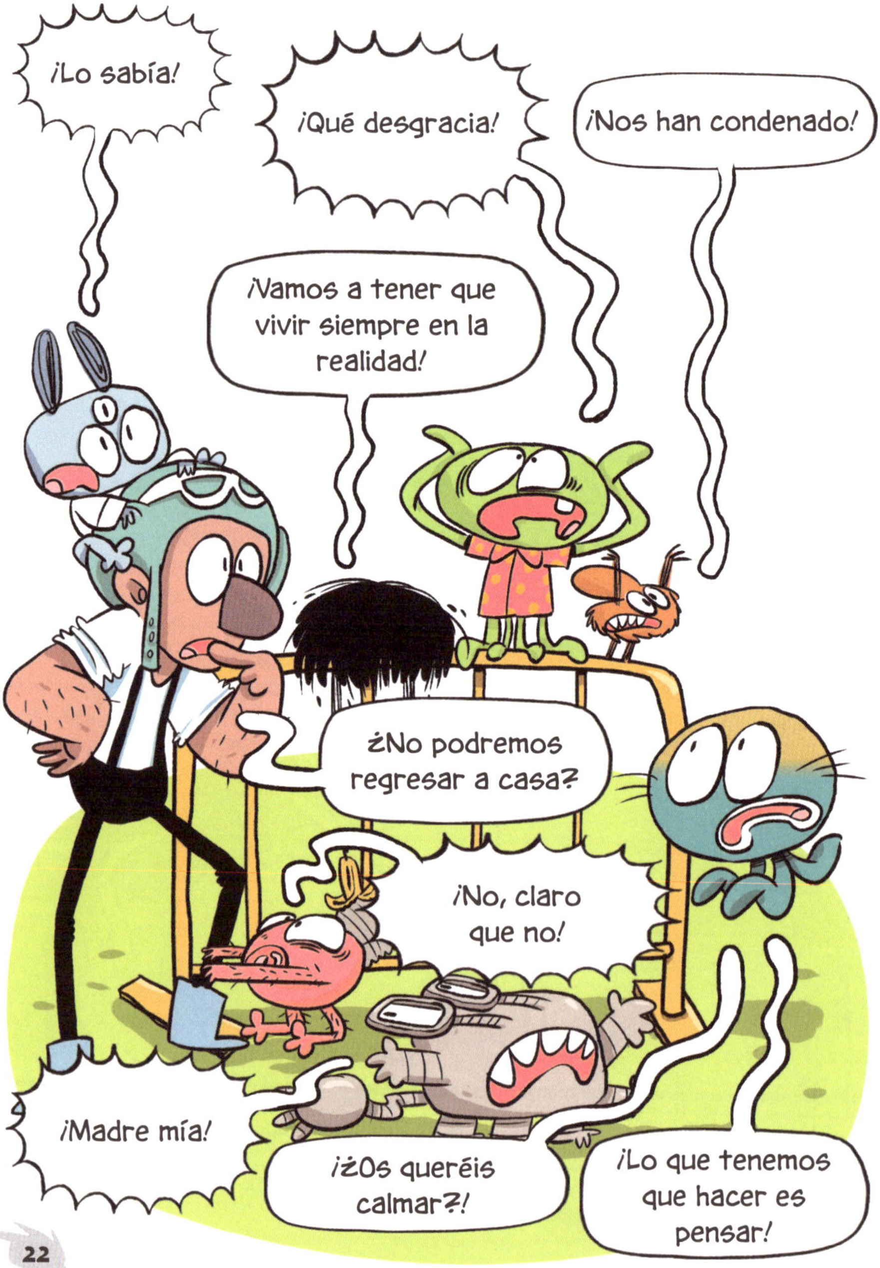
¡Lo sabía!
¡Qué desgracia!
¡Nos han condenado!
¡Vamos a tener que vivir siempre en la realidad!
¿No podremos regresar a casa?
¡No, claro que no!
¡Madre mía!
¡¿Os queréis calmar?!
¡Lo que tenemos que hacer es pensar!

El Dr. Brot no dejaba de llorar y de pedir ayuda. Nunca antes lo había visto llorar y eso me impresionó. Es más, yo estaba convencido de que las malas personas no lloraban.

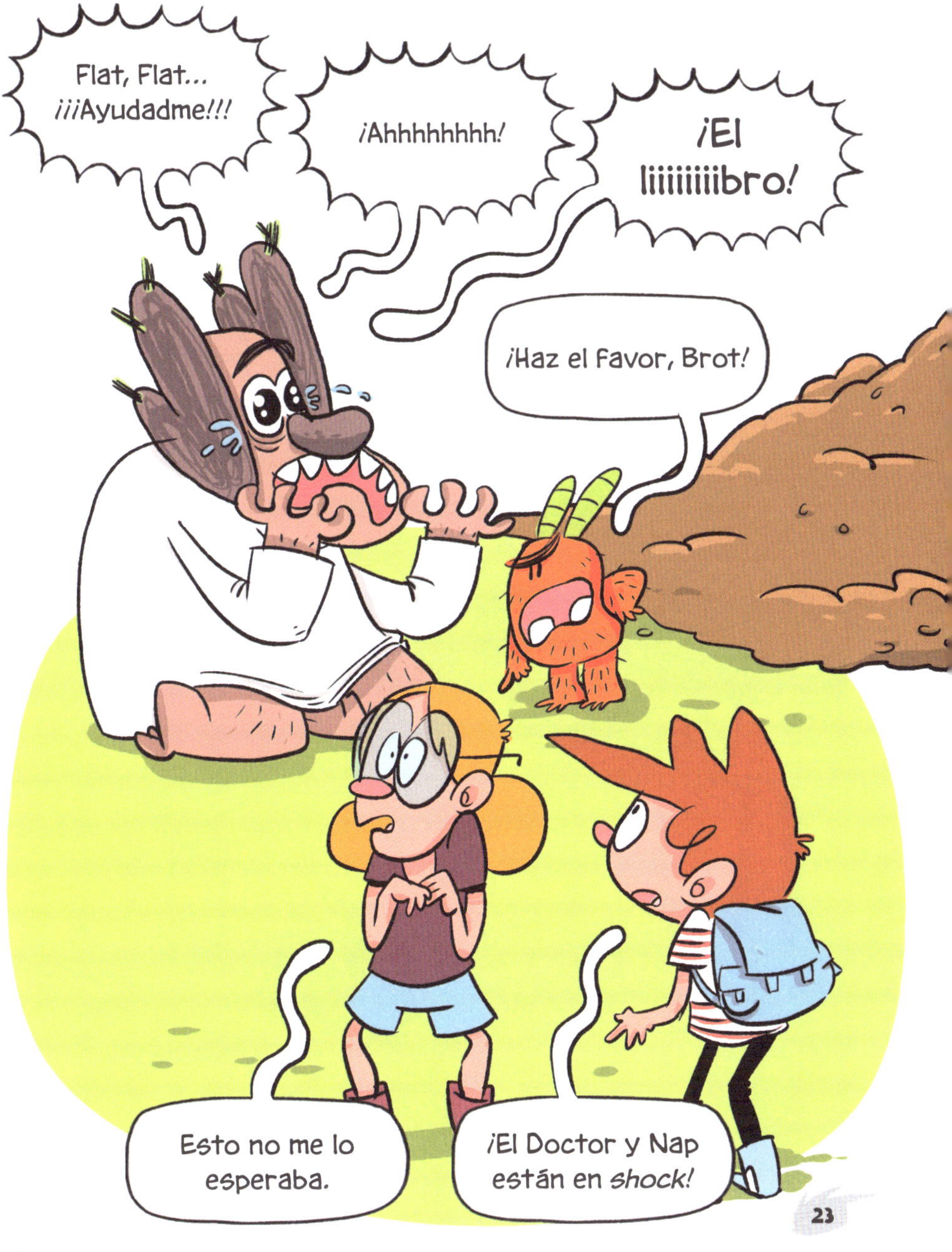

Flat, Flat... ¡¡¡Ayudadme!!!
¡Ahhhhhhhh!
¡El liiiiiiiibro!
¡Haz el favor, Brot!
Esto no me lo esperaba.
¡El Doctor y Nap están en *shock*!

La situación era terrible y lo que vino a continuación nos dejó aún más perplejos. Los monstruos decidieron que, por una vez en la vida, era necesario trabajar en equipo con el Doctor e hicieron un pacto con él. Todos juntos buscarían el *Libro de los monstruos*. Y, claro, Lidia y yo no entendíamos nada.

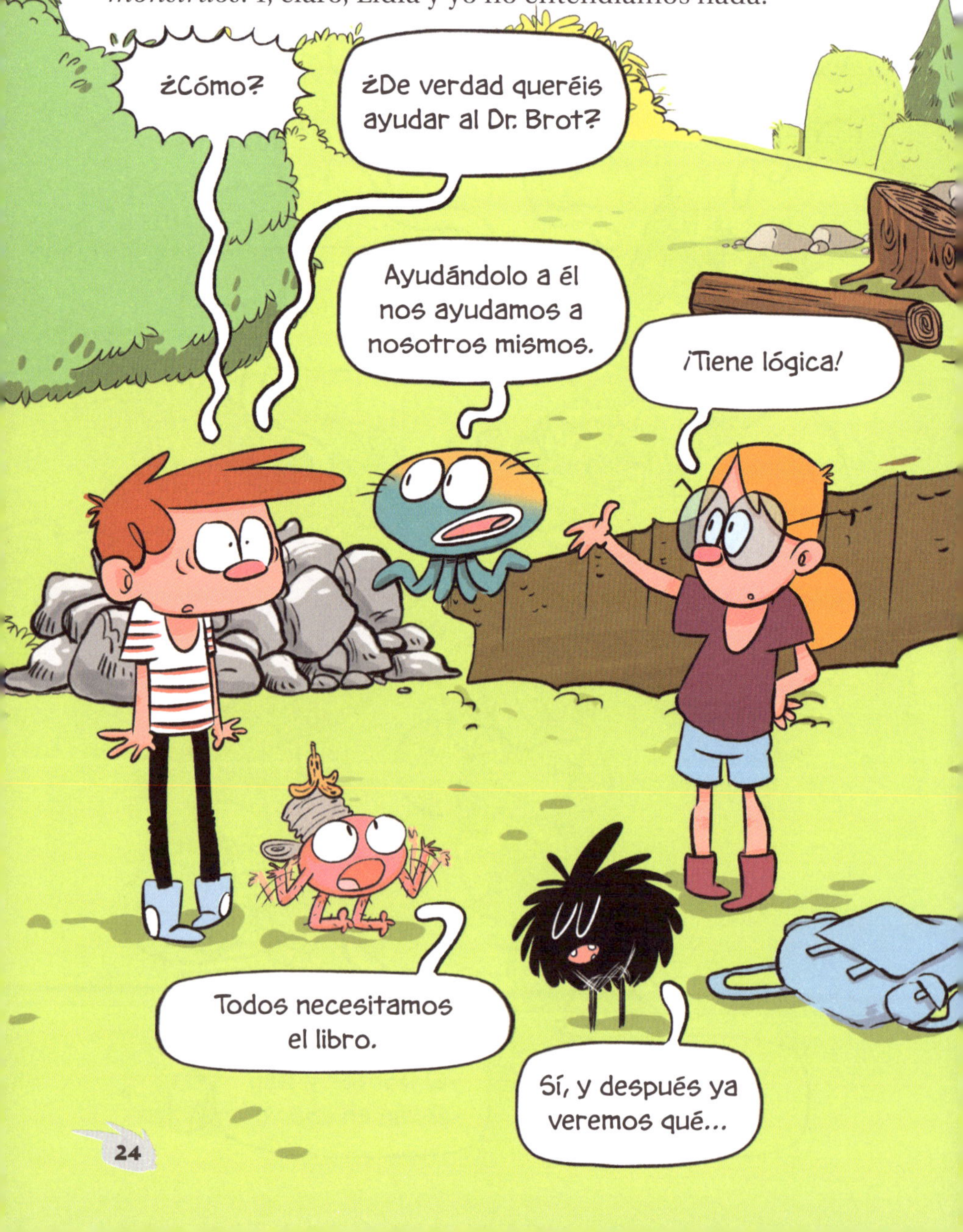
¿Cómo?
¿De verdad queréis ayudar al Dr. Brot?
Ayudándolo a él nos ayudamos a nosotros mismos.
¡Tiene lógica!
Todos necesitamos el libro.
Sí, y después ya veremos qué...

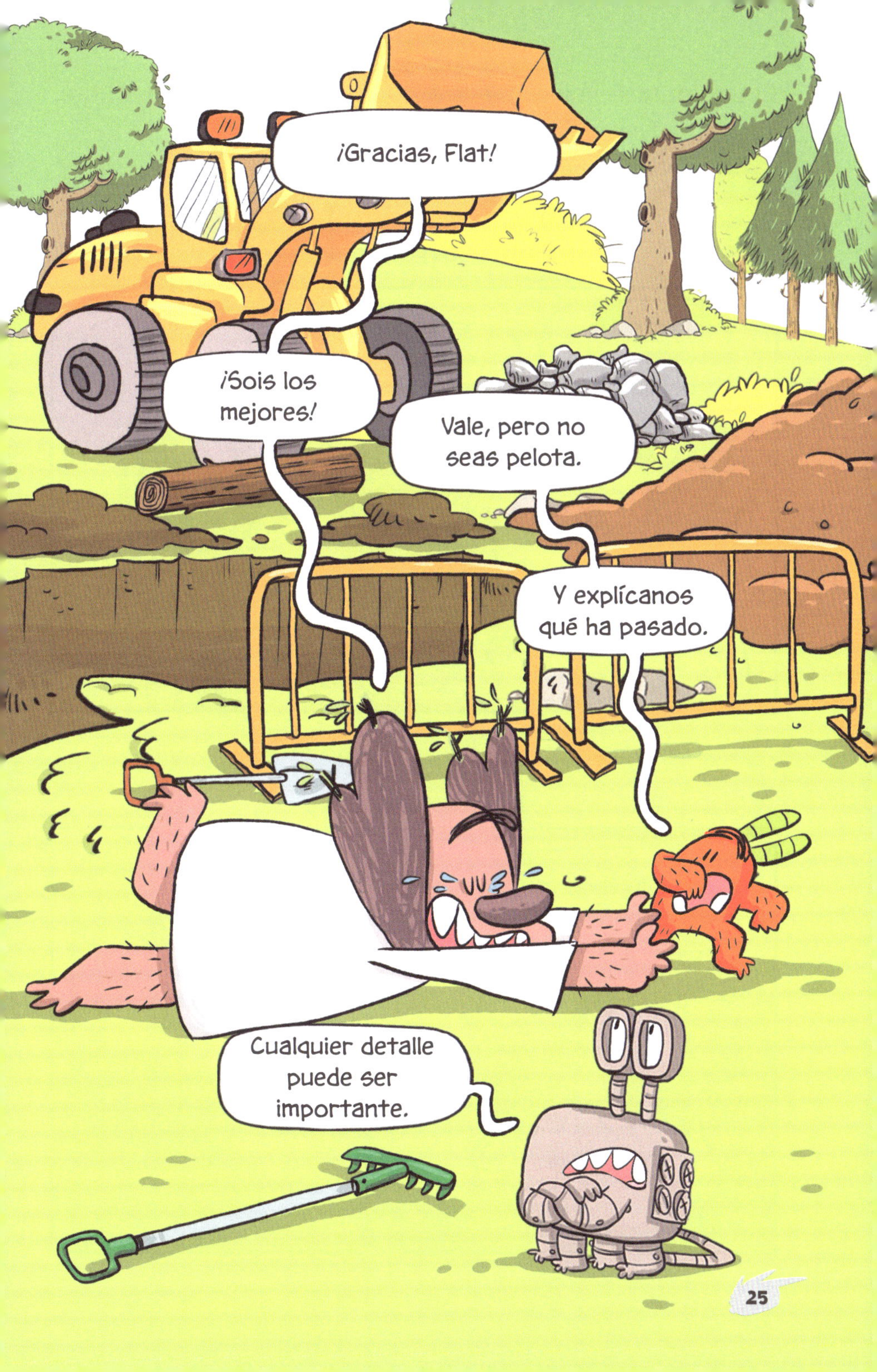
¡Gracias, Flat!
¡Sois los mejores!
Vale, pero no seas pelota.
Y explícanos qué ha pasado.
Cualquier detalle puede ser importante.

El Doctor nos explicó paso a paso cómo había perdido el libro. Y la verdad es que nos dejó a cuadros.

EL DR. BROT TUVO UNA IDEA
QUE LE PARECIÓ GENIAL.

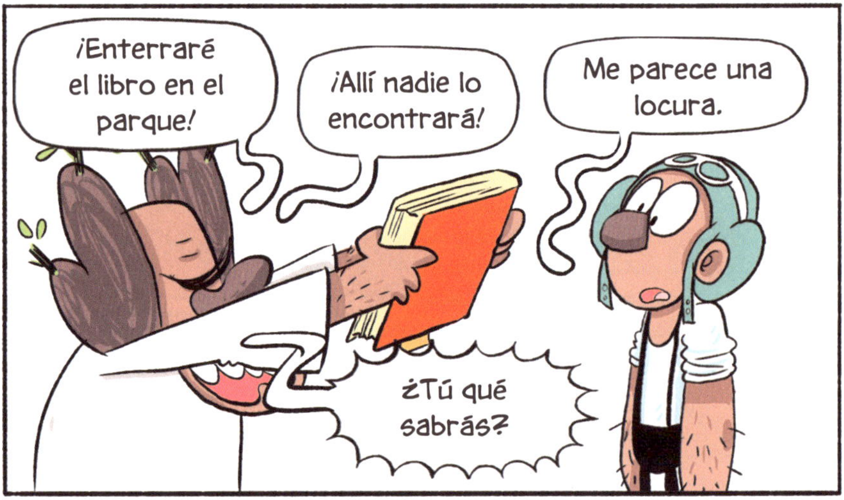
¡Enterraré el libro en el parque!
¡Allí nadie lo encontrará!
Me parece una locura.
¿Tú qué sabrás?

Y LE HIZO CAVAR
UN HOYO A NAP.

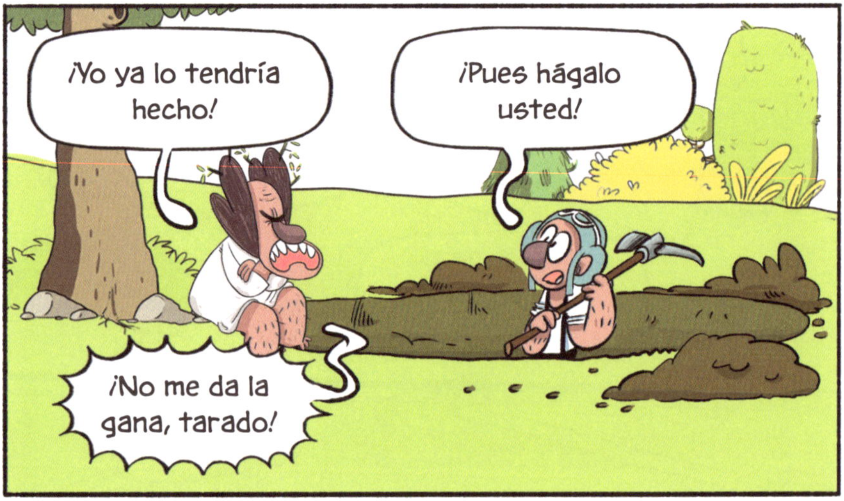
¡Yo ya lo tendría hecho!
¡Pues hágalo usted!
¡No me da la gana, tarado!

EL DR. BROT DEJÓ EL LIBRO DENTRO DEL HOYO.

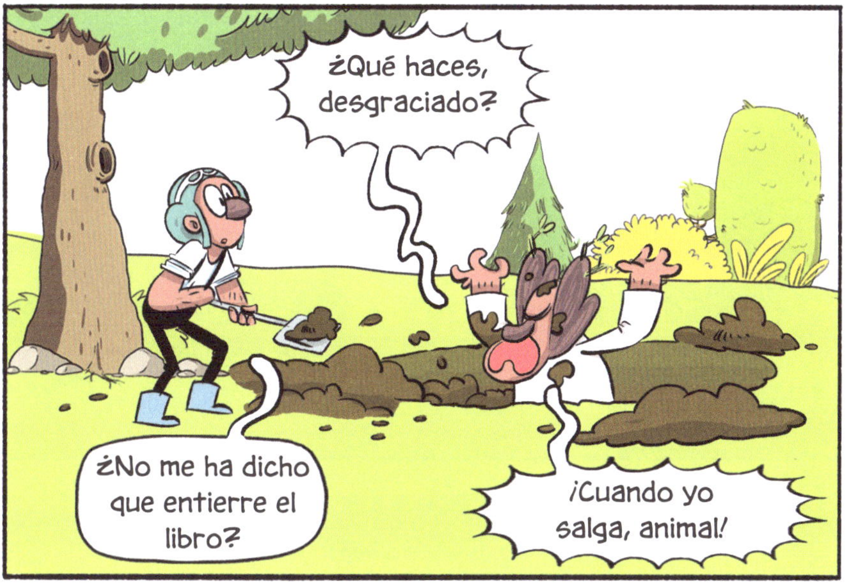
¿Qué haces, desgraciado?
¿No me ha dicho que entierre el libro?
¡Cuando yo salga, animal!

Y CADA TARDE VISITABA AQUEL LUGAR.

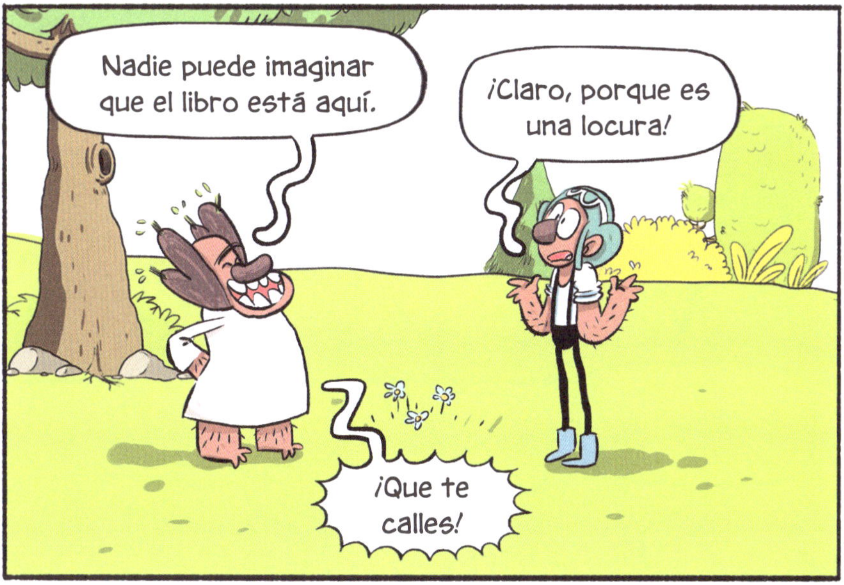
Nadie puede imaginar que el libro está aquí.
¡Claro, porque es una locura!
¡Que te calles!

TODO FUE BIEN HASTA QUE AQUEL VIERNES...

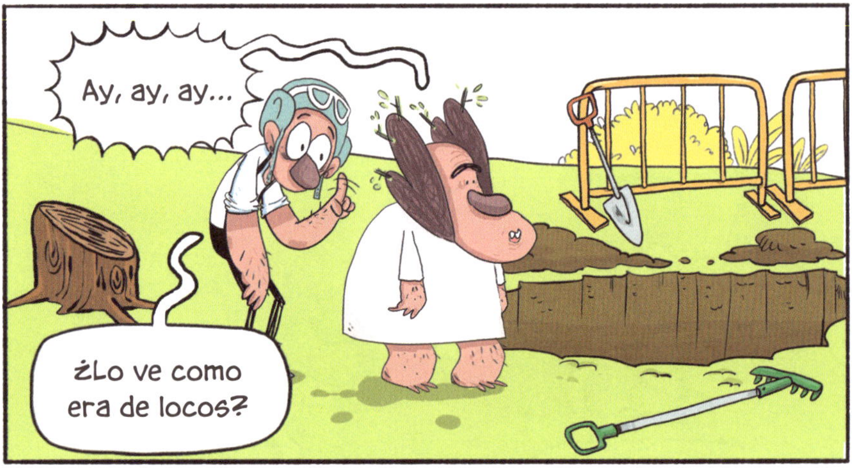
Ay, ay, ay...
¿Lo ve como era de locos?

CUANDO EL DOCTOR VIO QUE EL LIBRO HABÍA DESAPARECIDO, SUFRIÓ UN *SHOCK* NERVIOSO DE LOS QUE MARCAN ÉPOCA.

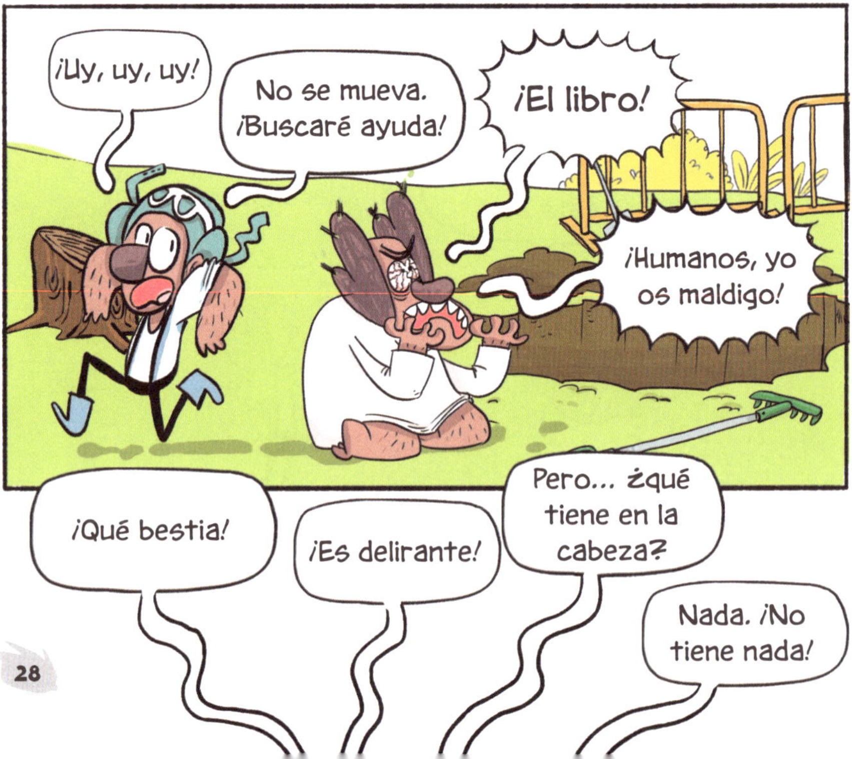
¡Uy, uy, uy!
No se mueva. ¡Buscaré ayuda!
¡El libro!
¡Humanos, yo os maldigo!
¡Qué bestia!
¡Es delirante!
Pero... ¿qué tiene en la cabeza?
Nada. ¡No tiene nada!

Acabada la loca explicación del Dr. Brot, empezó el momento de la organización. Y Ziro tomó la iniciativa.

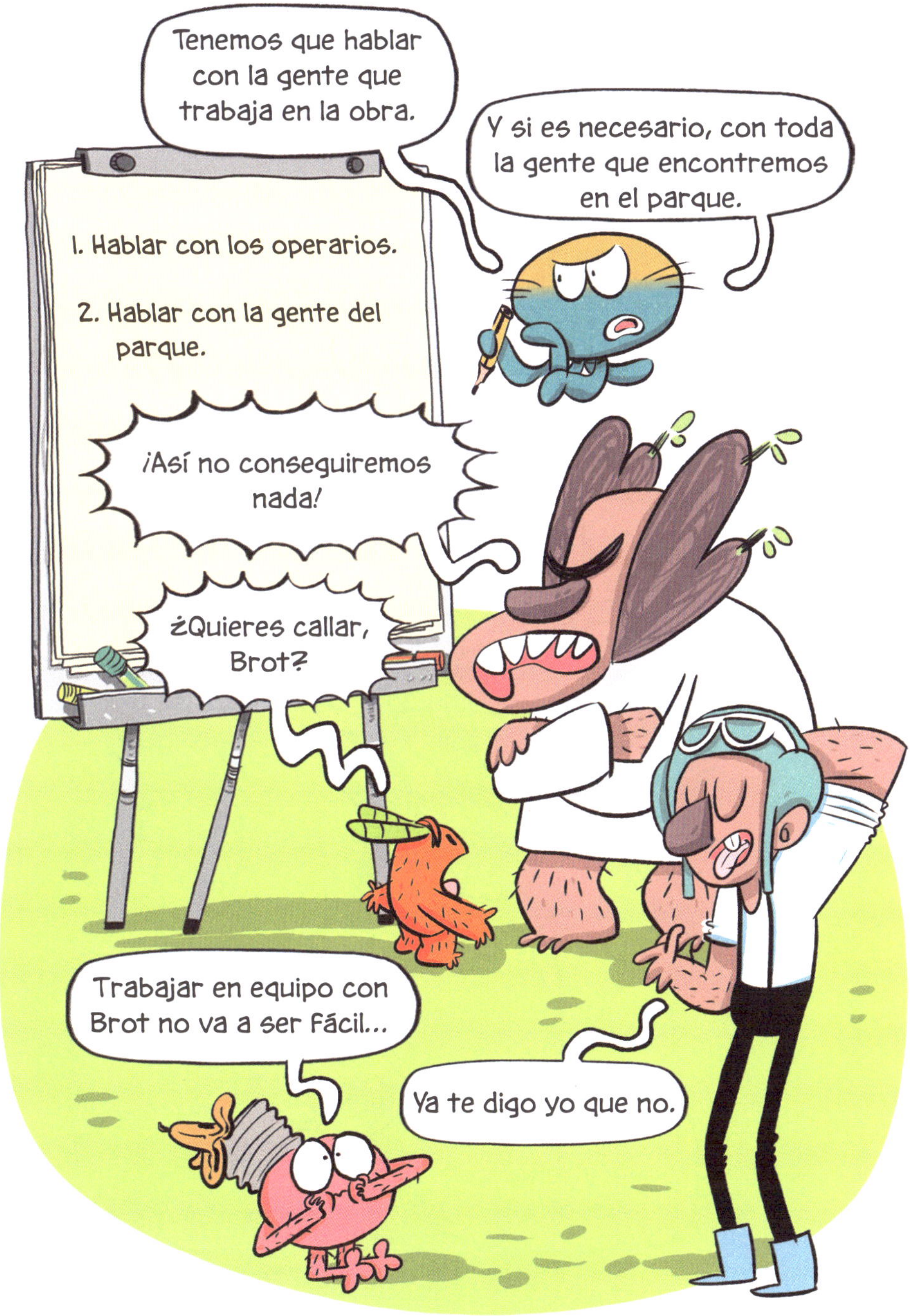
Tenemos que hablar con la gente que trabaja en la obra.
Y si es necesario, con toda la gente que encontremos en el parque.
1. Hablar con los operarios.
2. Hablar con la gente del parque.
¡Así no conseguiremos nada!
¿Quieres callar, Brot?
Trabajar en equipo con Brot no va a ser fácil...
Ya te digo yo que no.

Evidentemente, se impuso la lógica de Ziro. Y a Lidia y a mí nos tocó ir a hablar con los operarios y con la gente que en ese momento estaba en el parque.

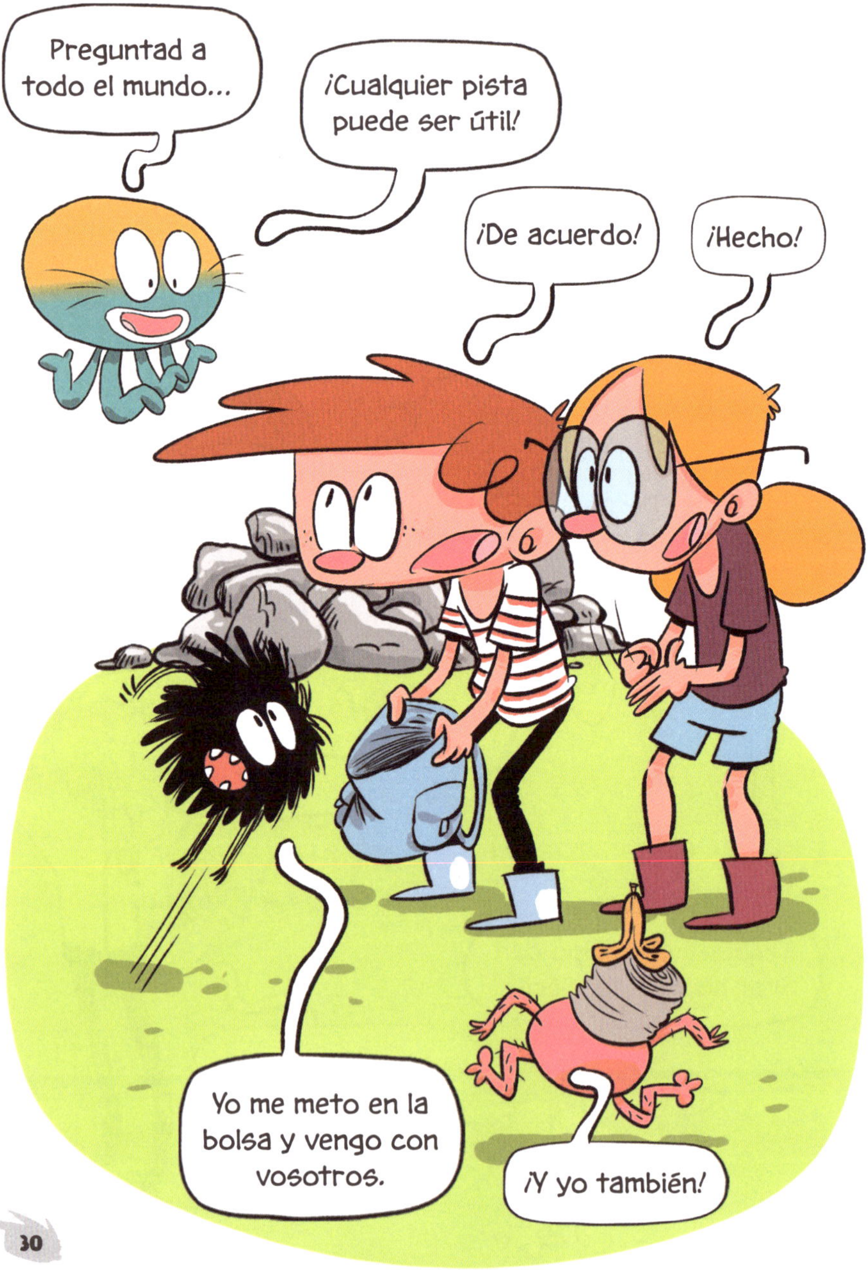
Preguntad a todo el mundo...
¡Cualquier pista puede ser útil!
¡De acuerdo!
¡Hecho!
Yo me meto en la bolsa y vengo con vosotros.
¡Y yo también!

Lidia y yo nos encargamos de hablar con la gente porque estaba claro que los monstruos no podían ir por el parque haciendo preguntas. Y Nap y el Dr. Brot quedaban descartados porque aún no habían superado el *shock*.

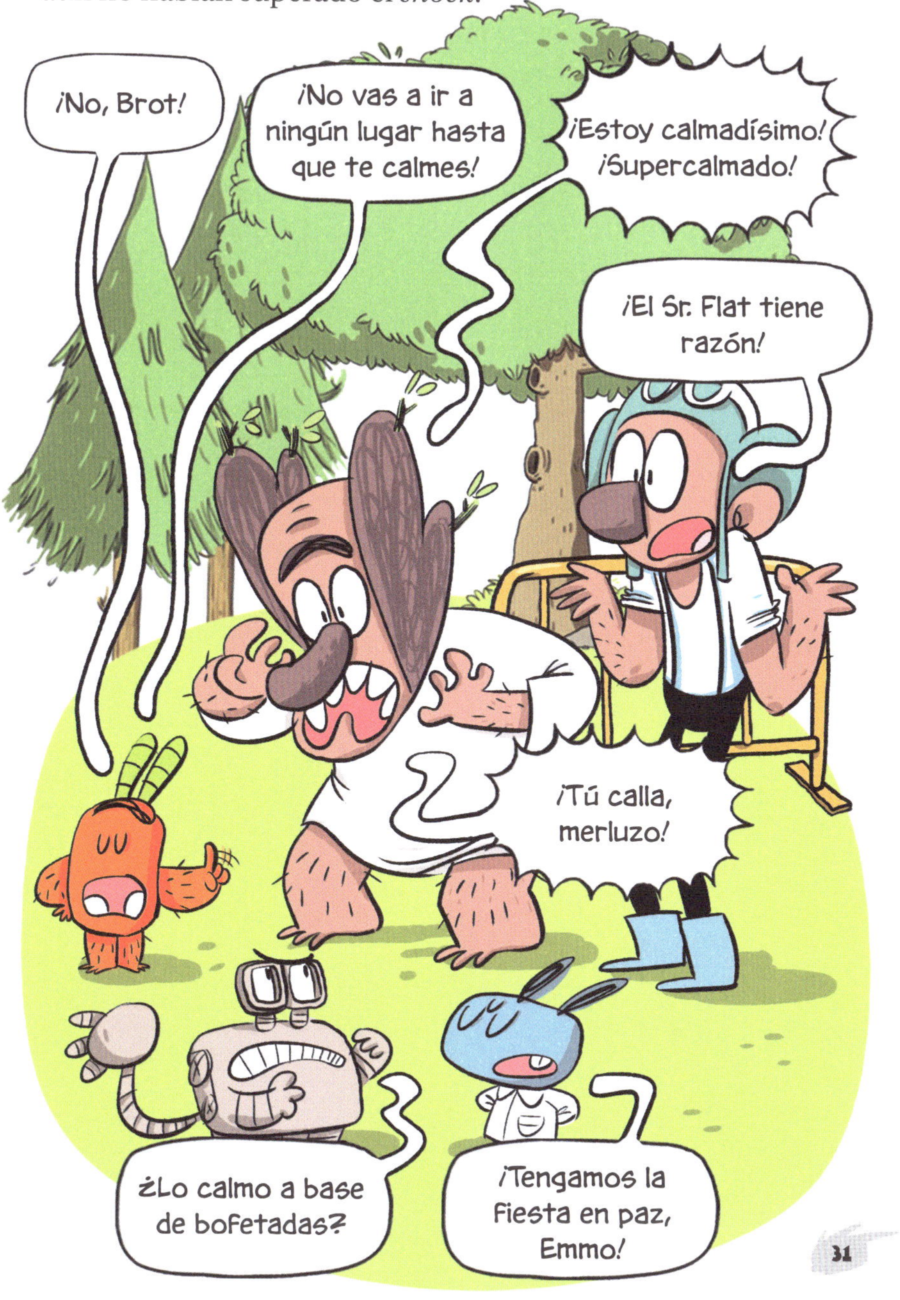

¡No, Brot!
¡No vas a ir a ningún lugar hasta que te calmes!
¡Estoy calmadísimo! ¡Supercalmado!
¡El Sr. Flat tiene razón!
¡Tú calla, merluzo!
¿Lo calmo a base de bofetadas?
¡Tengamos la fiesta en paz, Emmo!

3

BÚSQUEDA

Lo primero que hicimos fue ir a hablar con la gente que trabajaba en la obra, pero solo había un señor muy amable que nos dijo que sus compañeros ya no regresarían hasta el día siguiente.

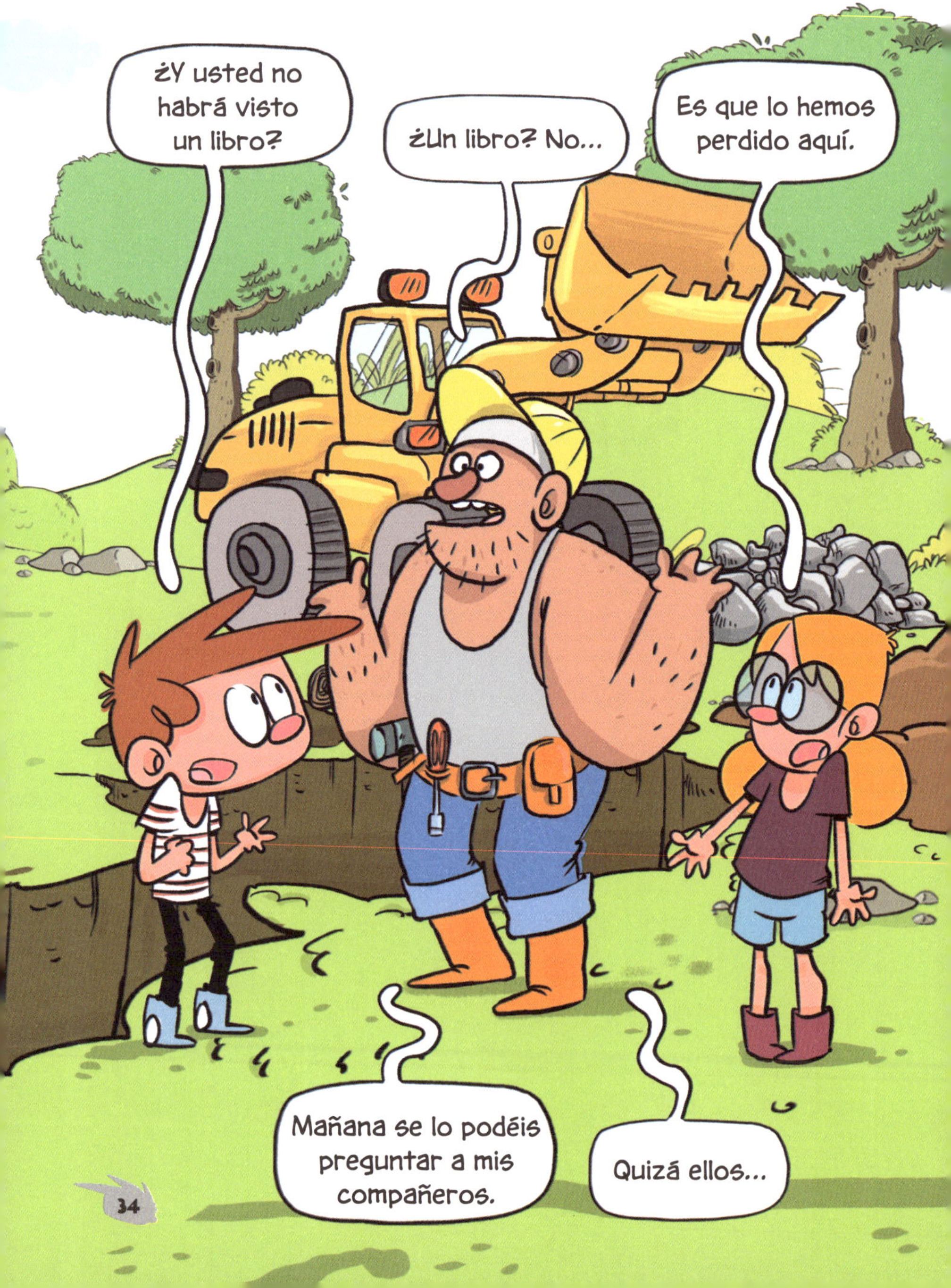
¿Y usted no habrá visto un libro?
¿Un libro? No...
Es que lo hemos perdido aquí.
Mañana se lo podéis preguntar a mis compañeros.
Quizá ellos...

Tras el primer fracaso, preguntamos a todas las personas que había en el parque. Y nos dieron todo tipo de respuestas menos la que buscábamos.

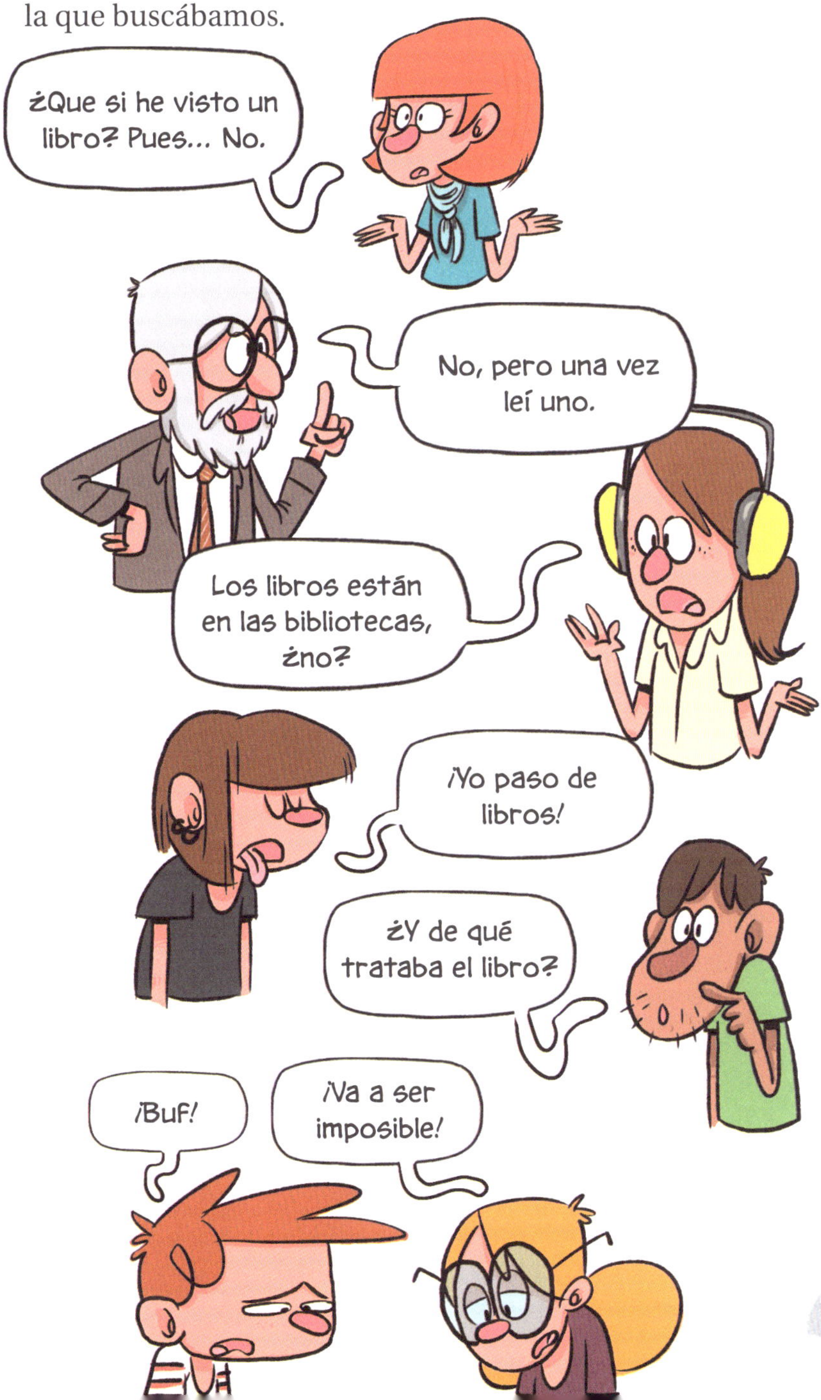
¿Que si he visto un libro? Pues... No.
No, pero una vez leí uno.
Los libros están en las bibliotecas, ¿no?
¡Yo paso de libros!
¿Y de qué trataba el libro?
¡Buf!
¡Va a ser imposible!

Y de repente encontramos la respuesta que estábamos buscando. Una chica que estaba leyendo sentada en un banco nos dio una pista.

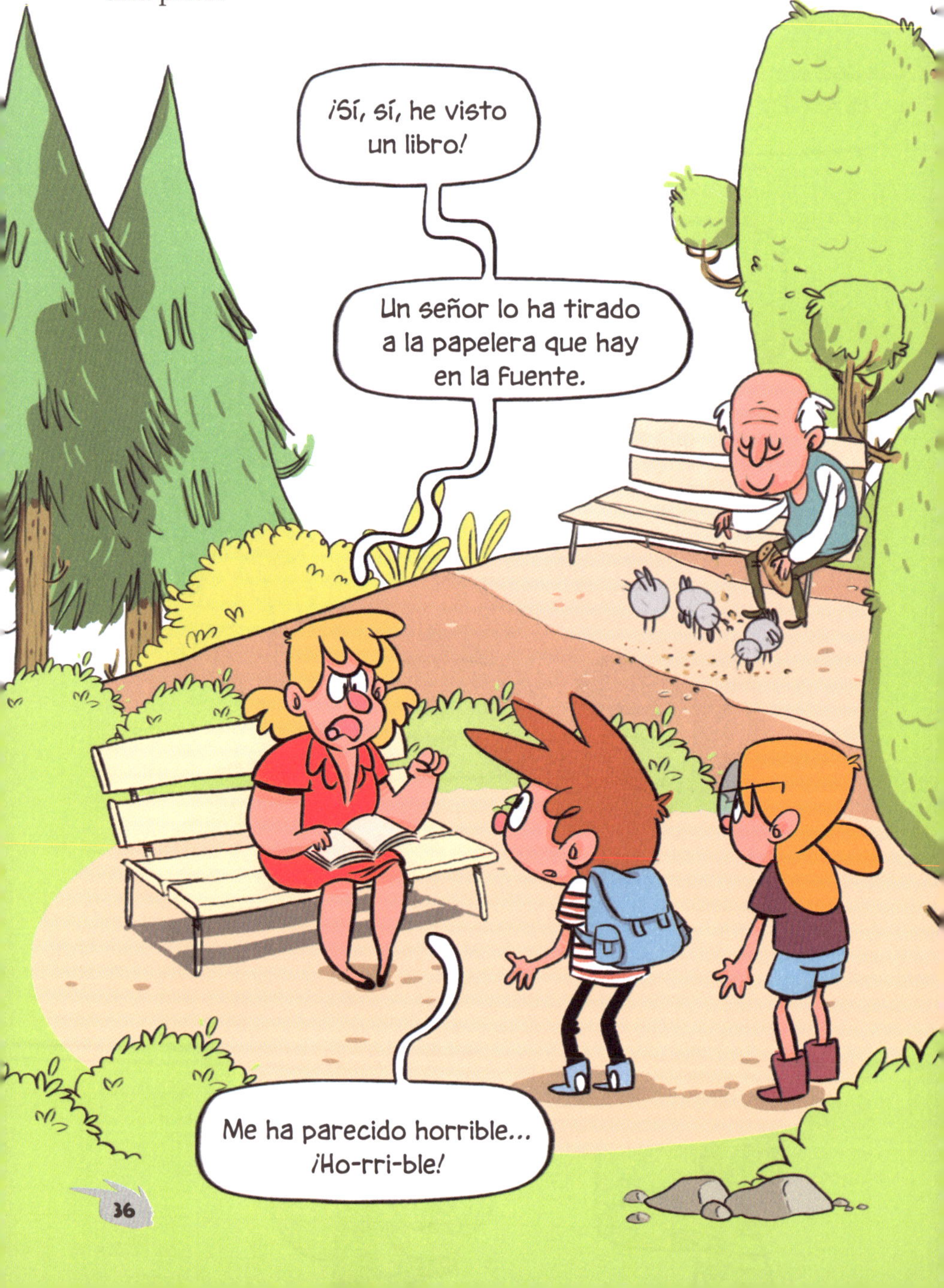
¡Sí, sí, he visto un libro!
Un señor lo ha tirado a la papelera que hay en la fuente.
Me ha parecido horrible... ¡Ho-rri-ble!

Evidentemente, nos fuimos disparados a la papelera que había al lado de la fuente. Y a mí me tocó meter la mano dentro.

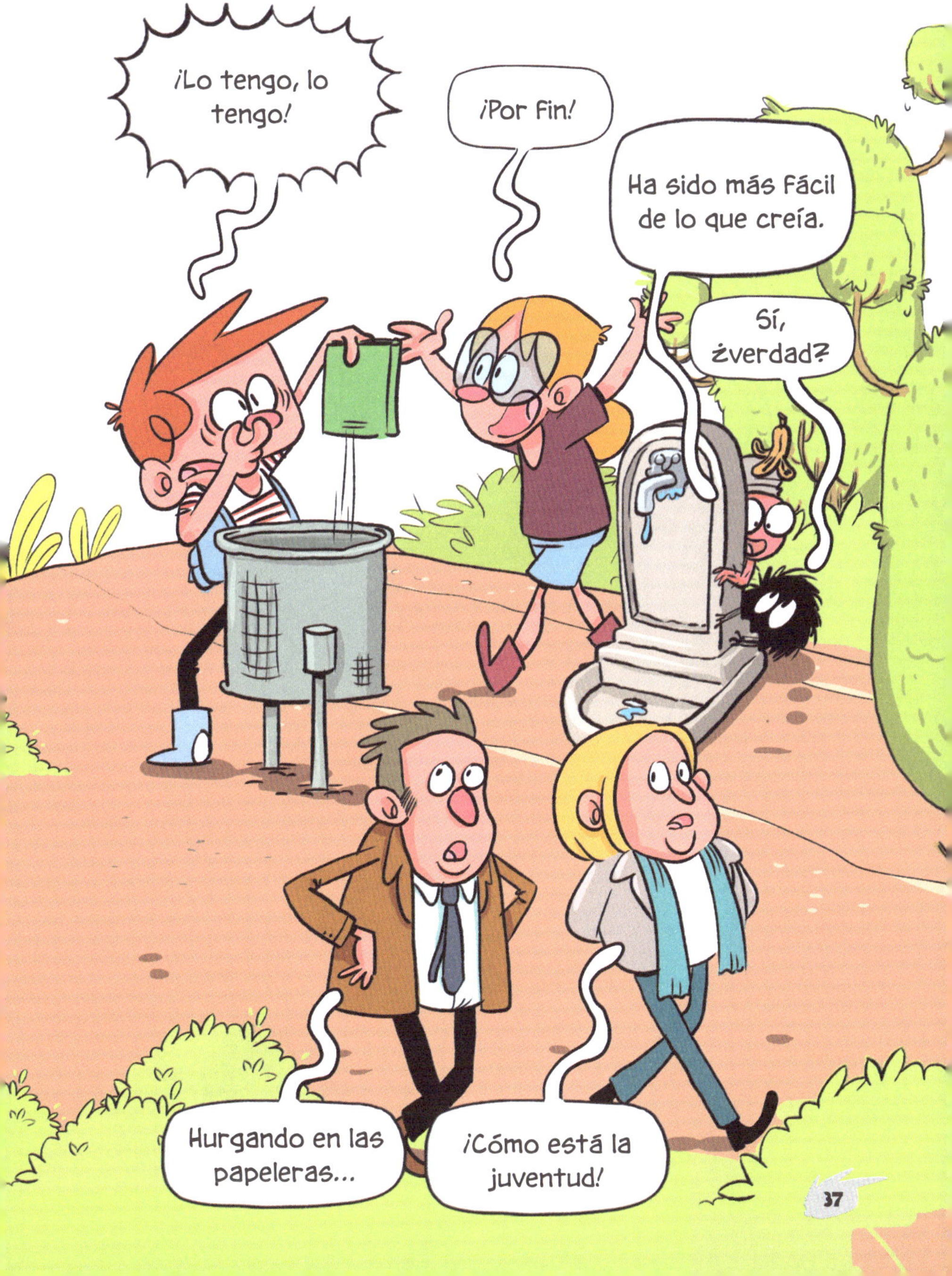

¡Lo tengo, lo tengo!
¡Por fin!
Ha sido más fácil de lo que creía.
Sí, ¿verdad?
Hurgando en las papeleras...
¡Cómo está la juventud!

Cuando saqué el libro de la papelera, el alma se nos desencajó: era un libro de autoayuda y el título era horrible: *Cúrate tú mismo. Quien no se cura es porque no quiere.*

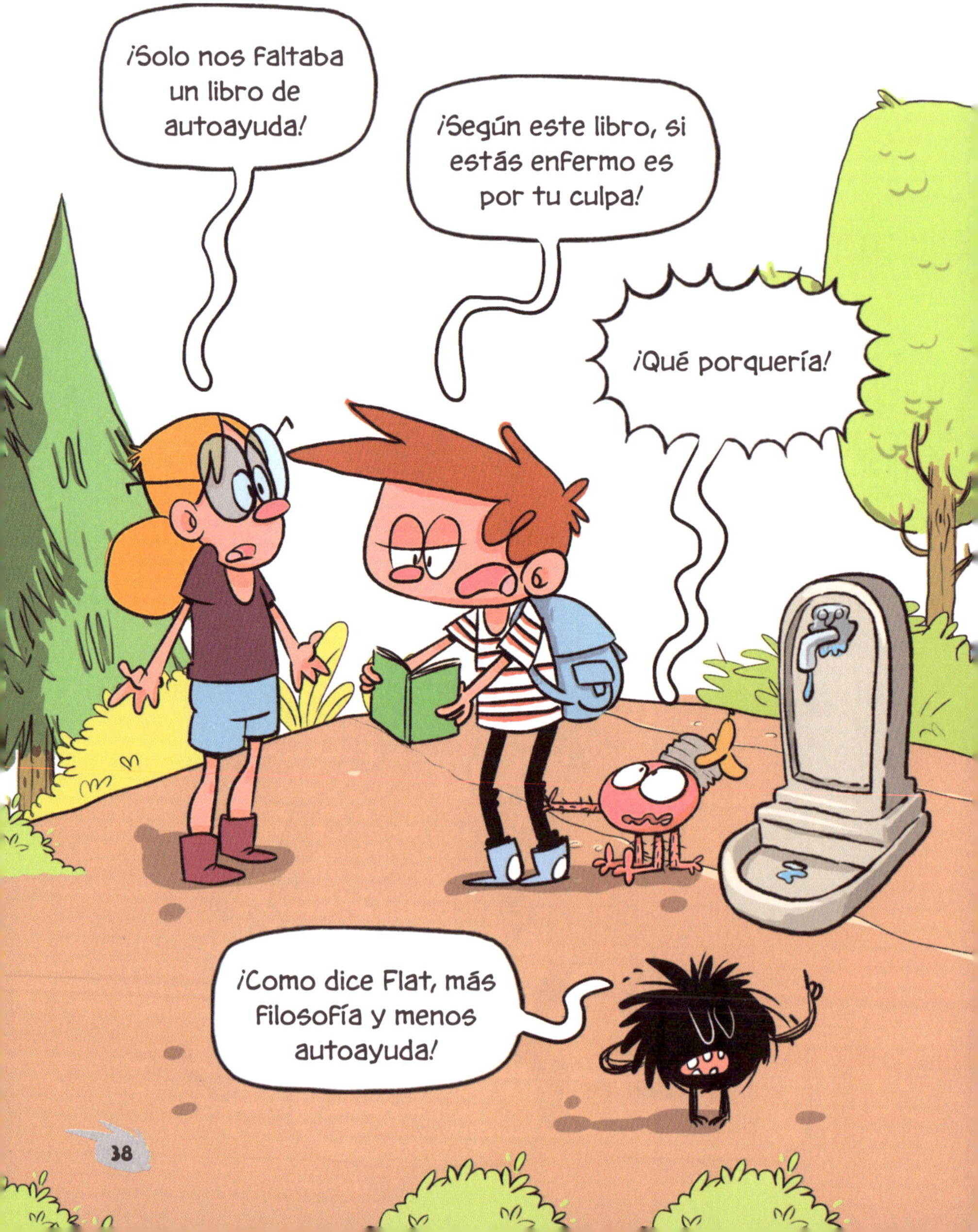
¡Solo nos faltaba un libro de autoayuda!
¡Según este libro, si estás enfermo es por tu culpa!
¡Qué porquería!
¡Como dice Flat, más filosofía y menos autoayuda!

Totalmente decepcionados, consideramos que el libro de autoayuda ya estaba bien donde lo habíamos encontrado.

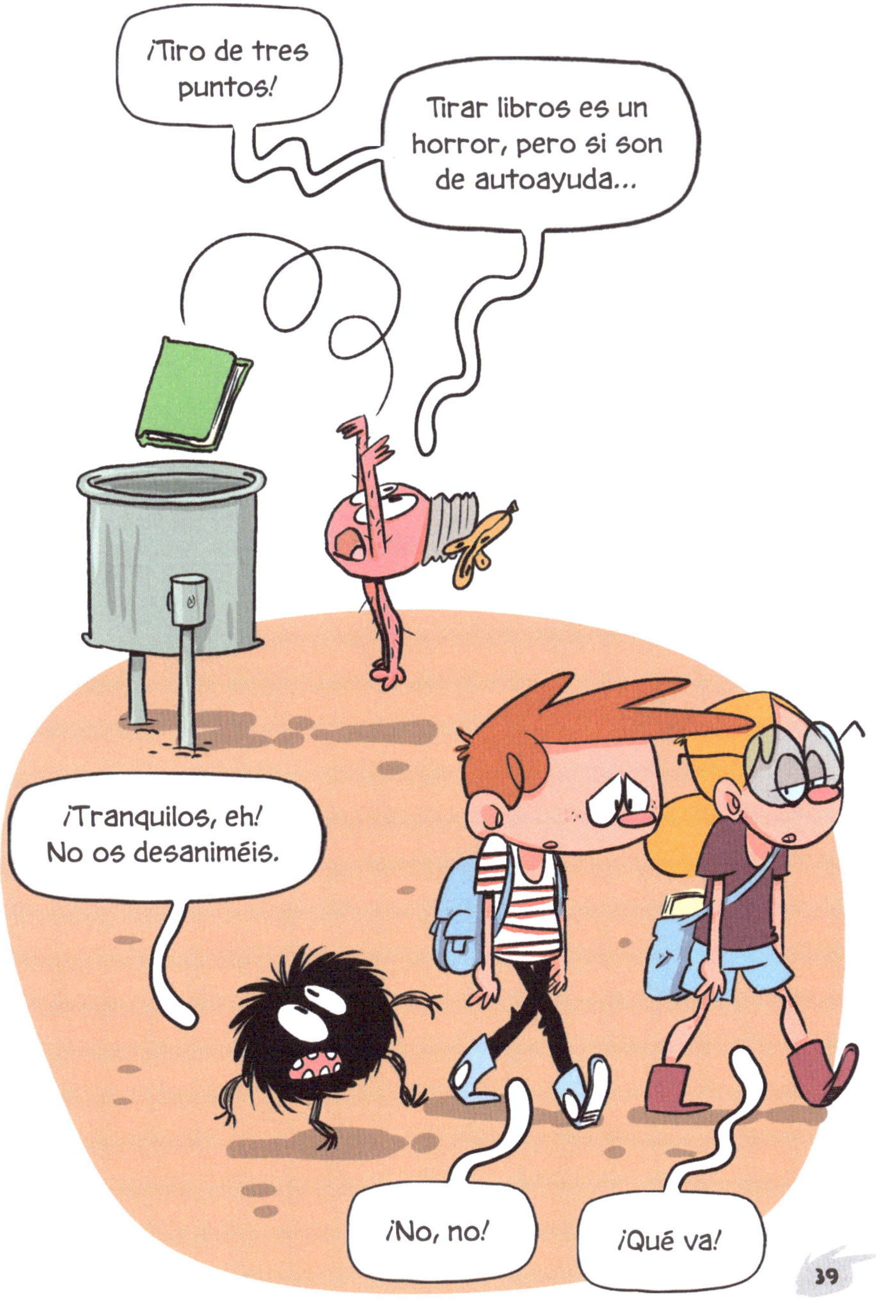
¡Tiro de tres puntos!
Tirar libros es un horror, pero si son de autoayuda...
¡Tranquilos, eh! No os desaniméis.
¡No, no!
¡Qué va!

Nuestros amigos se mostraron tranquilos y pensaron que al día siguiente a primera hora era necesario ir a hablar con los operarios. Pero el Dr. Brot se lo tomó a la tremenda.

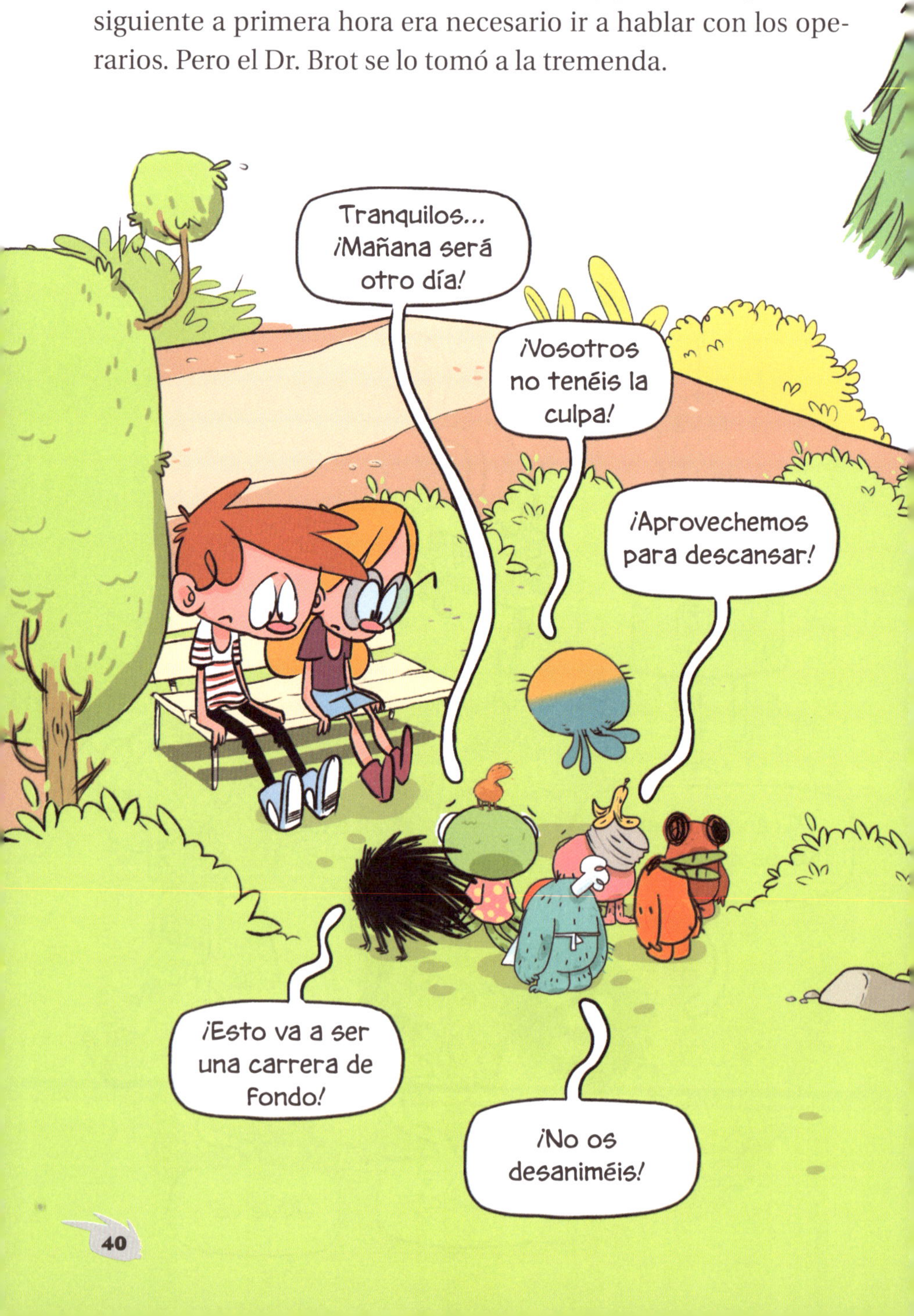

Tranquilos... ¡Mañana será otro día!
¡Vosotros no tenéis la culpa!
¡Aprovechemos para descansar!
¡Esto va a ser una carrera de fondo!
¡No os desaniméis!

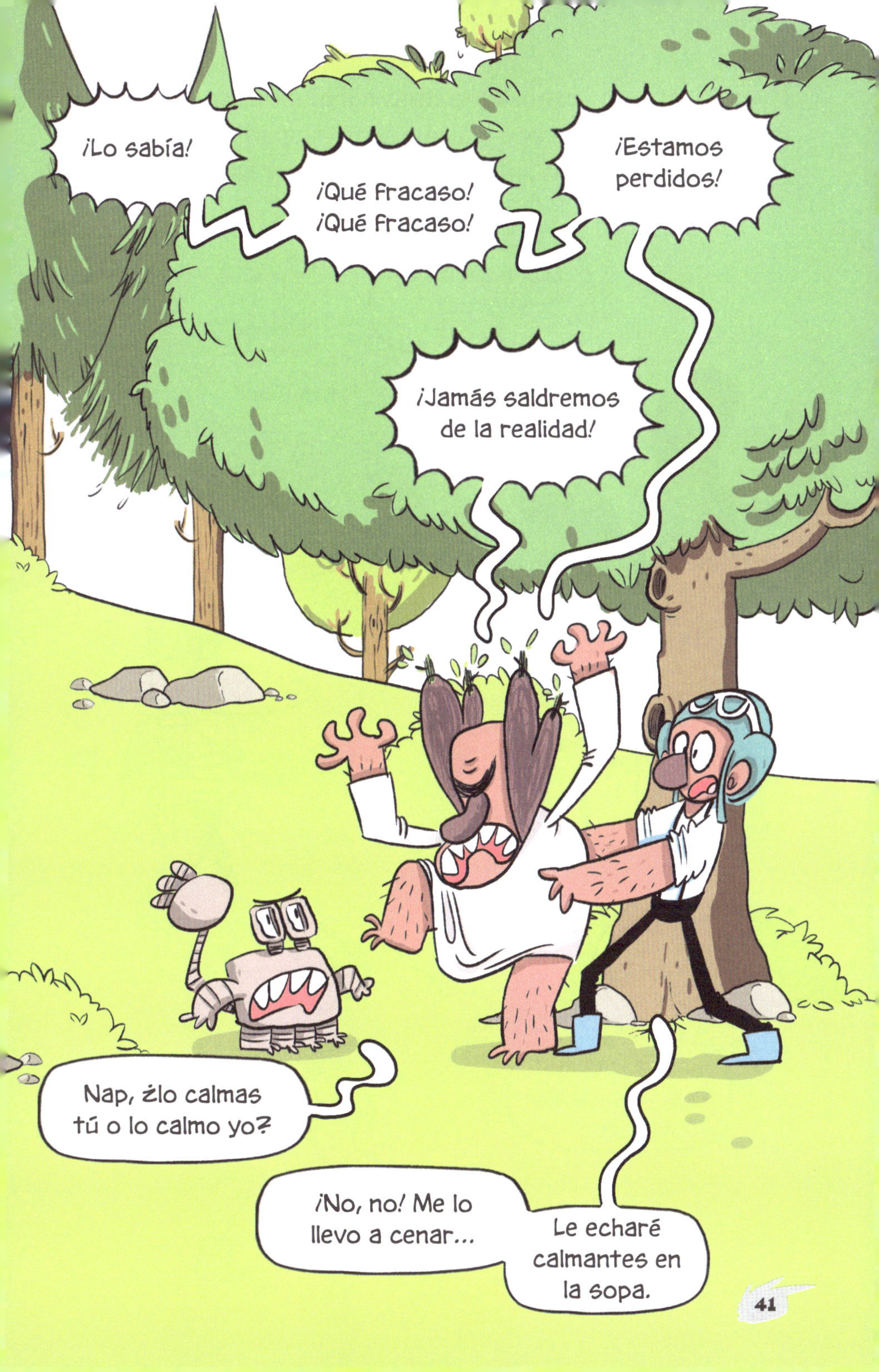
¡Lo sabía!
¡Qué fracaso! ¡Qué fracaso!
¡Estamos perdidos!
¡Jamás saldremos de la realidad!
Nap, ¿lo calmas tú o lo calmo yo?
¡No, no! Me lo llevo a cenar...
Le echaré calmantes en la sopa.

Llegamos a casa destrozados. Empezábamos a ser conscientes de cómo estaban las cosas. Y las cosas estaban fatal: si el libro no aparecía, nuestros amigos jamás podrían regresar a su casa.

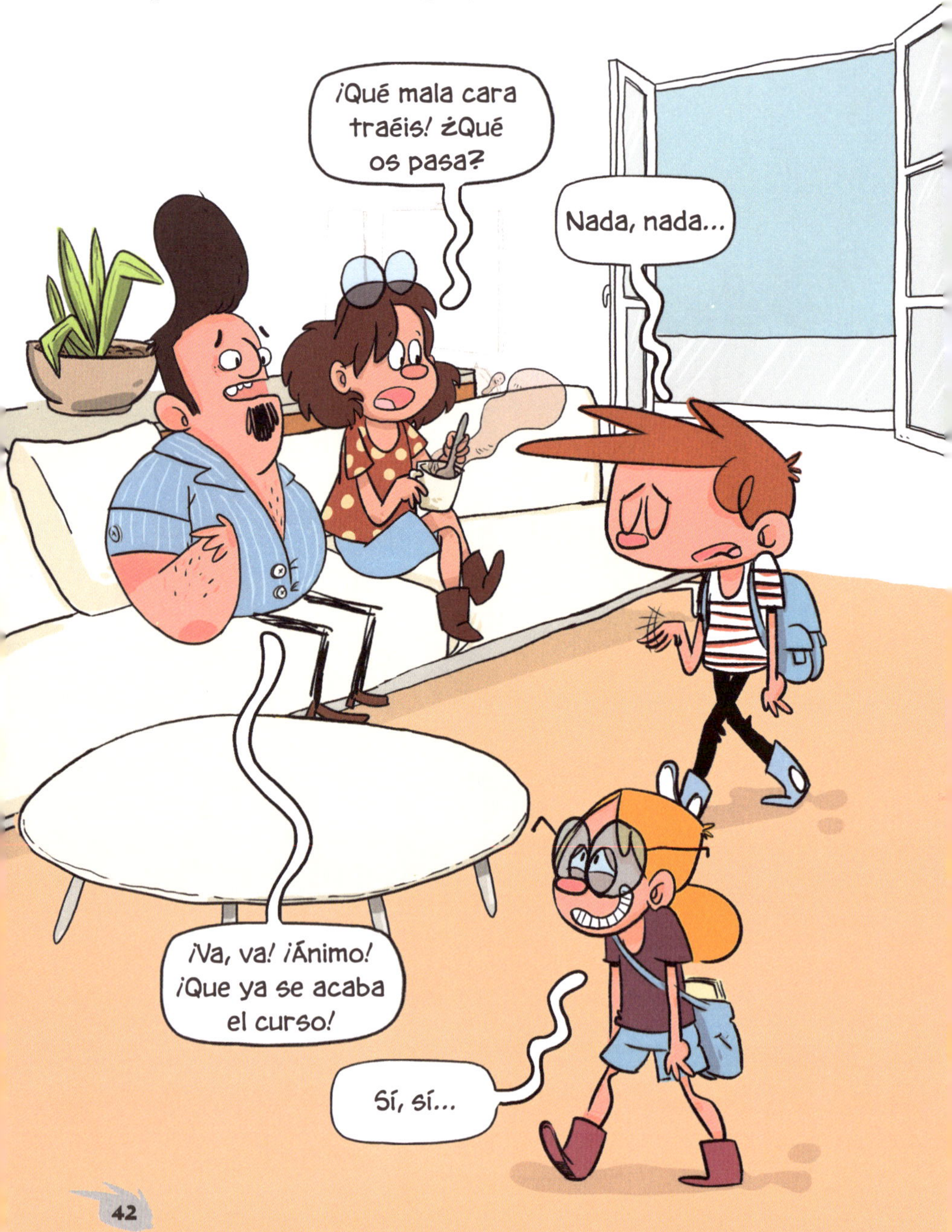
¡Qué mala cara traéis! ¿Qué os pasa?
Nada, nada...
¡Va, va! ¡Ánimo! ¡Que ya se acaba el curso!
Sí, sí...

Aquella noche me costó dormir. De repente, me daba cuenta de que era horrible que los monstruos hubieran perdido la oportunidad de regresar a su casa. Y al mismo tiempo me alegraba porque eso quería decir que se quedarían con nosotros. Pensar ambas cosas a la vez me hizo sentir fatal.

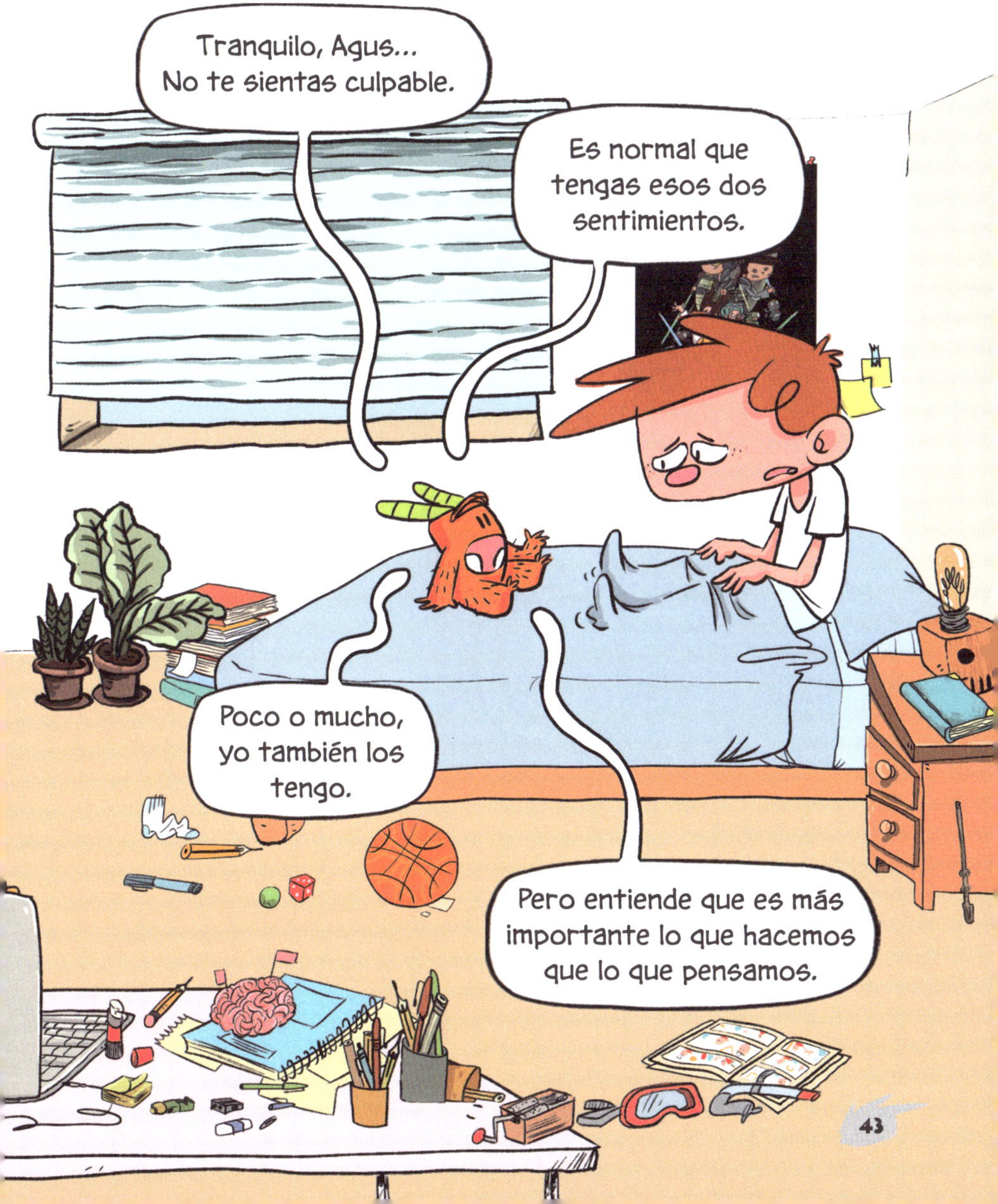
Tranquilo, Agus... No te sientas culpable.
Es normal que tengas esos dos sentimientos.
Poco o mucho, yo también los tengo.
Pero entiende que es más importante lo que hacemos que lo que pensamos.

Al día siguiente supe que a Lidia le había pasado como a mí. Por suerte, Brex y Hole se habían instalado en su casa y pudo hablarlo con ellos.

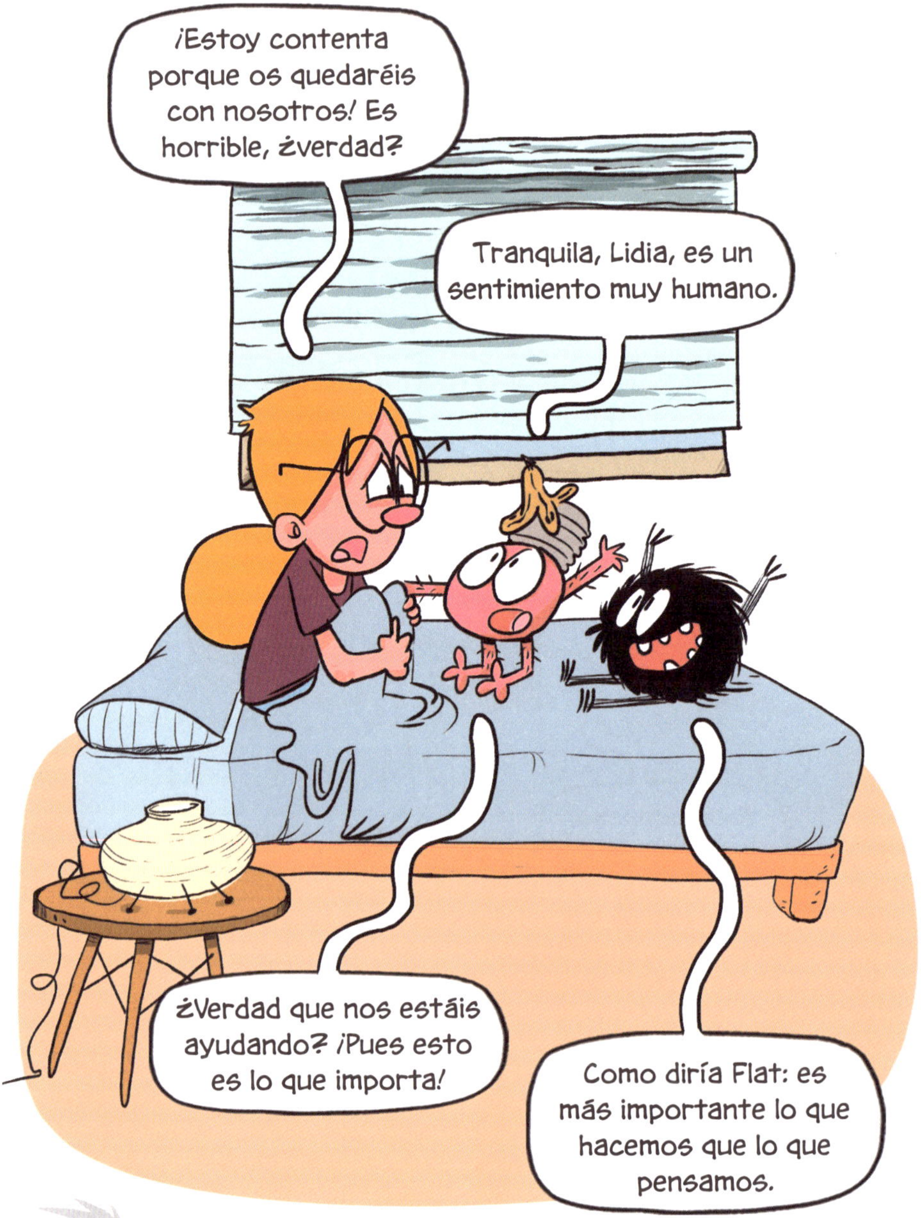
¡Estoy contenta porque os quedaréis con nosotros! Es horrible, ¿verdad?
Tranquila, Lidia, es un sentimiento muy humano.
¿Verdad que nos estáis ayudando? ¡Pues esto es lo que importa!
Como diría Flat: es más importante lo que hacemos que lo que pensamos.

Cuando por fin conseguí dormir, tuve una pesadilla terrible. El Dr. Brot me proponía que robara la página del libro que guardaba Emmo, que nos fuéramos al *Libro de los monstruos* y que dejáramos colgados a los monstruos, a Lidia y a Nap.

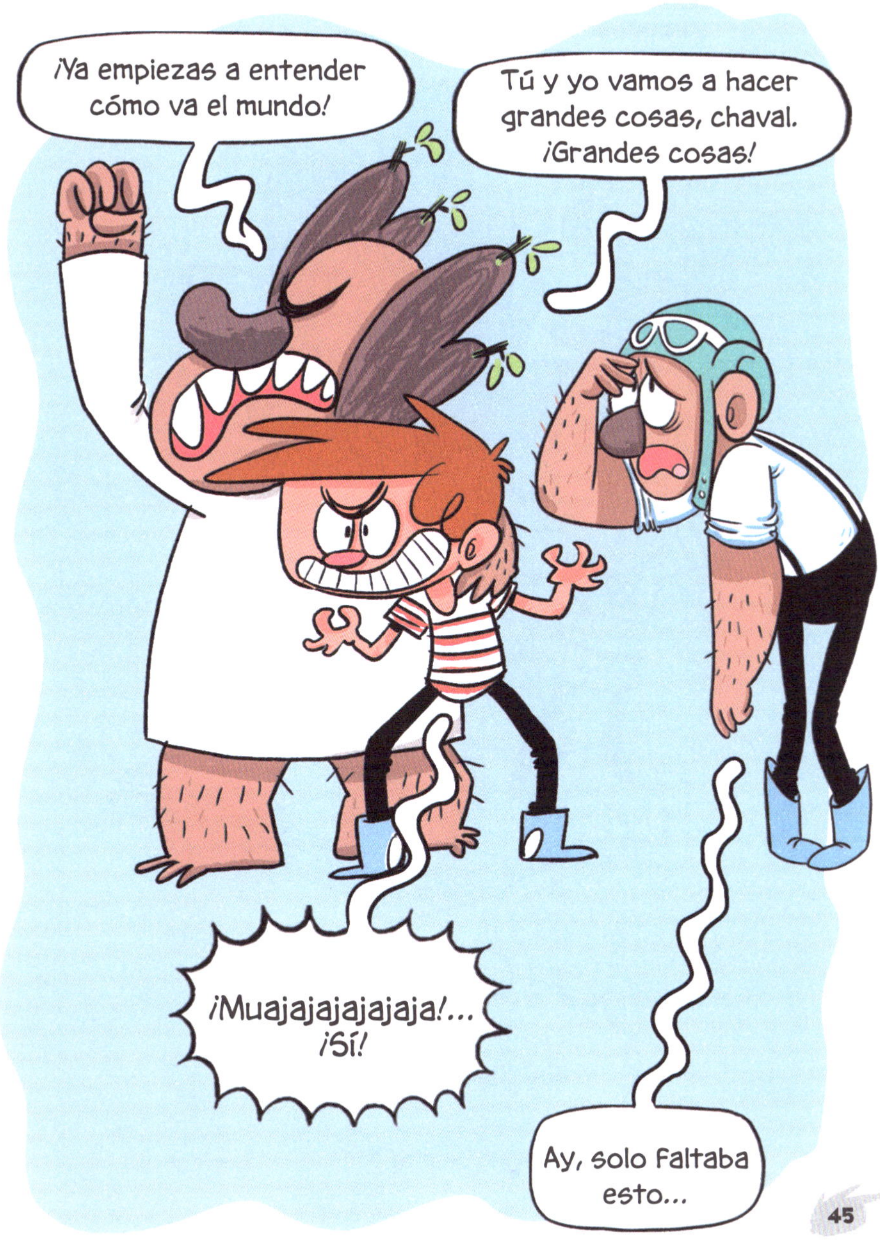
¡Ya empiezas a entender cómo va el mundo!
Tú y yo vamos a hacer grandes cosas, chaval. ¡Grandes cosas!
¡Muajajajajajaja!... ¡Sí!
Ay, solo faltaba esto...

Yo hacía todo lo que el Doctor me pedía y al final los dos nos íbamos y dejábamos a los demás tirados.

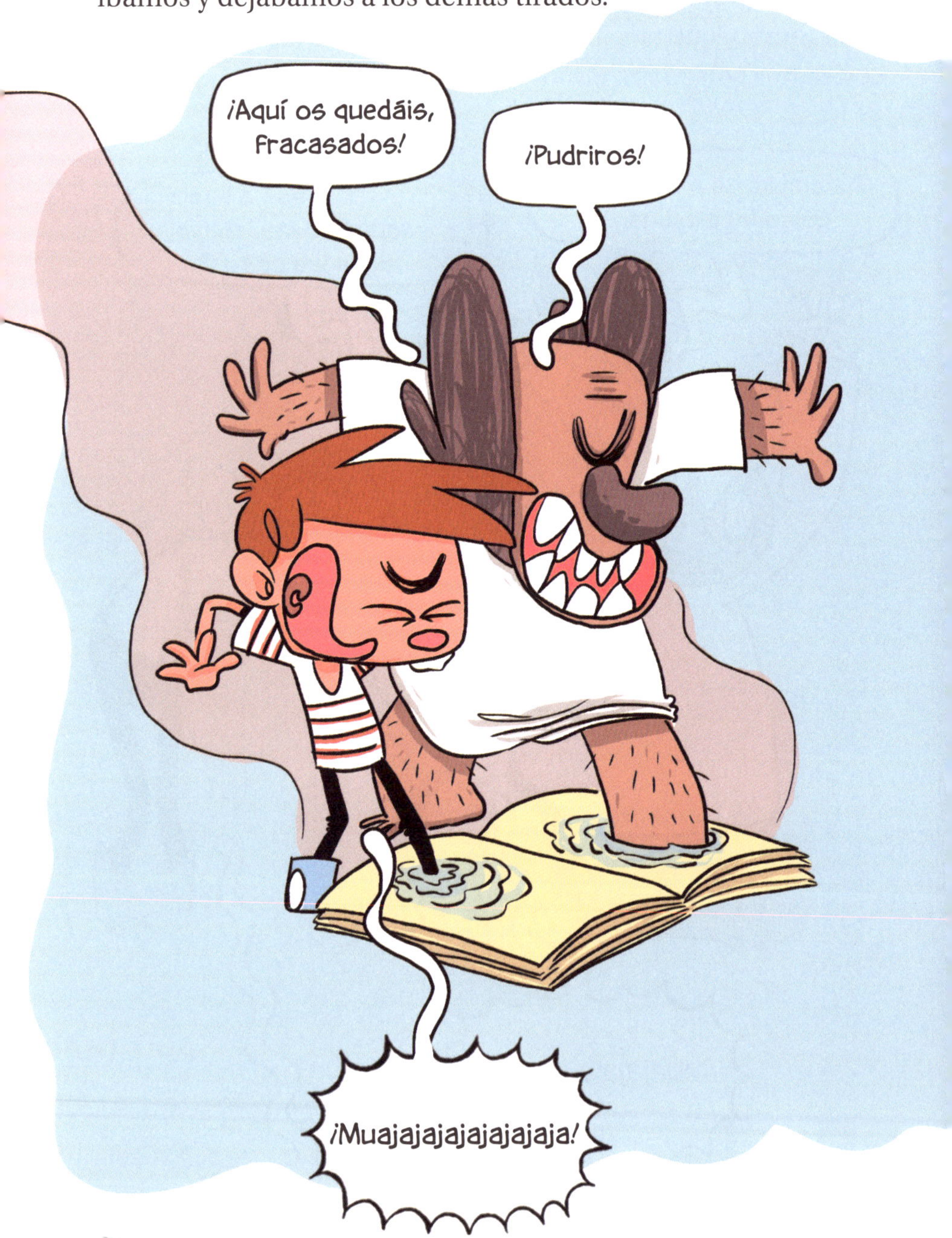
¡Aquí os quedáis, fracasados!
¡Pudriros!
¡Muajajajajajajajaja!

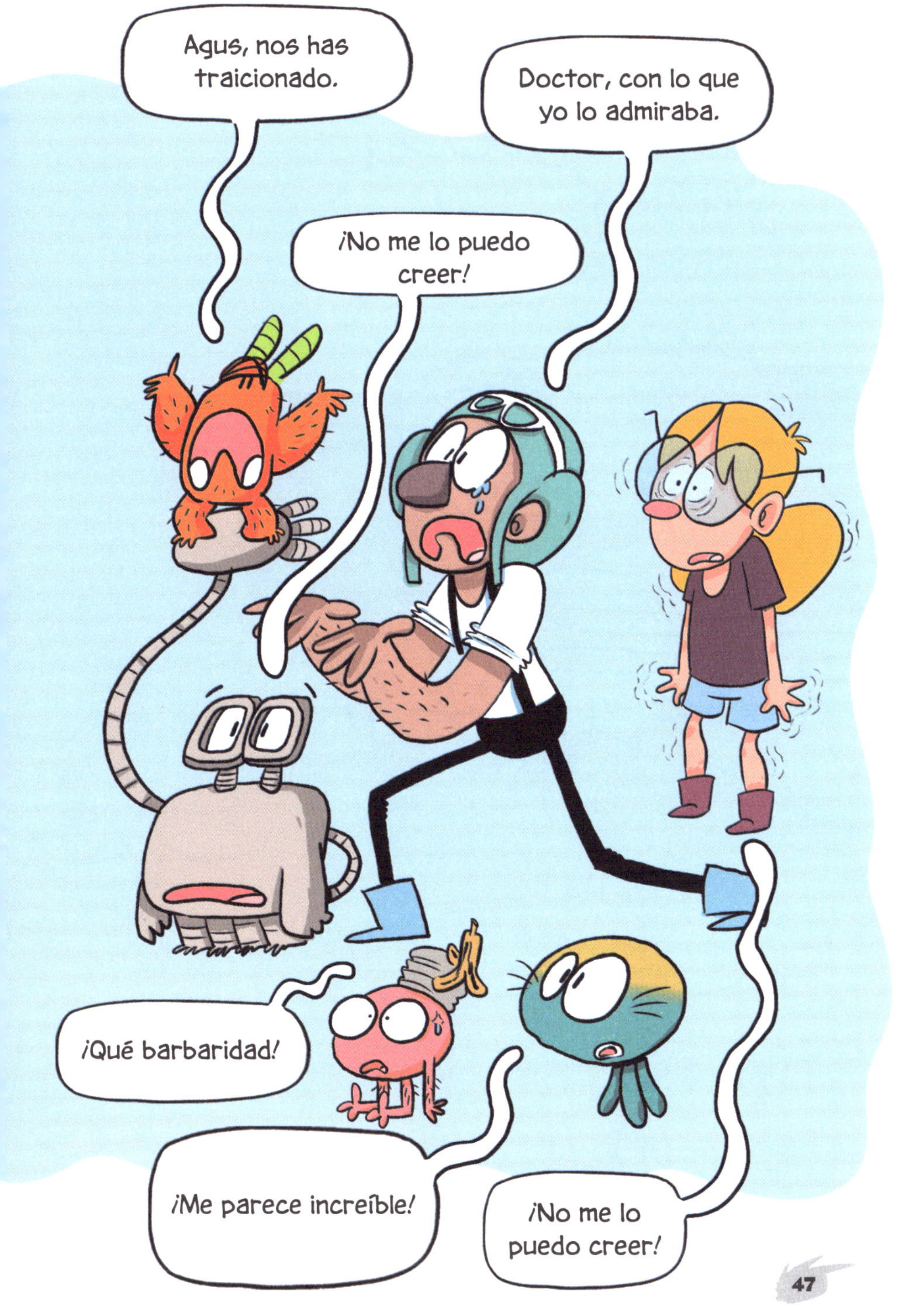
Agus, nos has traicionado.
Doctor, con lo que yo lo admiraba.
¡No me lo puedo creer!
¡Qué barbaridad!
¡Me parece increíble!
¡No me lo puedo creer!

Me desperté de la pesadilla gritando y sudado como un pollo (suponiendo que los pollos suden, que no lo sé) y por suerte el Sr. Flat y Ziro me calmaron.

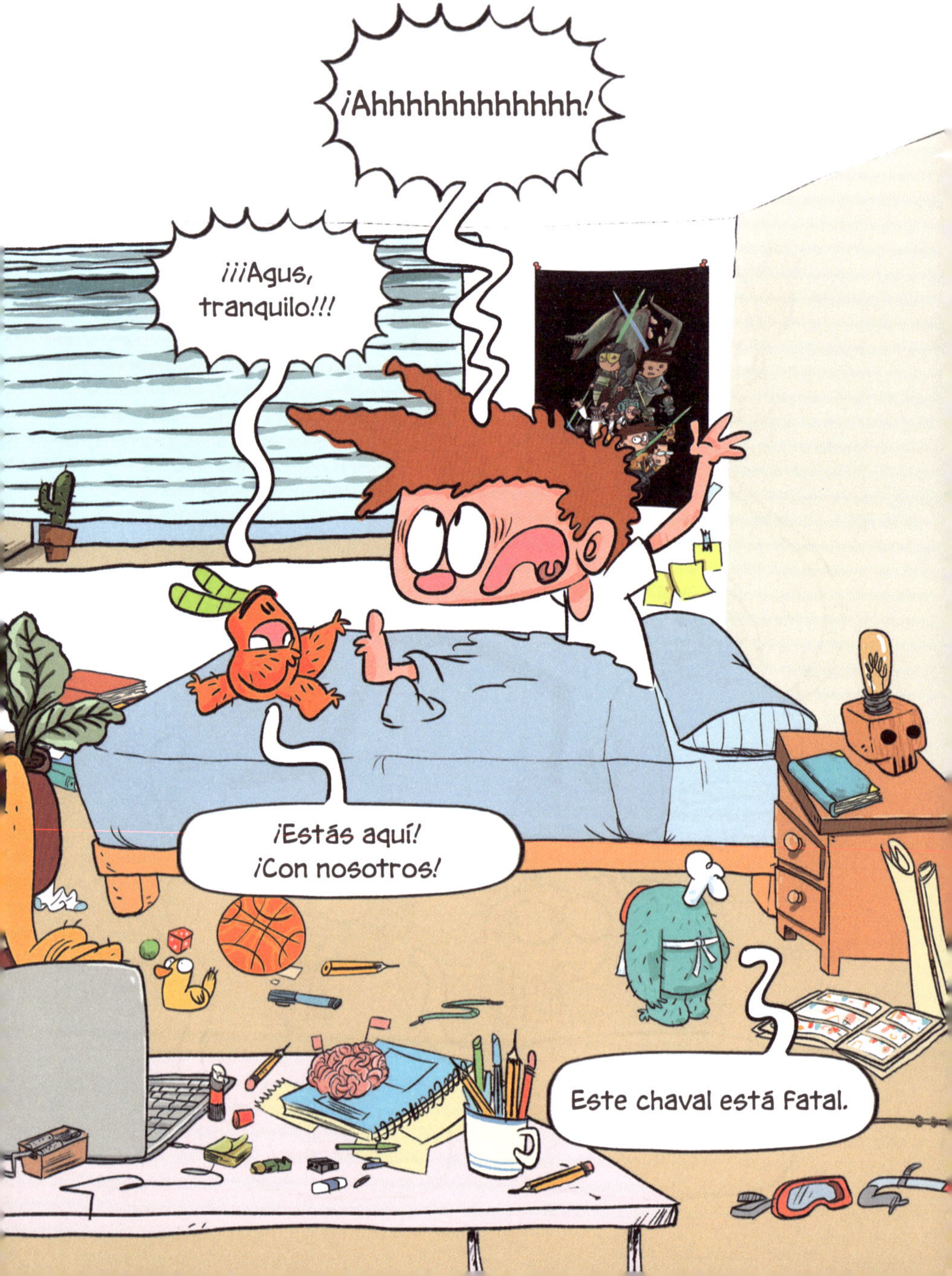
¡Ahhhhhhhhhhhh!
¡¡¡Agus, tranquilo!!!
¡Estás aquí! ¡Con nosotros!
Este chaval está fatal.

Los monstruos me hicieron entender que los sueños son sueños y que no los podemos controlar, y que si lo que importa son las cosas que hacemos más que las que pensamos, mucho menos importan las que soñamos.

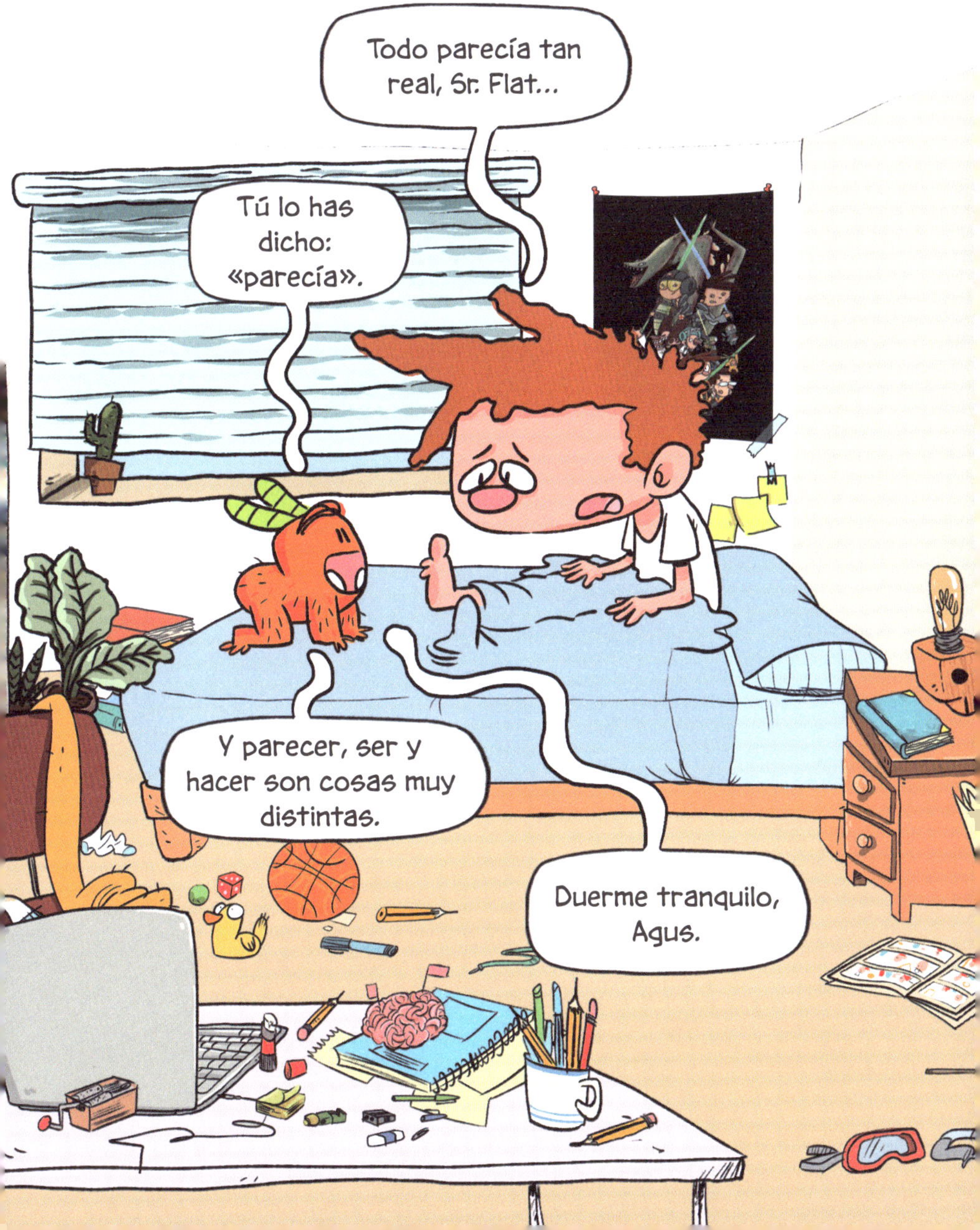
Todo parecía tan real, Sr. Flat...
Tú lo has dicho: «parecía».
Y parecer, ser y hacer son cosas muy distintas.
Duerme tranquilo, Agus.

4

Y MÁS BÚSQUEDA

Al día siguiente a primera hora ya estábamos en el parque, y fuimos directamente a hablar con la gente que trabajaba en la obra. Nadie había visto ningún libro, pero el hombre que se encargaba de la excavadora nos dio una idea.

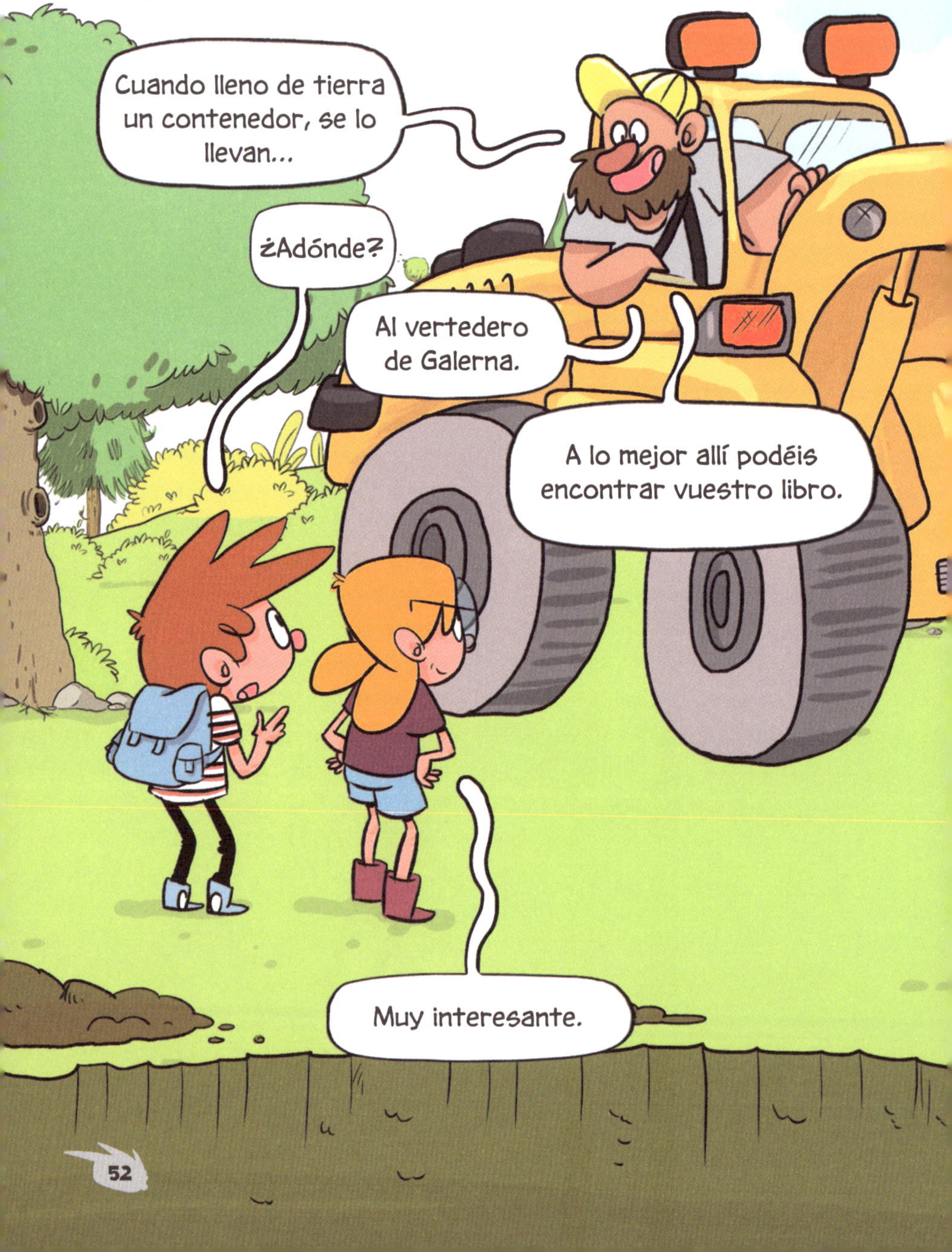
Cuando lleno de tierra un contenedor, se lo llevan...
¿Adónde?
Al vertedero de Galerna.
A lo mejor allí podéis encontrar vuestro libro.
Muy interesante.

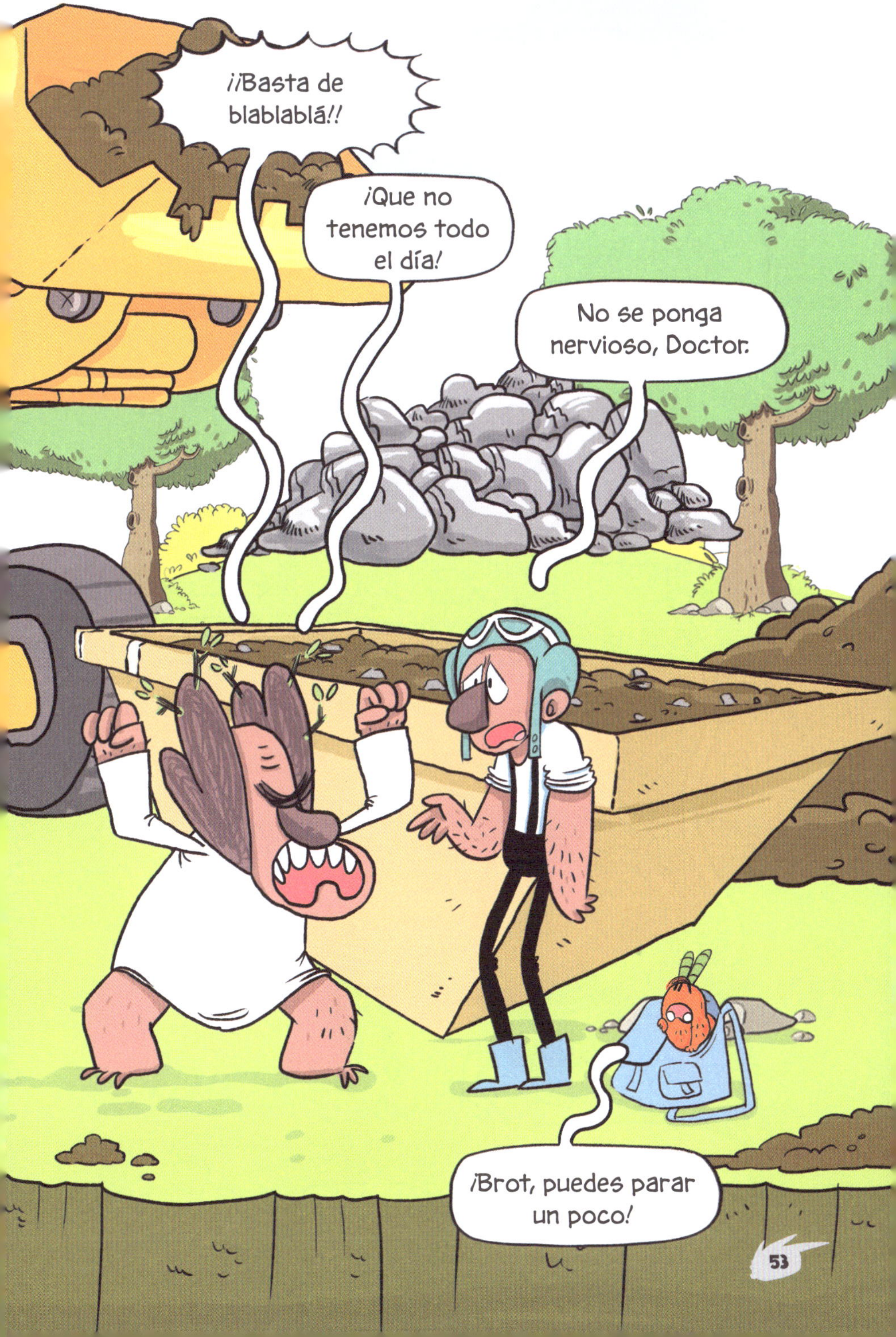
¡¡Basta de blablablá!!
¡Que no tenemos todo el día!
No se ponga nervioso, Doctor.
¡Brot, puedes parar un poco!

Fuimos directamente al vertedero. Y al llegar ya vimos que, aunque el libro estuviera allí, no sería fácil encontrarlo. Había un montón de escombros.

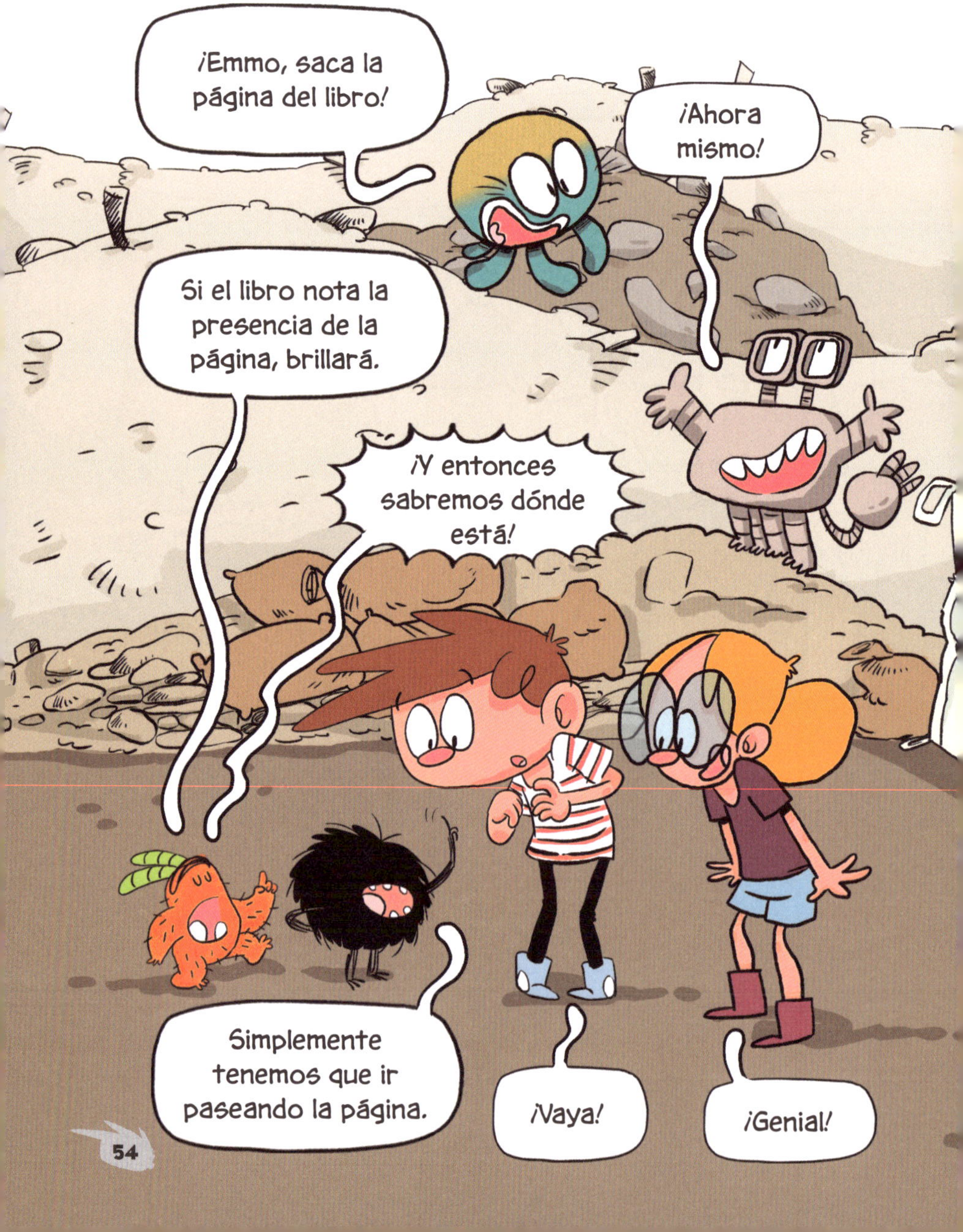

¡Emmo, saca la página del libro!
¡Ahora mismo!
Si el libro nota la presencia de la página, brillará.
¡Y entonces sabremos dónde está!
Simplemente tenemos que ir paseando la página.
¡Vaya!
¡Genial!

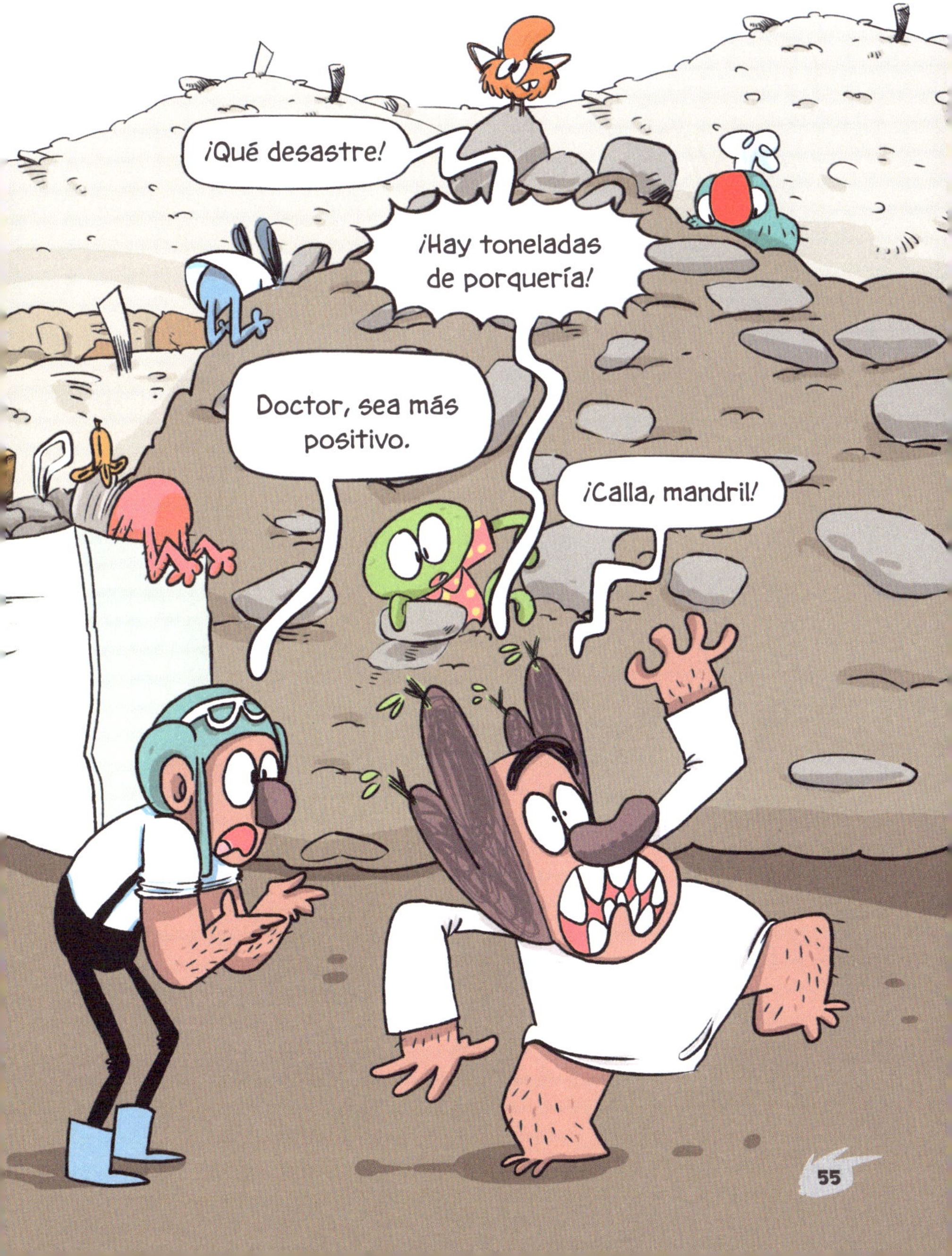
¡Qué desastre!
¡Hay toneladas de porquería!
Doctor, sea más positivo.
¡Calla, mandril!

Brex cogió la página del libro y todos nos pusimos a pasear por encima del montón de escombros con la esperanza de que la página hiciera brillar el libro. Estuvimos una hora andando entre la basura.

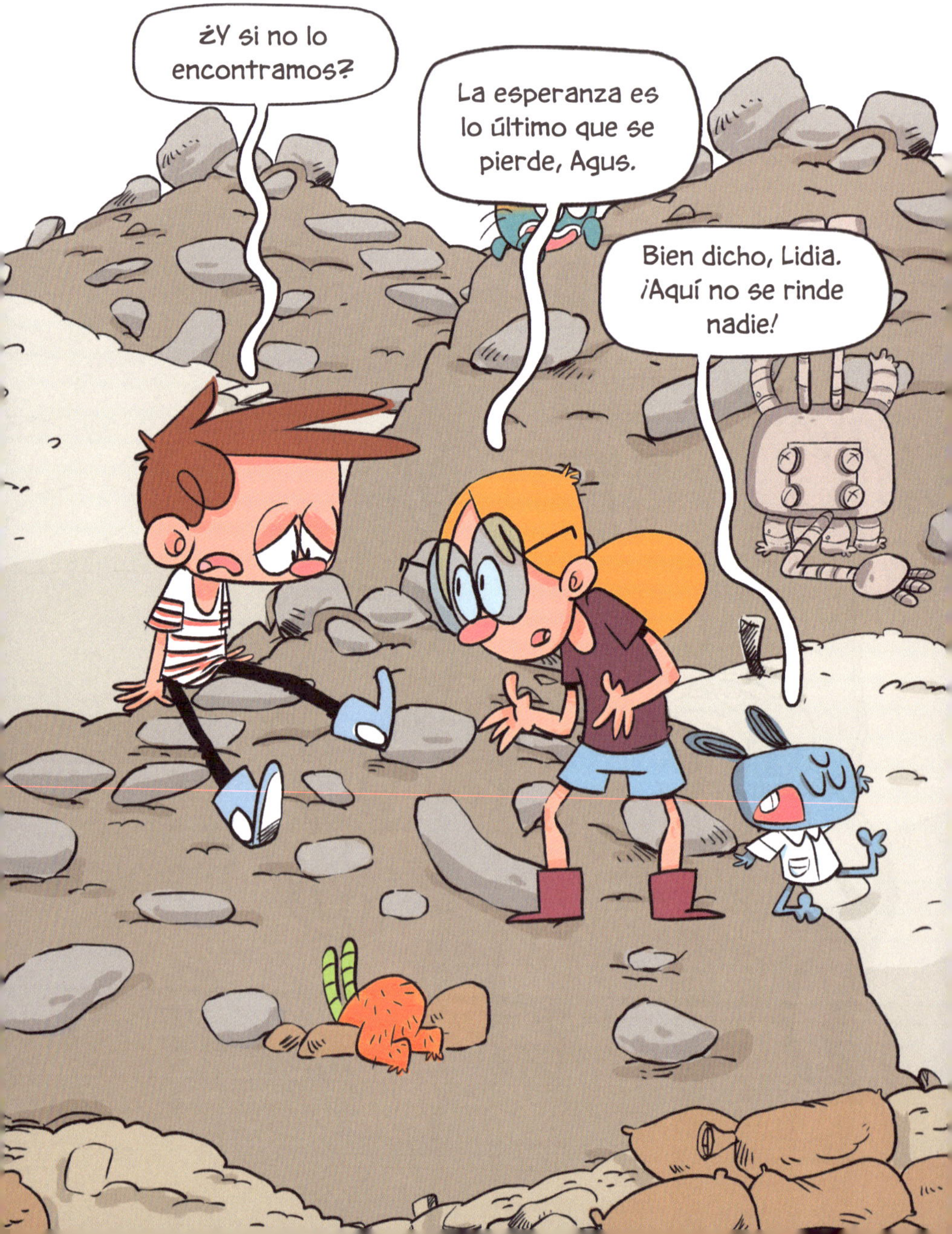
¿Y si no lo encontramos?
La esperanza es lo último que se pierde, Agus.
Bien dicho, Lidia. ¡Aquí no se rinde nadie!

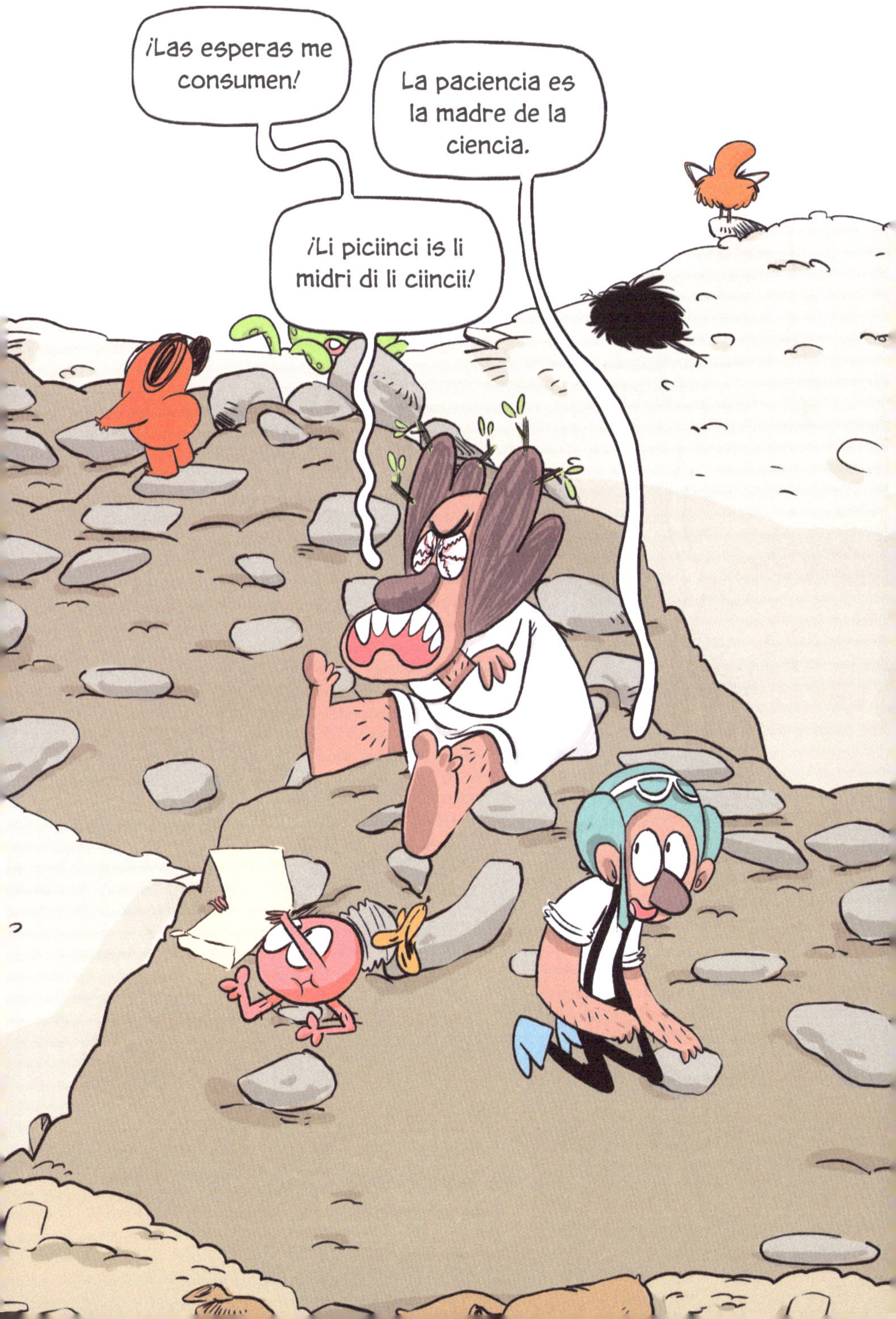
¡Las esperas me consumen!
La paciencia es la madre de la ciencia.
¡Li piciinci is li midri di li ciincii!

Pasadas unas horas quedó claro que el libro no estaba allí, pero por suerte unas señoras que trabajaban en el vertedero abrieron una puerta a la esperanza.

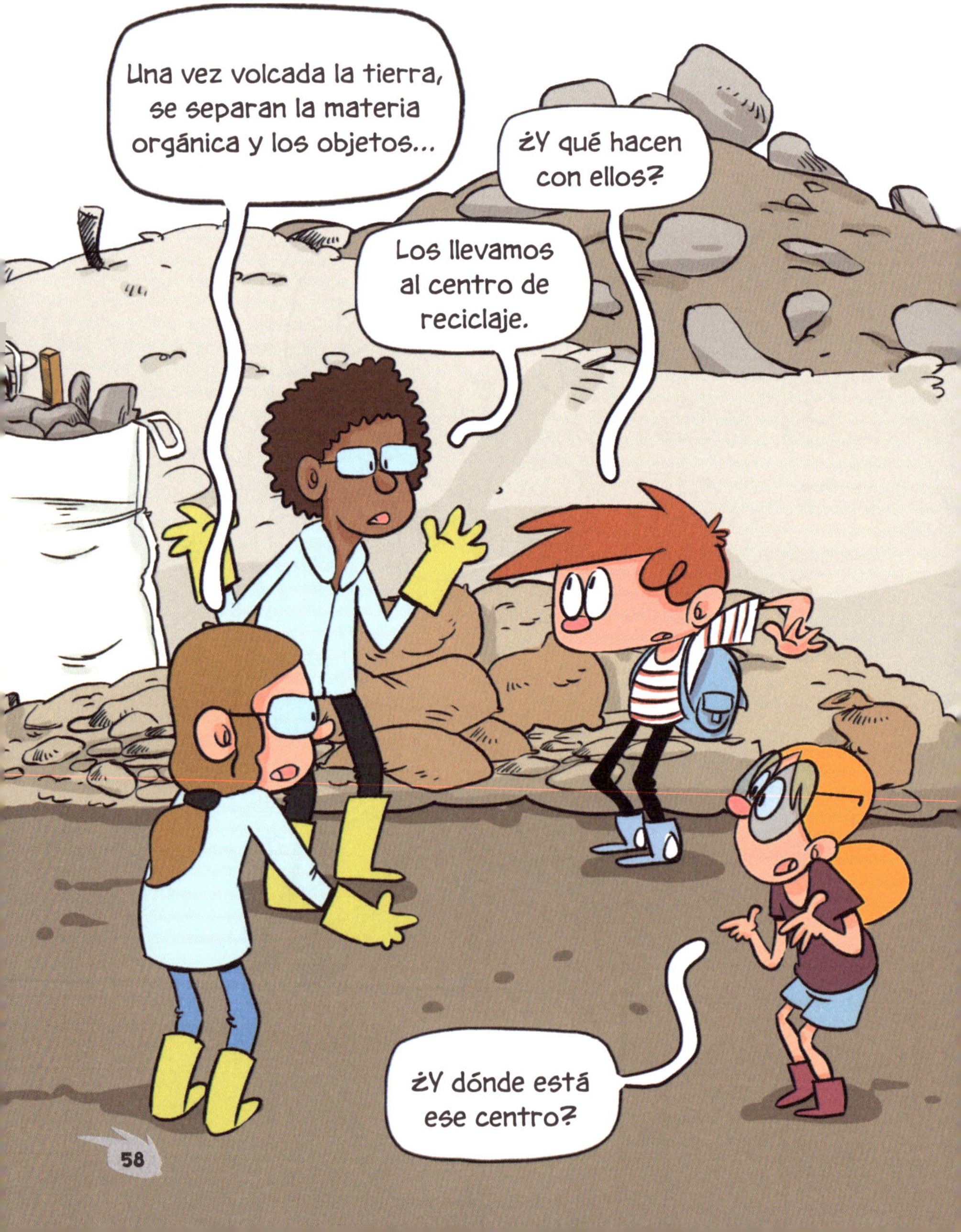
Una vez volcada la tierra, se separan la materia orgánica y los objetos...
¿Y qué hacen con ellos?
Los llevamos al centro de reciclaje.
¿Y dónde está ese centro?

Resultó que el centro de reciclaje estaba a poco más de un kilómetro del vertedero. Y en nada estuvimos allí.

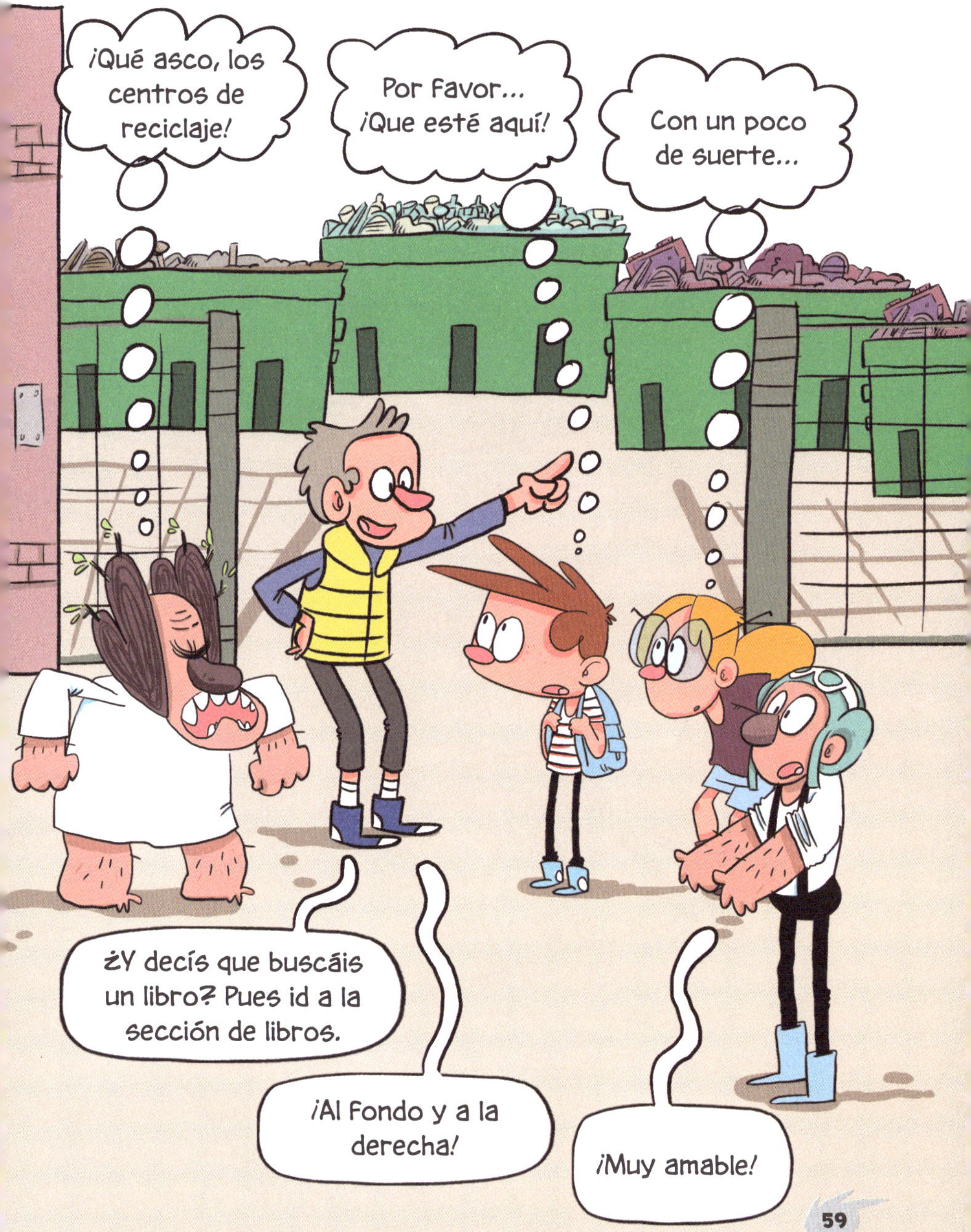
¡Qué asco, los centros de reciclaje!
Por favor... ¡Que esté aquí!
Con un poco de suerte...
¿Y decís que buscáis un libro? Pues id a la sección de libros.
¡Al fondo y a la derecha!
¡Muy amable!

Había miles de libros. Y todos nos pusimos a buscar mientras Brex agitaba la página del *Libro de los monstruos* para ver si algún volumen brillaba. Allí también pasamos horas.

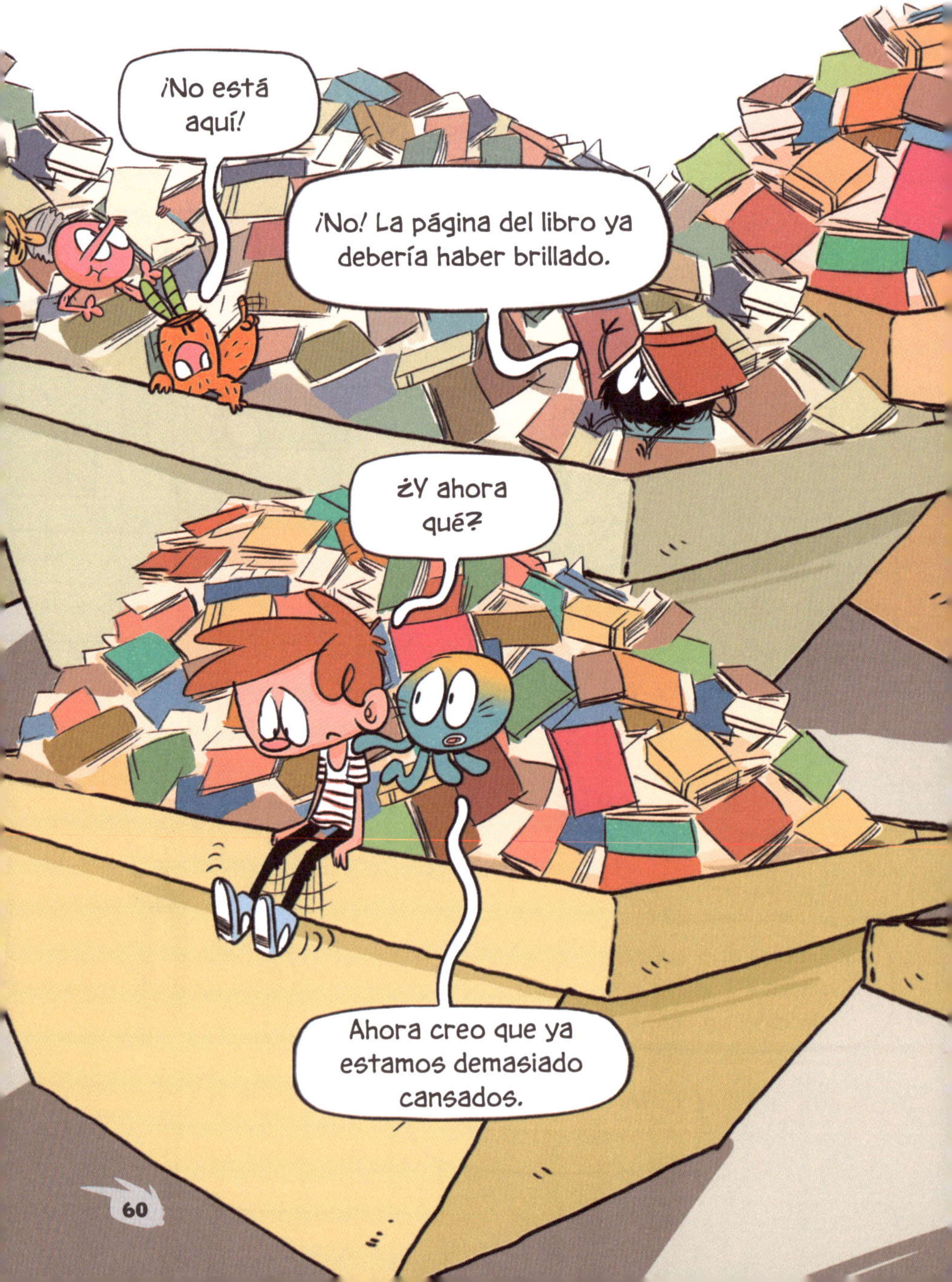

¡No está aquí!
¡No! La página del libro ya debería haber brillado.
¿Y ahora qué?
Ahora creo que ya estamos demasiado cansados.

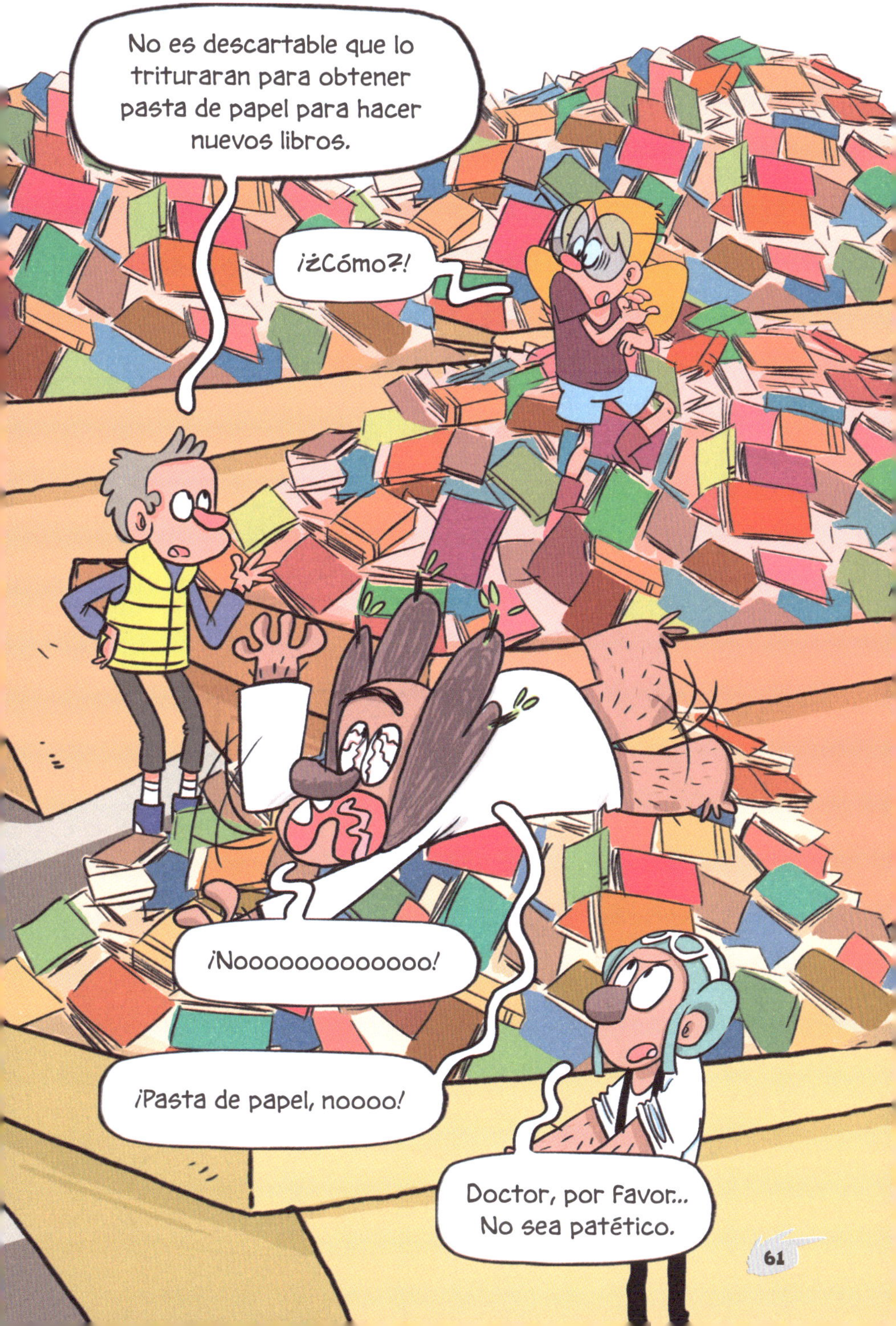
No es descartable que lo trituraran para obtener pasta de papel para hacer nuevos libros.
¡¿Cómo?!
¡Nooooooooooooo!
¡Pasta de papel, noooo!
Doctor, por favor... No sea patético.

Nos despedimos de Nap y del Dr. Brot y nos fuimos a casa. Ziro tenía razón: estábamos agotados y nerviosos. Teníamos que parar y descansar. Y entonces, poco antes de llegar a casa, vimos a un señor que leía el periódico en una terraza y la esperanza volvió a brillar.

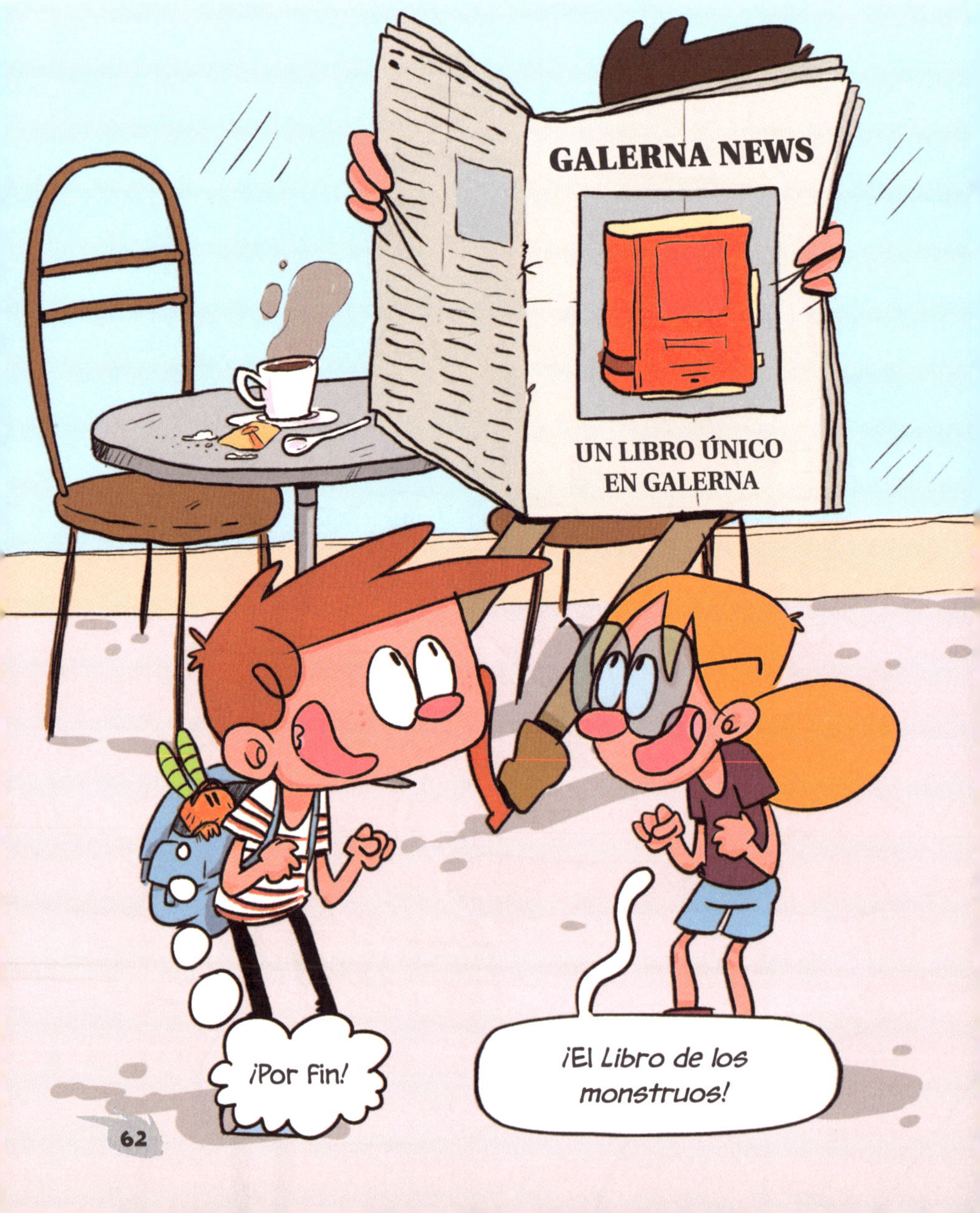
GALERNA NEWS
UN LIBRO ÚNICO EN GALERNA
¡Por fin!
¡El *Libro de los monstruos*!

Inmediatamente fuimos a comprar el periódico y lo que leímos, además de ser sorprendente, nos tranquilizó. ¡Nadie había destruido el libro!

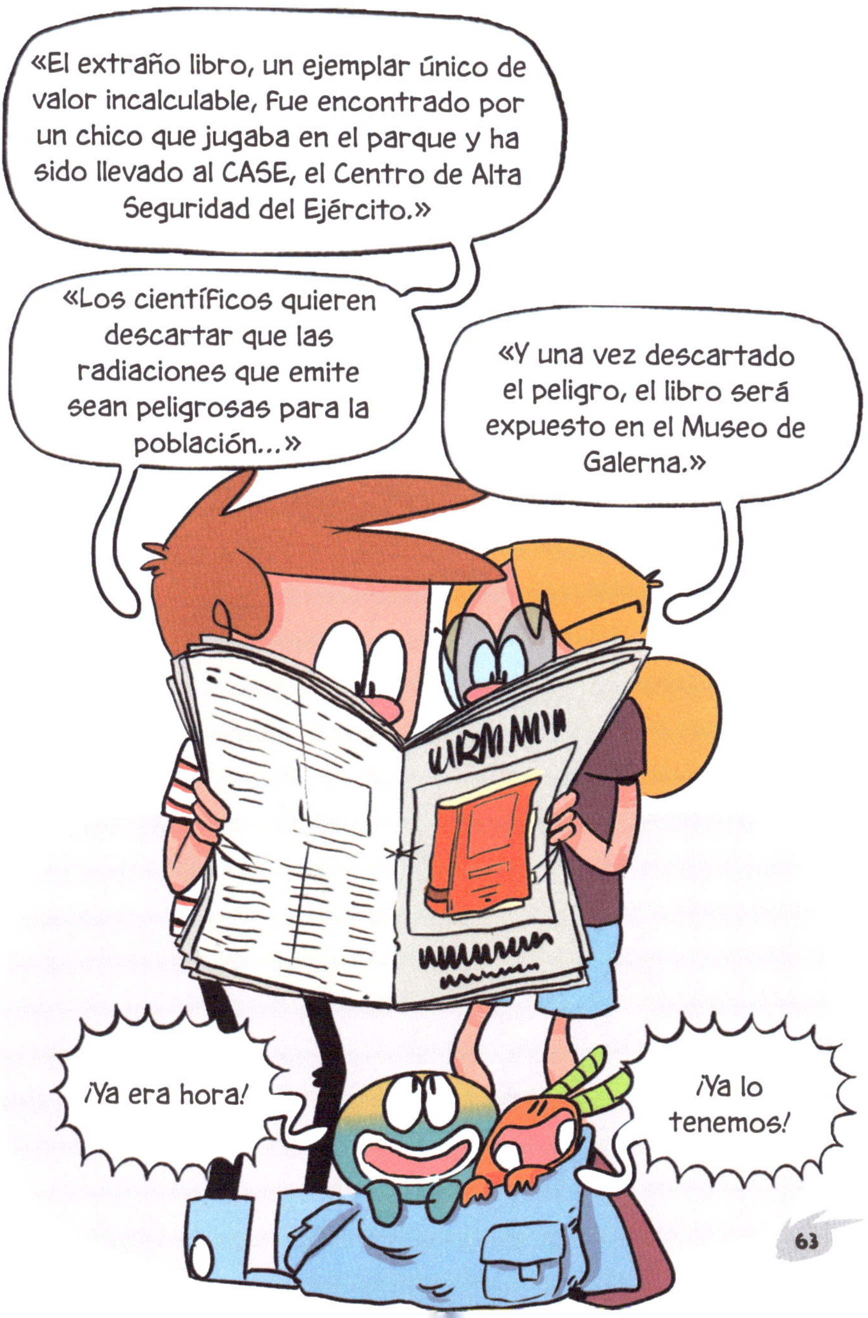
«El extraño libro, un ejemplar único de valor incalculable, fue encontrado por un chico que jugaba en el parque y ha sido llevado al CASE, el Centro de Alta Seguridad del Ejército.»
«Los científicos quieren descartar que las radiaciones que emite sean peligrosas para la población...»
«Y una vez descartado el peligro, el libro será expuesto en el Museo de Galerna.»
¡Ya era hora!
¡Ya lo tenemos!

Se había acabado el descanso. La esperanza nos renovó las fuerzas y, gracias a eso, pusimos rumbo al CASE mientras Hole y la Dra. Veter iban a avisar al Dr. Brot y a Nap.

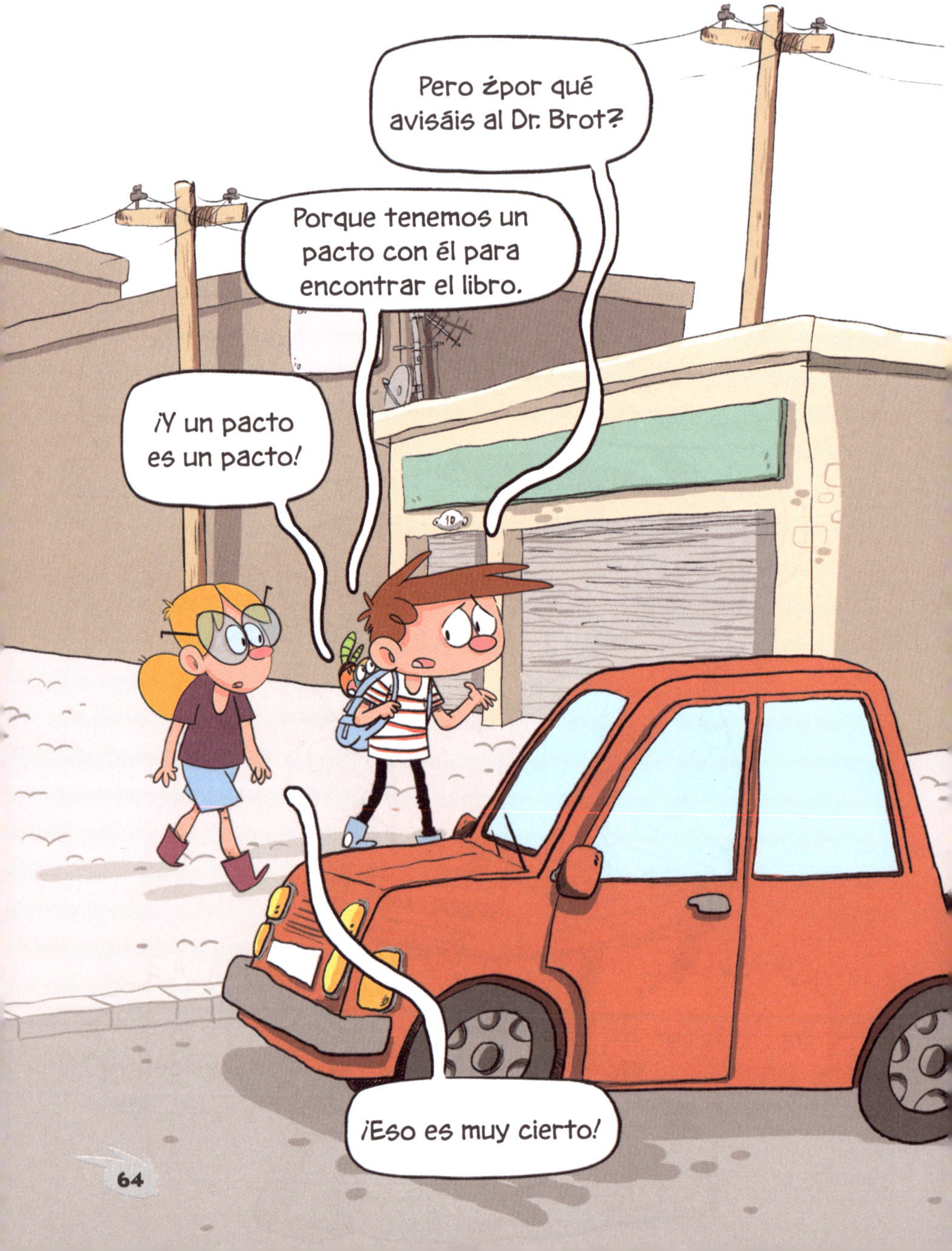

Pero ¿por qué avisáis al Dr. Brot?
Porque tenemos un pacto con él para encontrar el libro.
¡Y un pacto es un pacto!
¡Eso es muy cierto!

Nos encontramos con el Dr. Brot y Nap cerca del CASE. Y ya vimos que entrar allí iba a ser imposible.

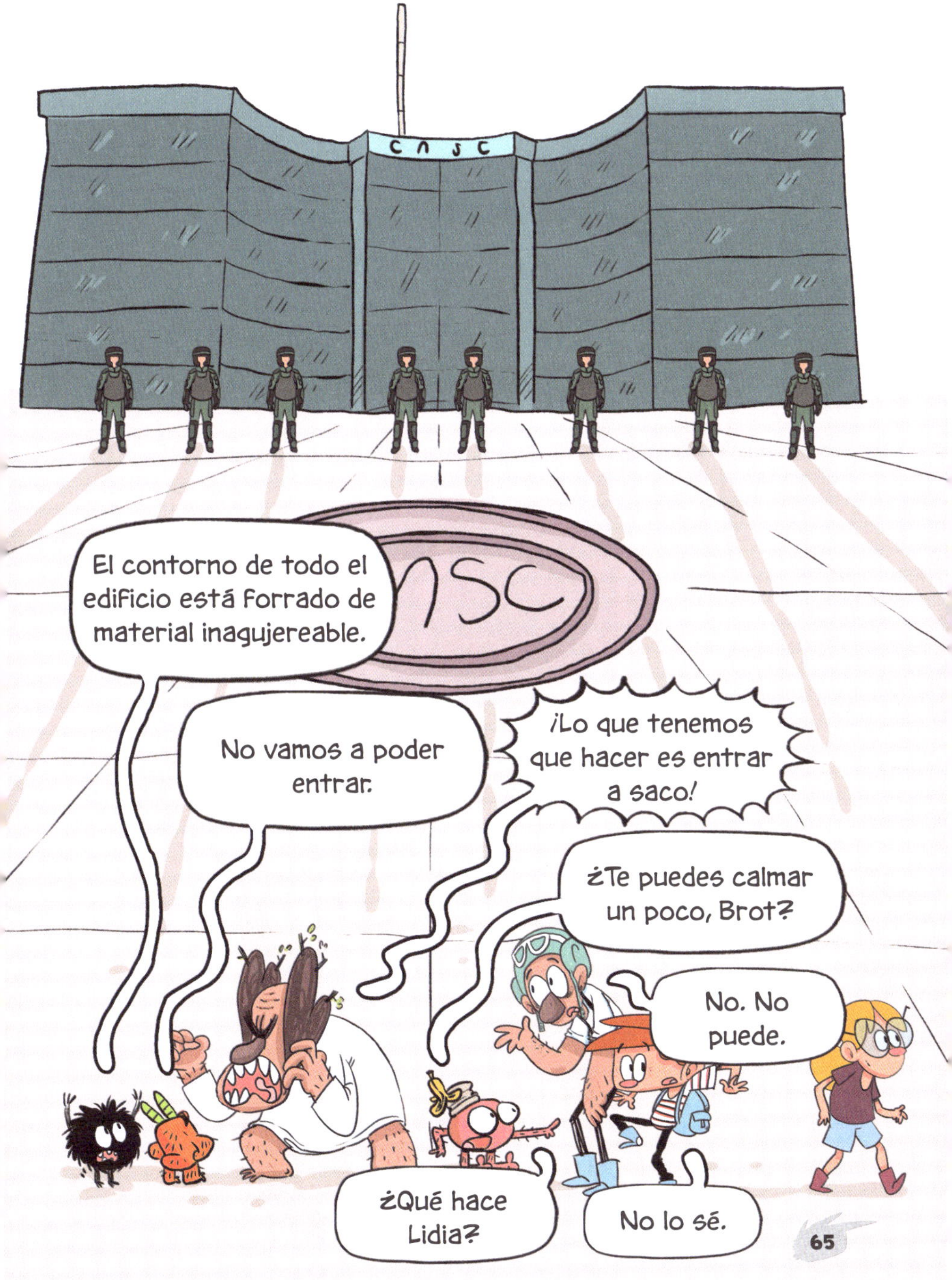
CASE
El contorno de todo el edificio está forrado de material inagujereable.
No vamos a poder entrar.
¡Lo que tenemos que hacer es entrar a saco!
¿Te puedes calmar un poco, Brot?
No. No puede.
¿Qué hace Lidia?
No lo sé.

Lidia pensó en algo tan sencillo que era increíblemente lógico y genial.

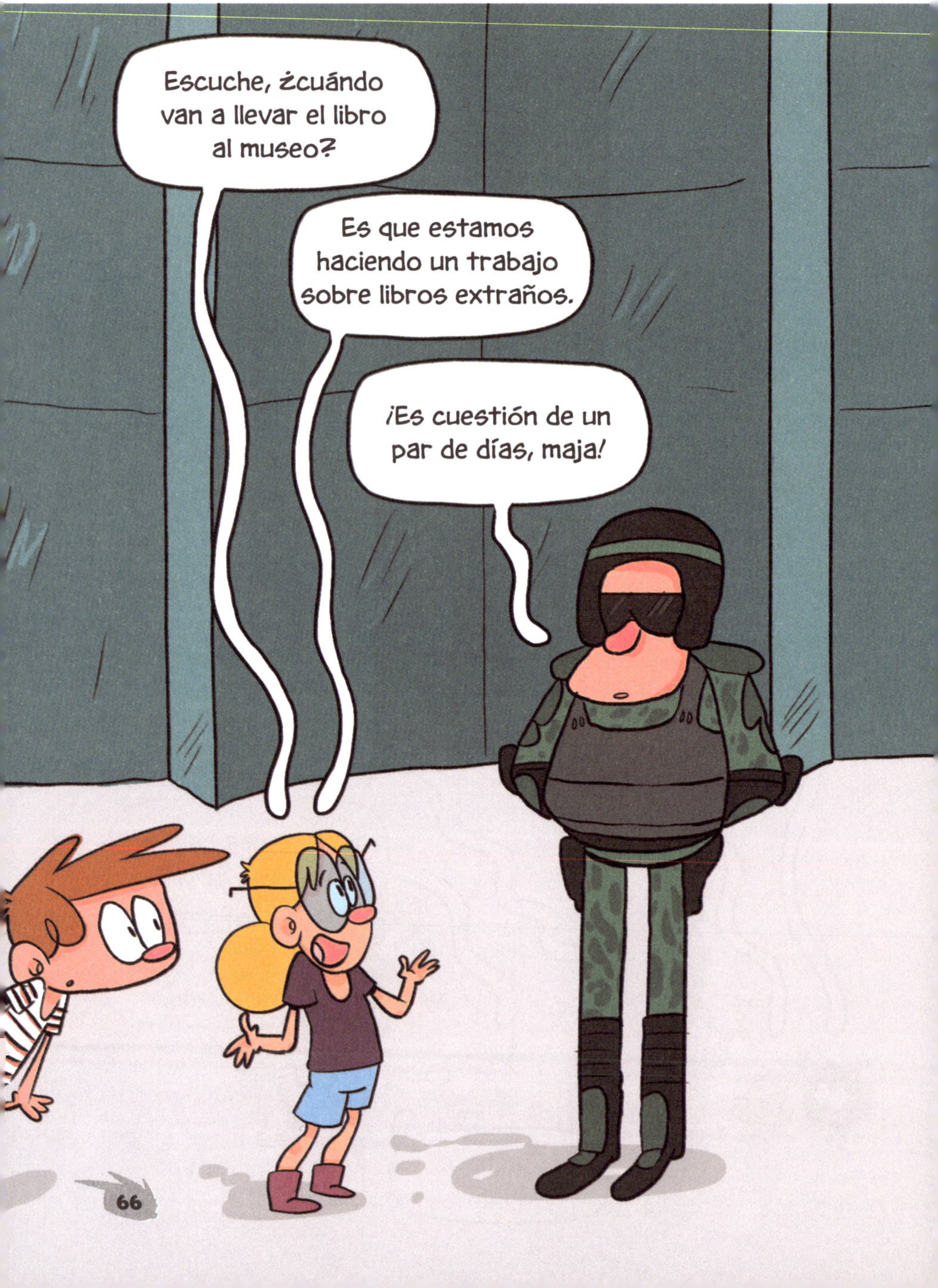
Escuche, ¿cuándo van a llevar el libro al museo?
Es que estamos haciendo un trabajo sobre libros extraños.
¡Es cuestión de un par de días, maja!

Inmediatamente decidimos que esperaríamos aquel par de días. Solo era necesario estar pendientes de las noticias para saber en qué momento exacto empezaría la exposición del libro. Eso es lo que decidimos nosotros, pero el Dr. Brot decidió otra cosa.

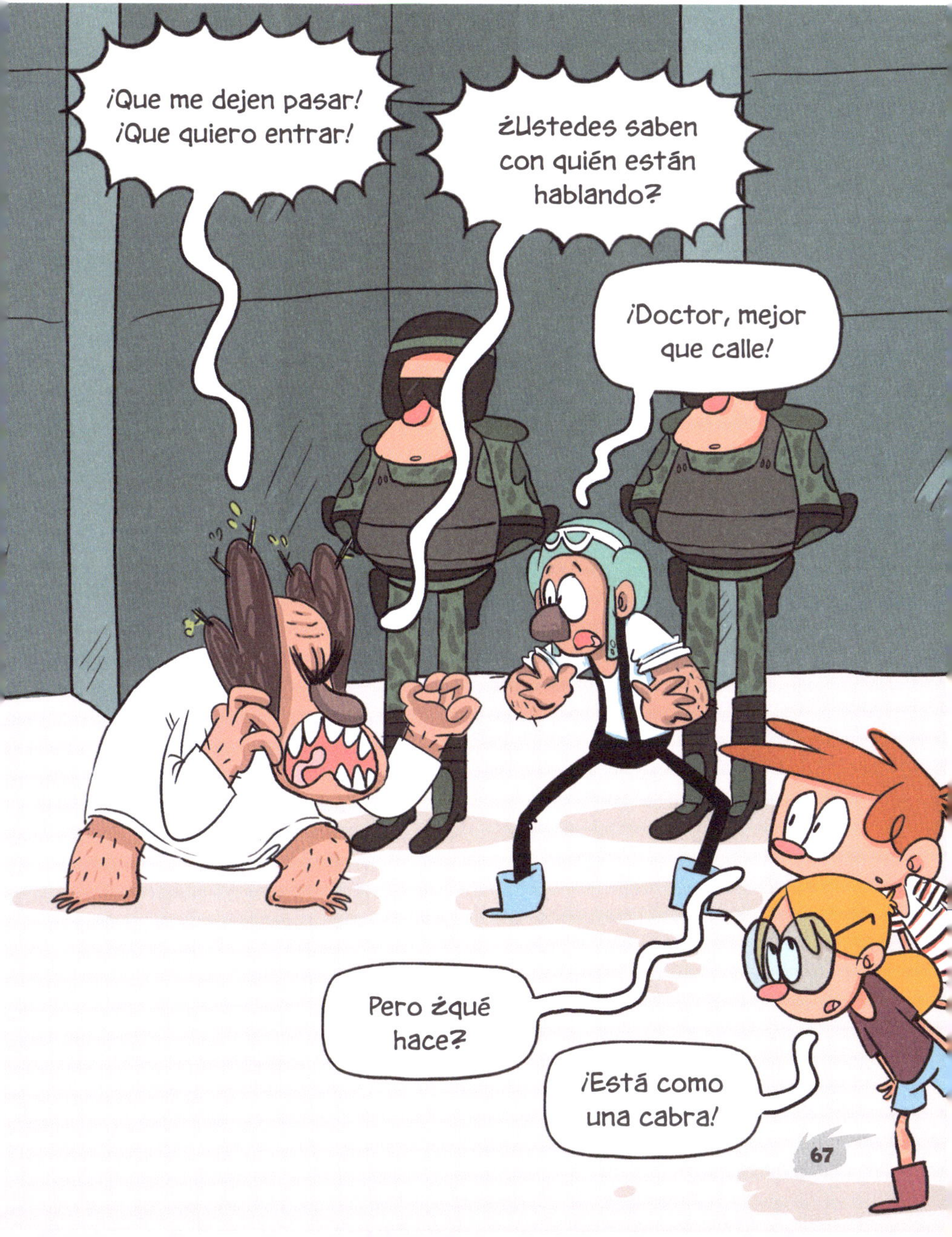
¡Que me dejen pasar! ¡Que quiero entrar!
¿Ustedes saben con quién están hablando?
¡Doctor, mejor que calle!
Pero ¿qué hace?
¡Está como una cabra!

5

PASAN LOS DÍAS Y LAS NOTICIAS

Al día siguiente nos encontramos con el Dr. Brot y Nap en el parque. Habían permanecido media noche en la comisaría, pero el Doctor aún no acababa de entender que simplemente tenía que dejar pasar dos días más. Él seguía con sus ideas delirantes.

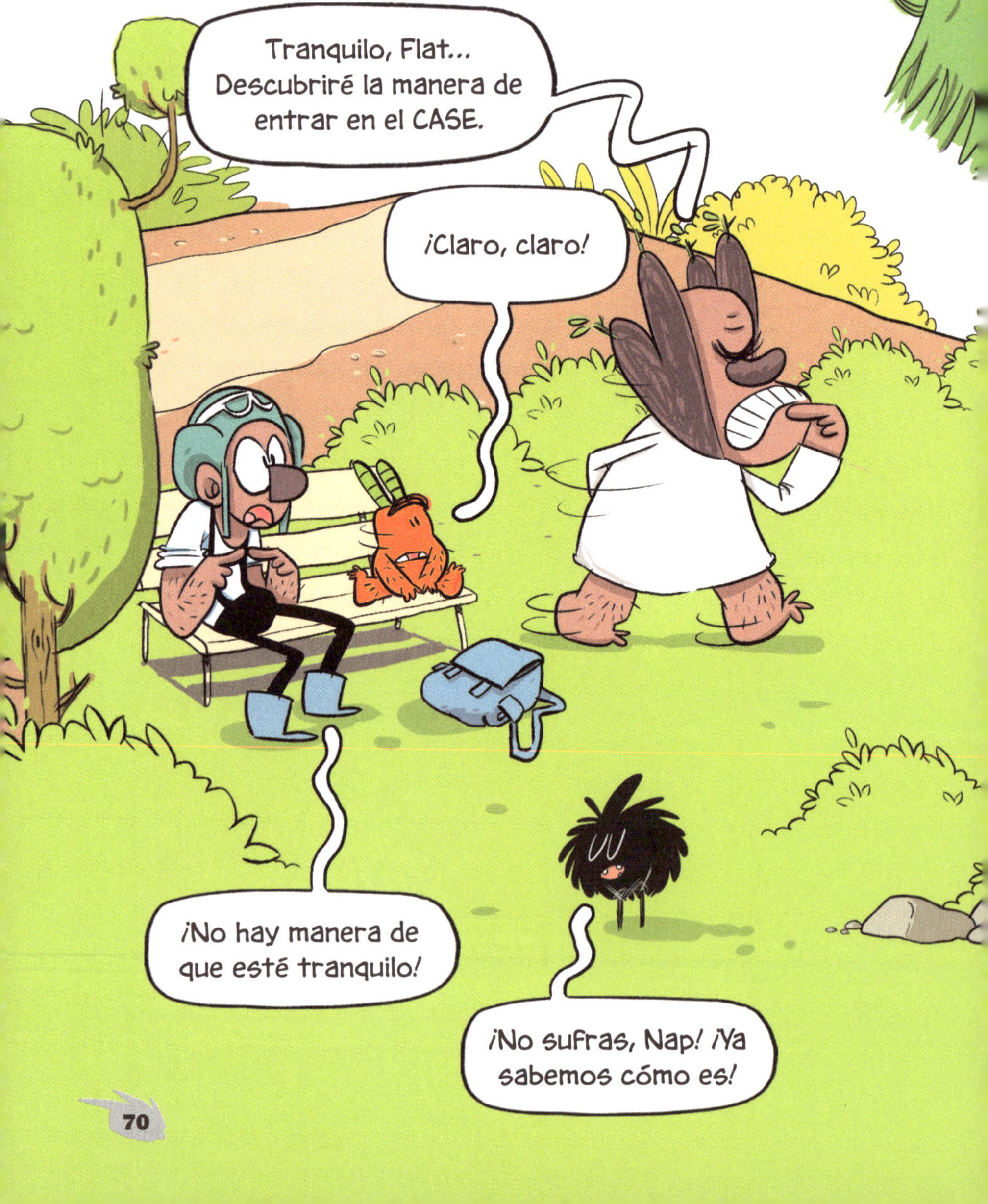
Tranquilo, Flat... Descubriré la manera de entrar en el CASE.
¡Claro, claro!
¡No hay manera de que esté tranquilo!
¡No sufras, Nap! ¡Ya sabemos cómo es!

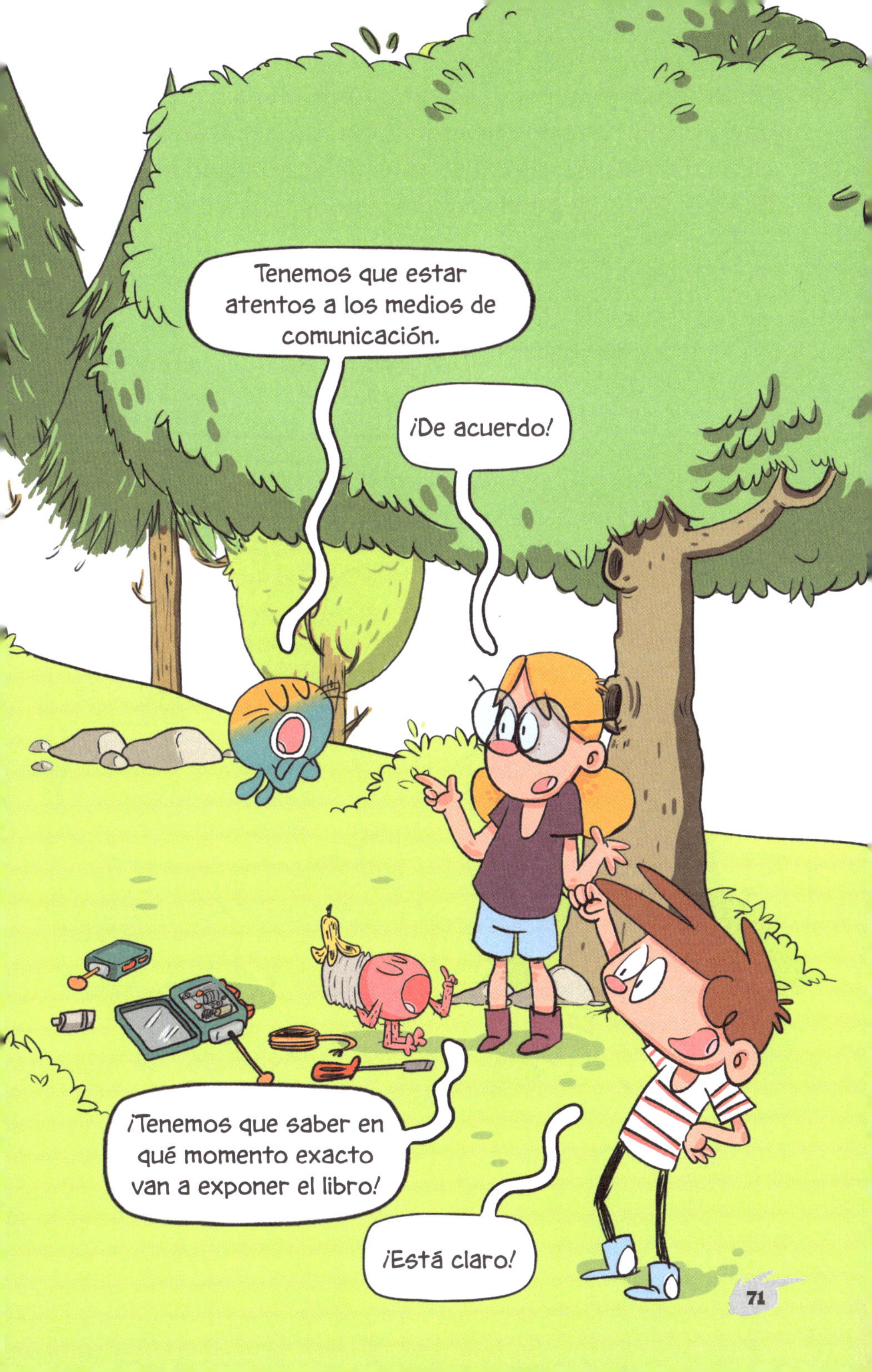
Tenemos que estar atentos a los medios de comunicación.
¡De acuerdo!
¡Tenemos que saber en qué momento exacto van a exponer el libro!
¡Está claro!

Desde aquel momento estuvimos obsesivamente pendientes de los medios de comunicación. Lidia se pasaba el día mirando el canal de noticias de la Televisión de Galerna y yo me dedicaba a leer todos los periódicos digitales.

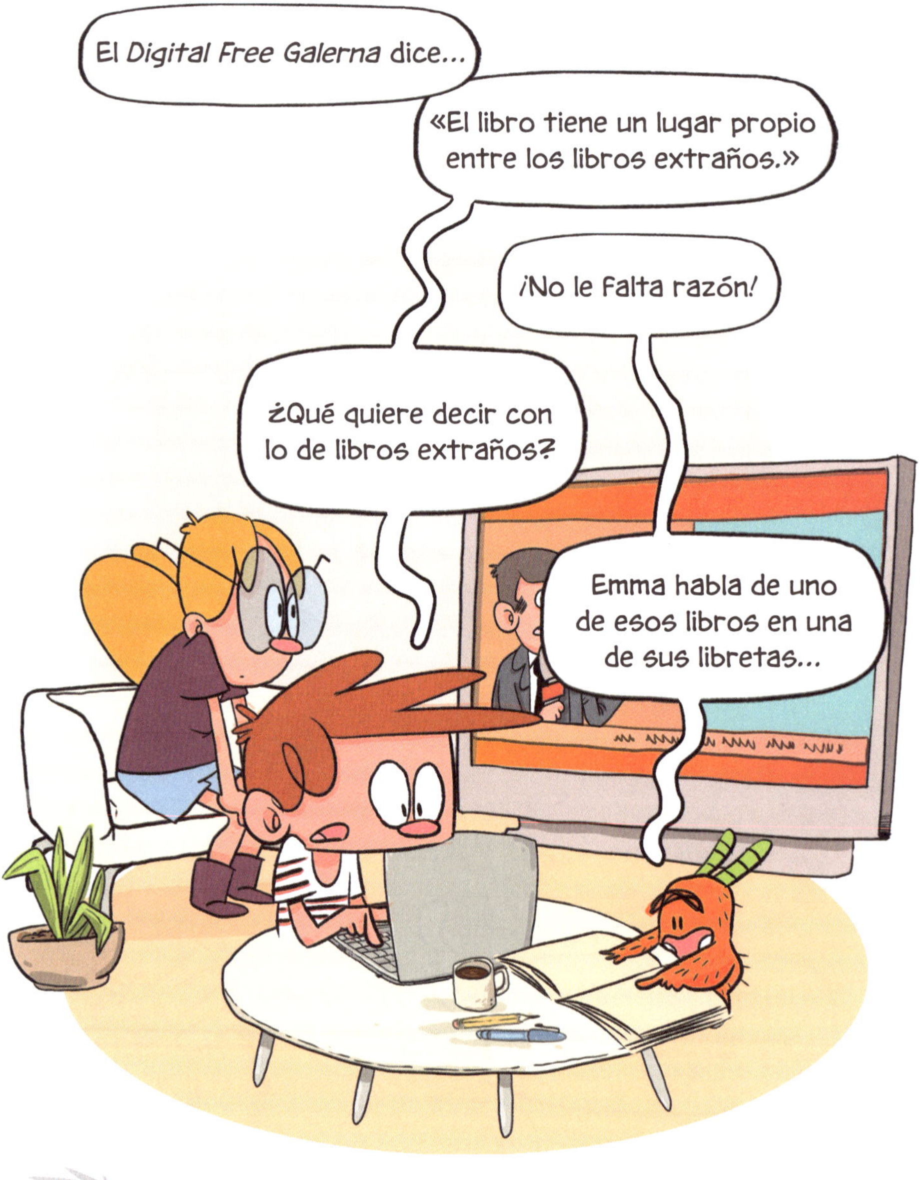
El *Digital Free Galerna* dice...
«El libro tiene un lugar propio entre los libros extraños.»
¿Qué quiere decir con lo de libros extraños?
¡No le falta razón!
Emma habla de uno de esos libros en una de sus libretas...

El Sr. Flat me habló de una serie de libros únicos que durante siglos habían constituido un enigma. Algunos eran indescifrables y otros eran un compendio de misterios o de temas terribles. Y, en efecto, en una de las libretas de Emma había anotaciones sobre el manuscrito Voynich, un libro raro entre los libros raros.

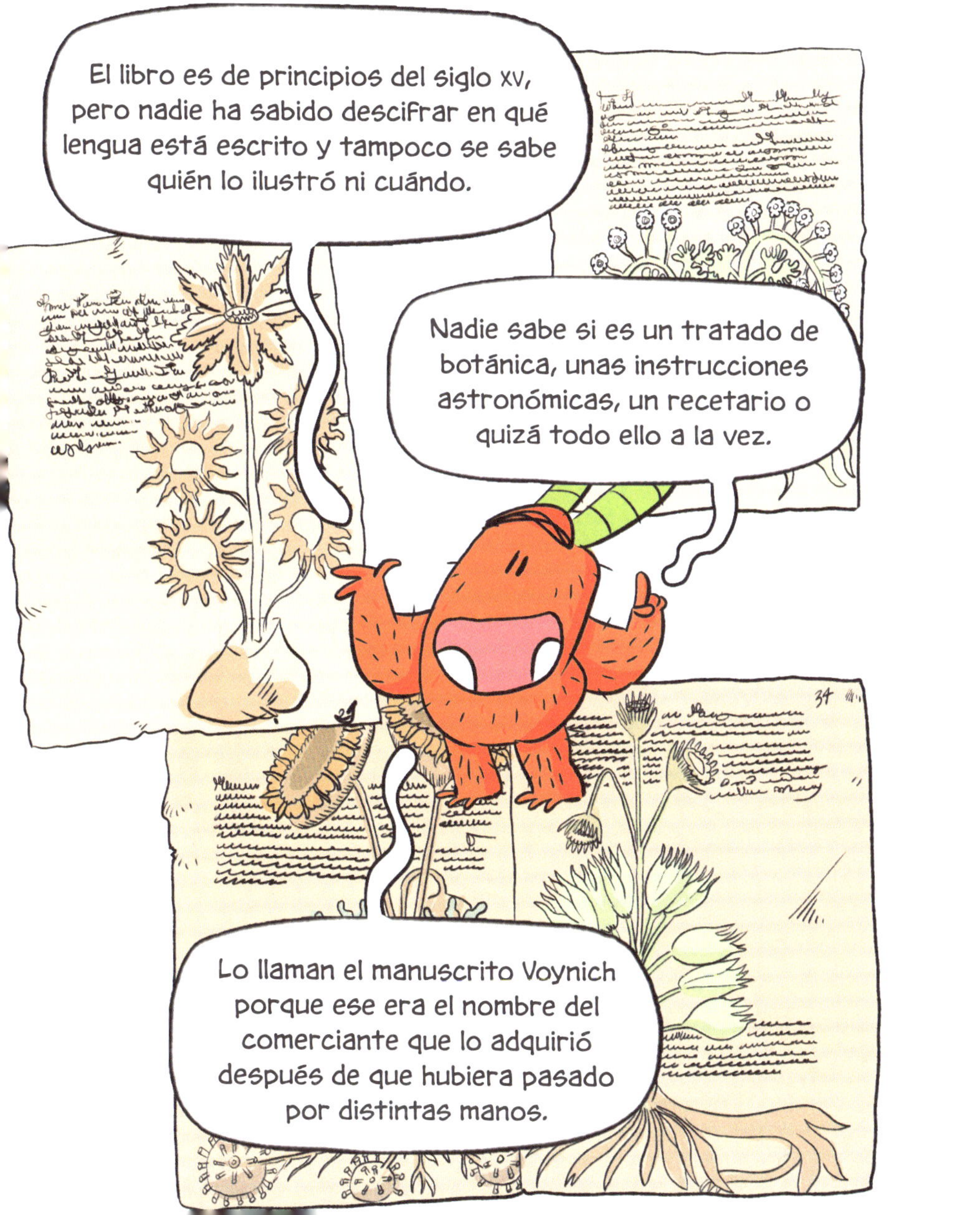

El libro es de principios del siglo XV, pero nadie ha sabido descifrar en qué lengua está escrito y tampoco se sabe quién lo ilustró ni cuándo.
Nadie sabe si es un tratado de botánica, unas instrucciones astronómicas, un recetario o quizá todo ello a la vez.
Lo llaman el manuscrito Voynich porque ese era el nombre del comerciante que lo adquirió después de que hubiera pasado por distintas manos.

Unas horas más tarde, mientras Lidia y yo seguíamos rastreando todas las noticias relacionadas con el *Libro de los monstruos*, el Dr. Brot le hizo una propuesta al Sr. Flat que era una auténtica barbaridad.

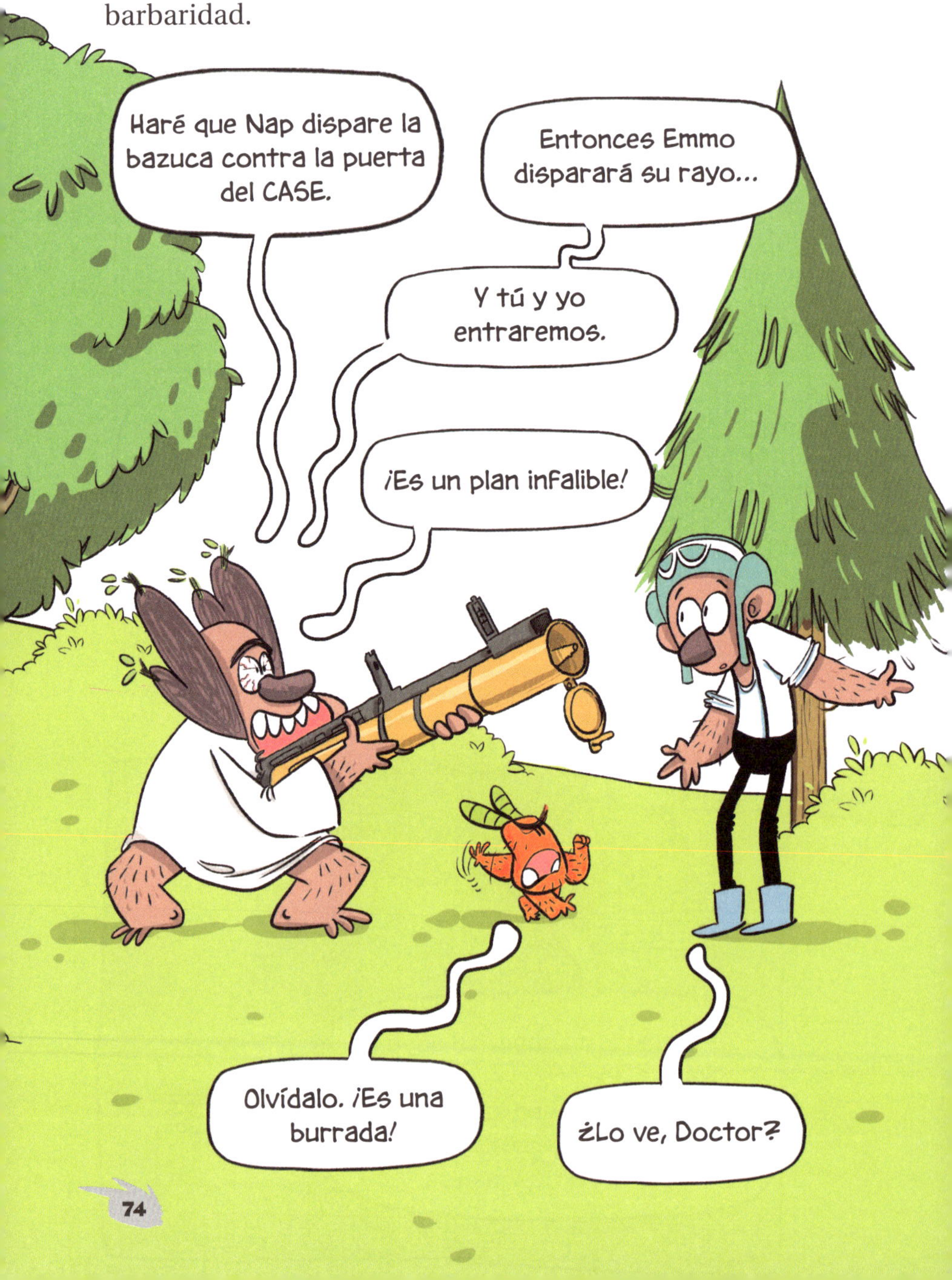

Haré que Nap dispare la bazuca contra la puerta del CASE.
Entonces Emmo disparará su rayo...
Y tú y yo entraremos.
¡Es un plan infalible!
Olvídalo. ¡Es una burrada!
¿Lo ve, Doctor?

A mis padres les dije que estaba haciendo el último trabajo de la escuela y que no les extrañara si me veían todo el día leyendo periódicos.

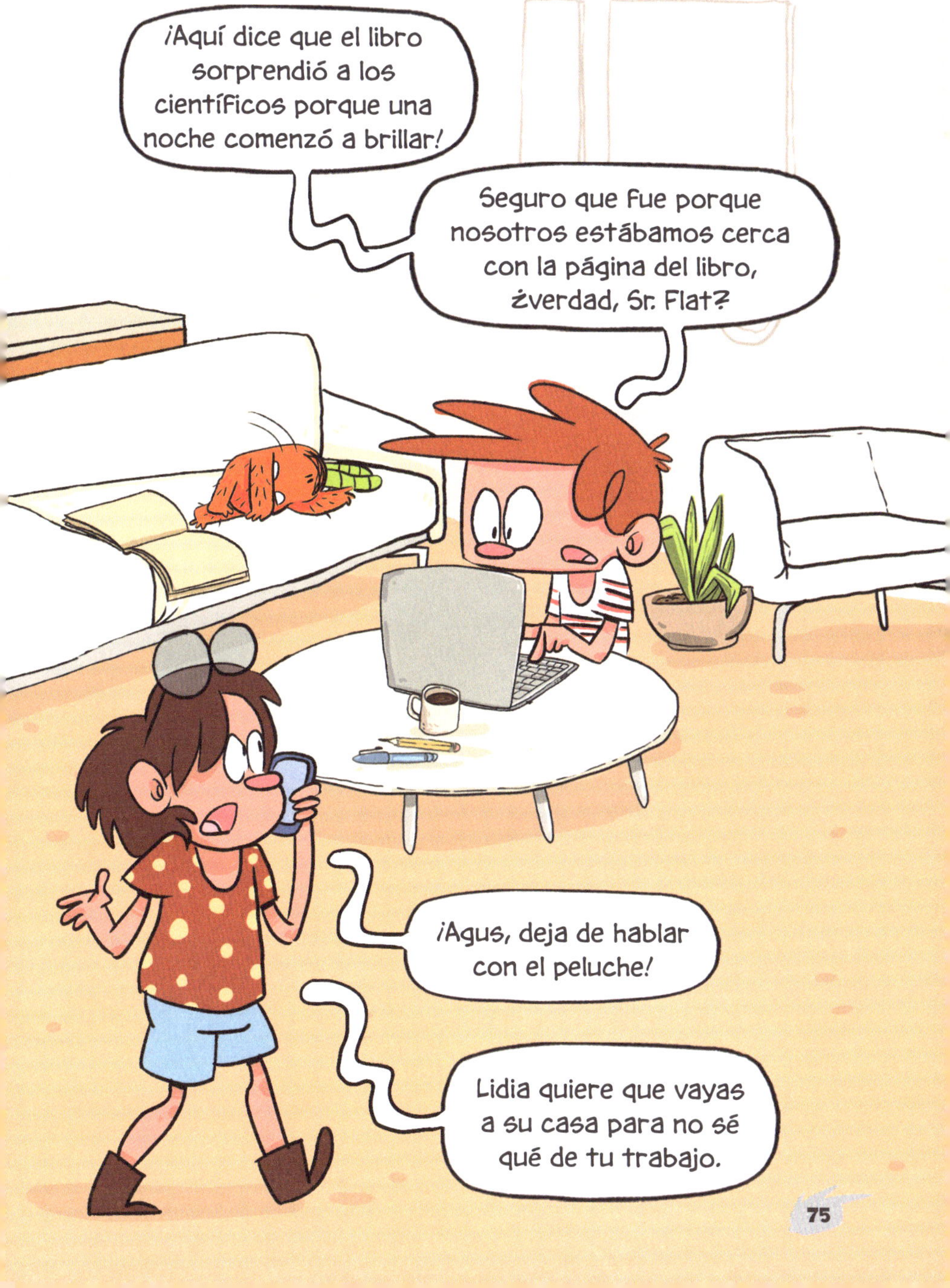
¡Aquí dice que el libro sorprendió a los científicos porque una noche comenzó a brillar!
Seguro que fue porque nosotros estábamos cerca con la página del libro, ¿verdad, Sr. Flat?
¡Agus, deja de hablar con el peluche!
Lidia quiere que vayas a su casa para no sé qué de tu trabajo.

Metí a los monstruos en la bolsa y salí disparado de casa. Encontré a Lidia muy excitada porque en un programa acababan de decir que iban a hablar del *Libro de los monstruos*, que habían rebautizado como el *Libro Secreto*.

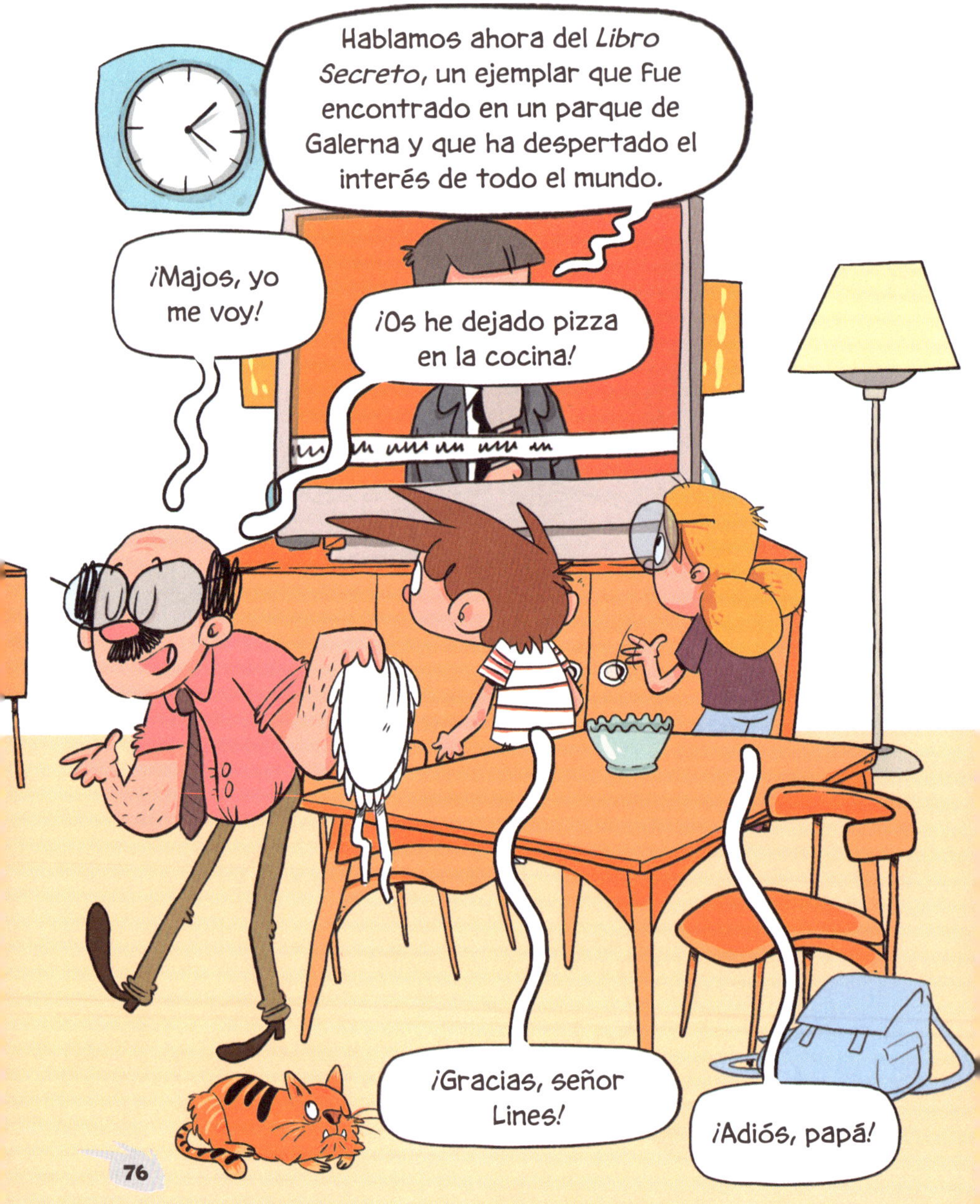

Hablamos ahora del *Libro Secreto*, un ejemplar que fue encontrado en un parque de Galerna y que ha despertado el interés de todo el mundo.
¡Majos, yo me voy!
¡Os he dejado pizza en la cocina!
¡Gracias, señor Lines!
¡Adiós, papá!

Acababa de empezar el programa y la cabeza estuvo a punto de explotarnos, porque entrevistaron al chico que había hallado el libro. ¿Y quién era el chico? ¡Era Bull!

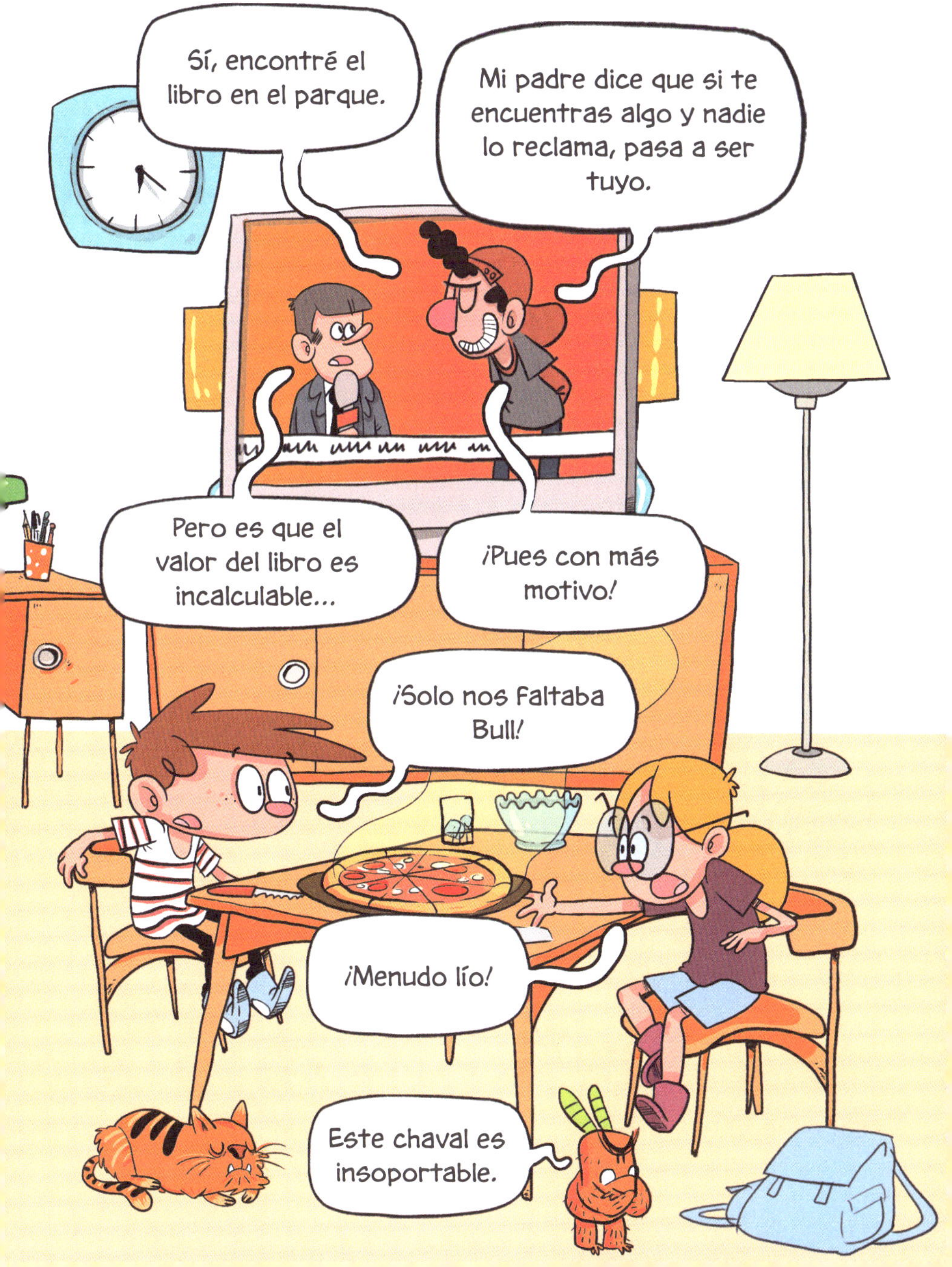
Sí, encontré el libro en el parque.
Mi padre dice que si te encuentras algo y nadie lo reclama, pasa a ser tuyo.
Pero es que el valor del libro es incalculable...
¡Pues con más motivo!
¡Solo nos faltaba Bull!
¡Menudo lío!
Este chaval es insoportable.

Después, un especialista en libros enigmáticos dejó claro que el libro podía ser una caja de sorpresas.

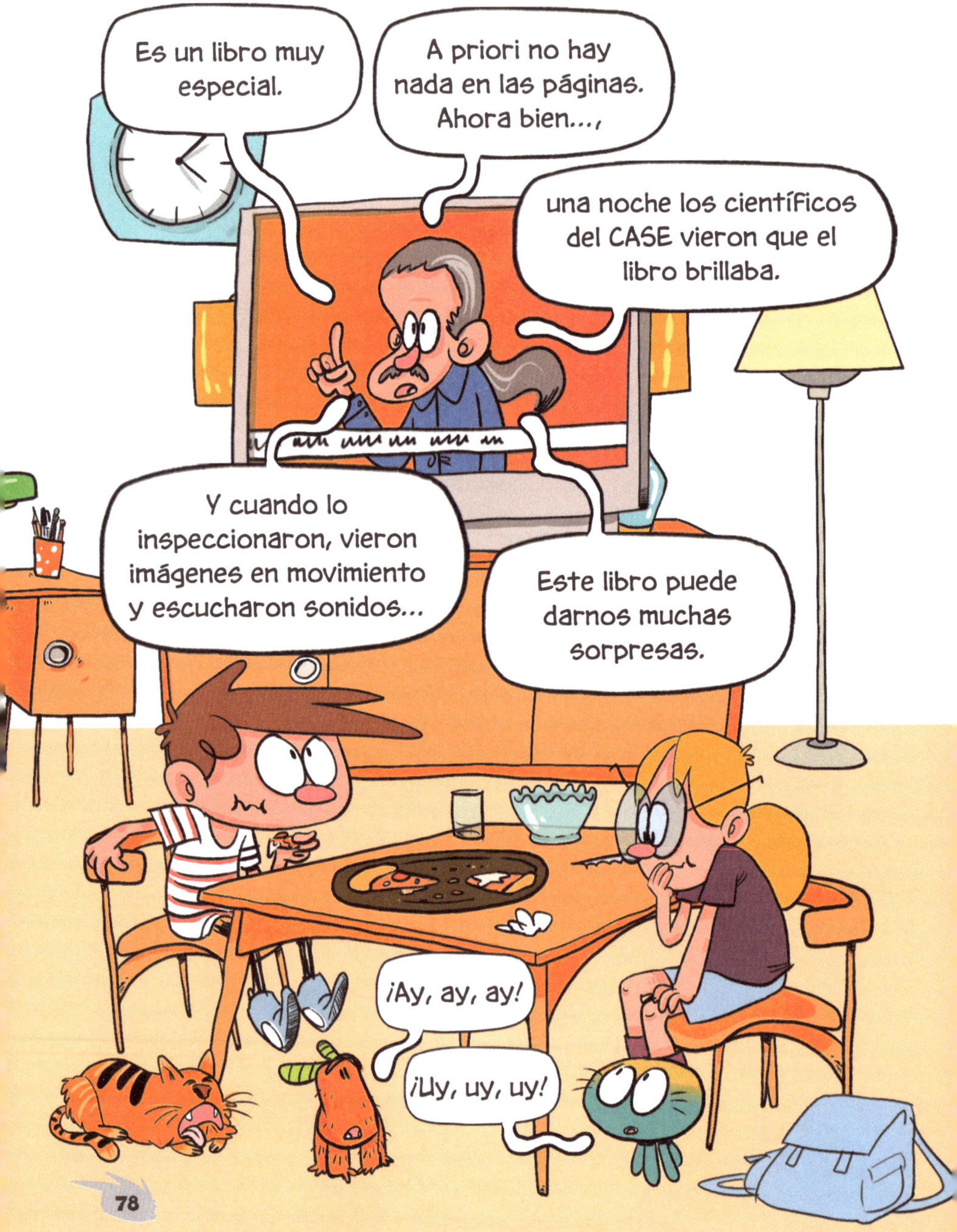

Es un libro muy especial.
A priori no hay nada en las páginas. Ahora bien...,
una noche los científicos del CASE vieron que el libro brillaba.
Y cuando lo inspeccionaron, vieron imágenes en movimiento y escucharon sonidos...
Este libro puede darnos muchas sorpresas.
¡Ay, ay, ay!
¡Uy, uy, uy!

Tras el especialista, pasaron imágenes grabadas en el CASE en las que se veía perfectamente el *Libro de los monstruos*.

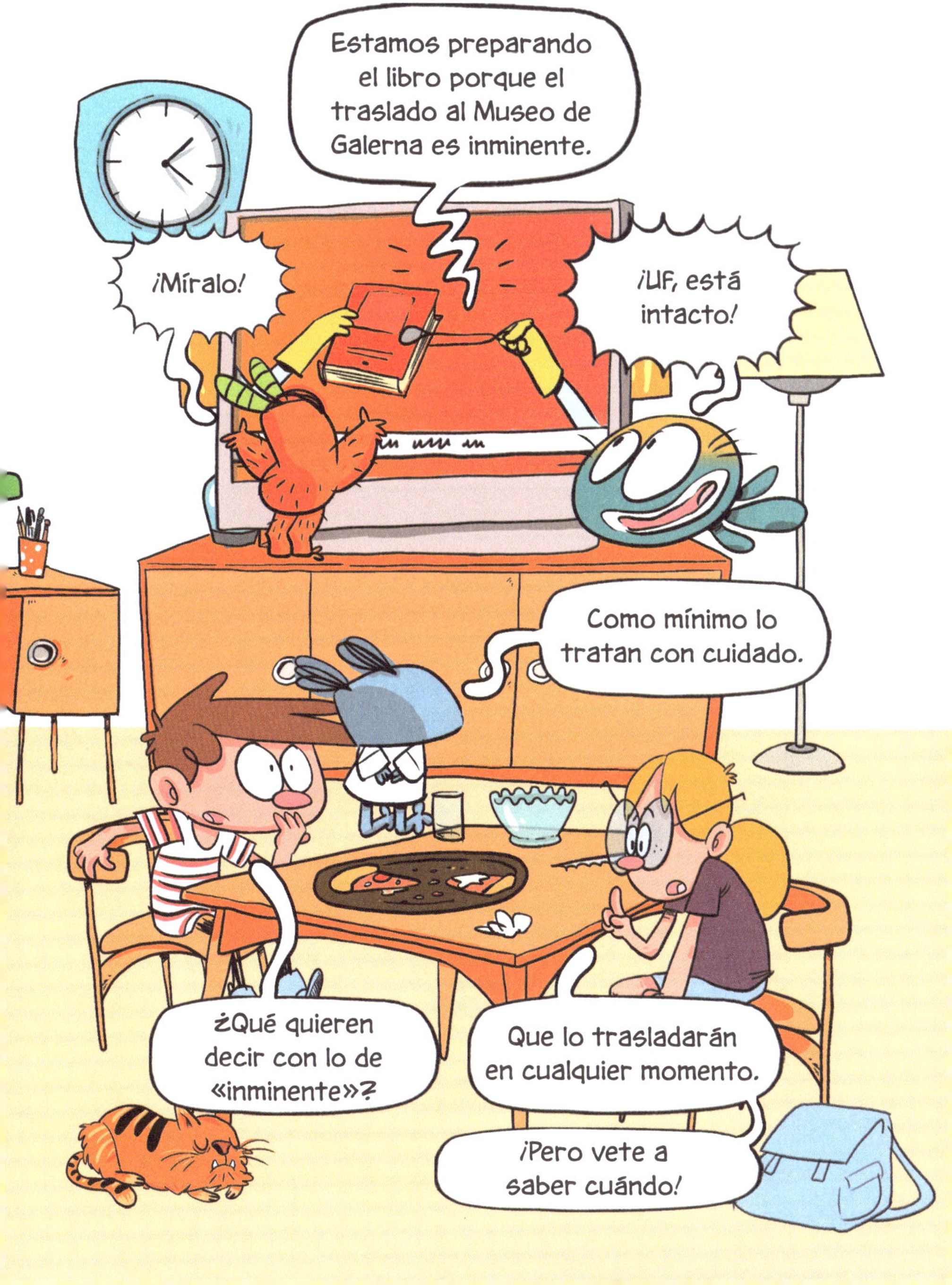

Estamos preparando el libro porque el traslado al Museo de Galerna es inminente.
¡Míralo!
¡UF, está intacto!
Como mínimo lo tratan con cuidado.
¿Qué quieren decir con lo de «inminente»?
Que lo trasladarán en cualquier momento.
¡Pero vete a saber cuándo!

Y, para acabar, tuvo lugar un debate de unos supuestos especialistas en no se sabe bien qué. La verdad es que dijeron cosas muy raras e inquietantes.

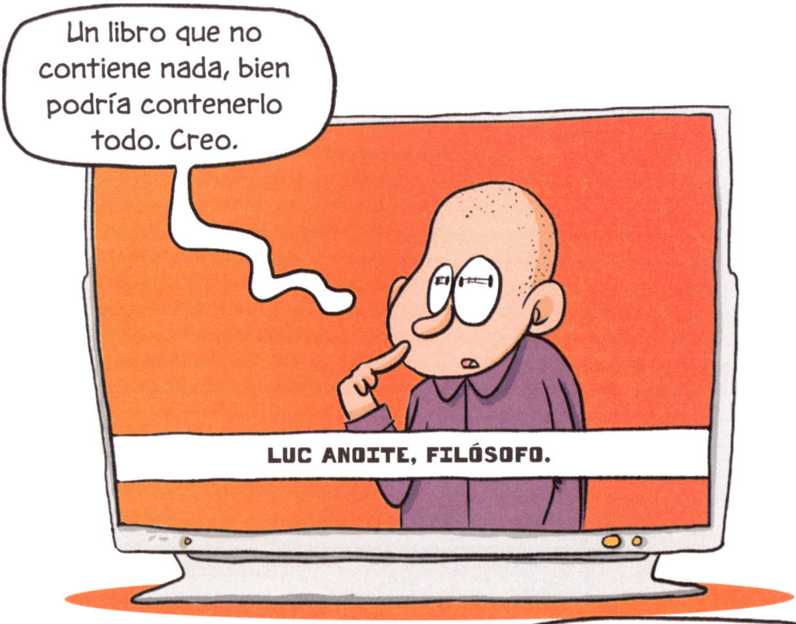
Un libro que no contiene nada, bien podría contenerlo todo. Creo.
LUC ANOITE, FILÓSOFO.

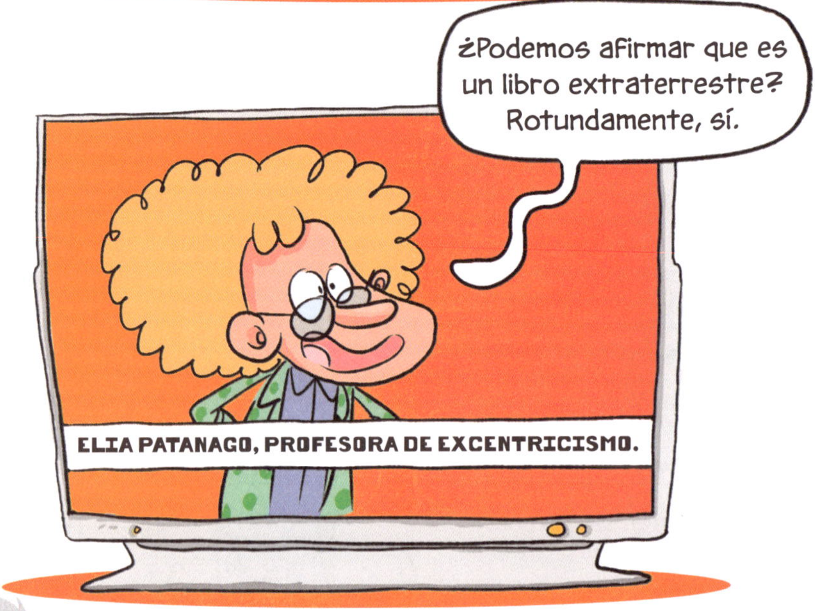
¿Podemos afirmar que es un libro extraterrestre? Rotundamente, sí.
ELIA PATANAGO, PROFESORA DE EXCENTRICISMO.

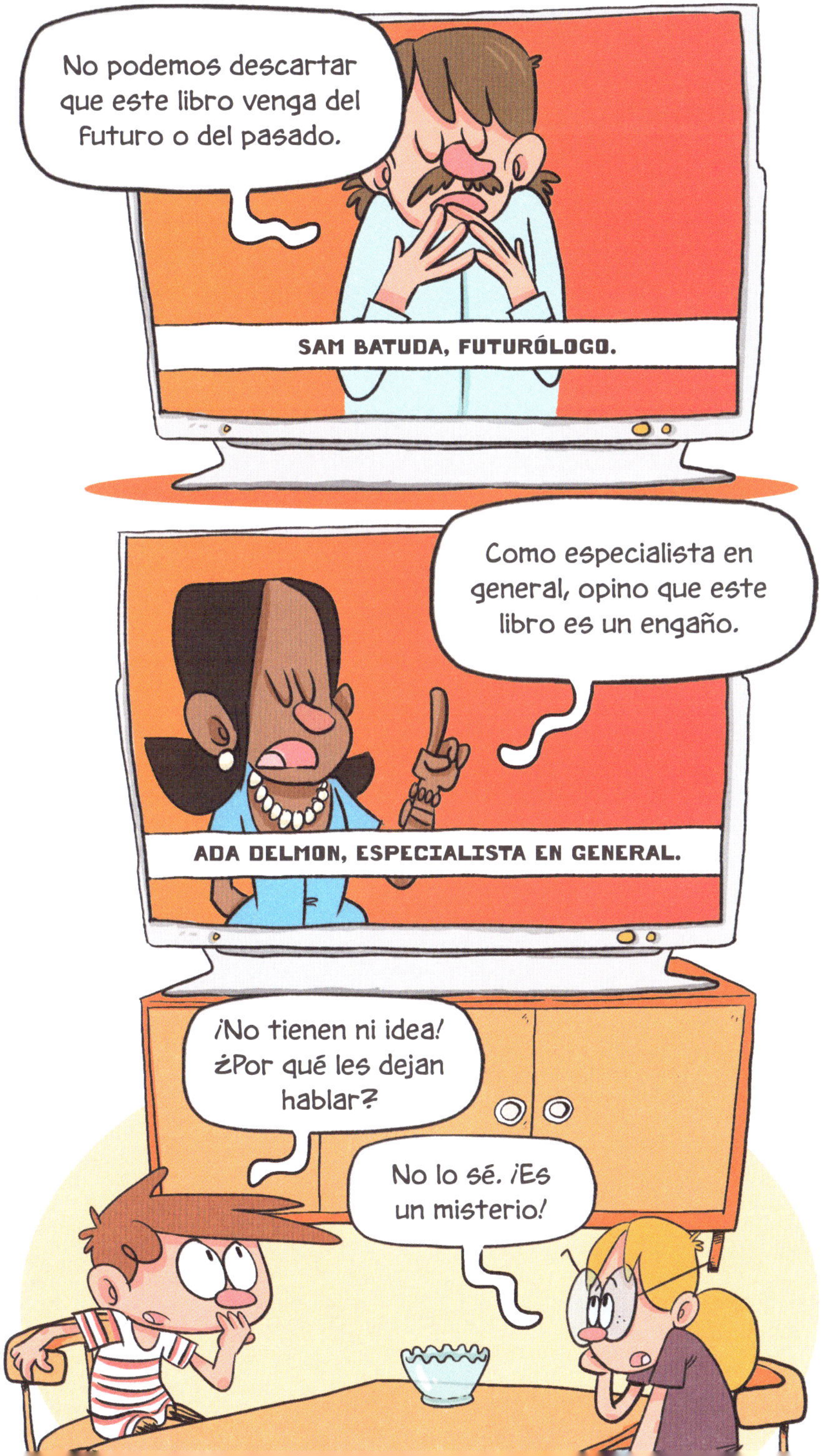
No podemos descartar que este libro venga del futuro o del pasado.
SAM BATUDA, FUTURÓLOGO.
Como especialista en general, opino que este libro es un engaño.
ADA DELMON, ESPECIALISTA EN GENERAL.
¡No tienen ni idea! ¿Por qué les dejan hablar?
No lo sé. ¡Es un misterio!

6

CAMBIOS

Los días se hacían eternos. Vivíamos con el piloto automático conectado. Lo único que nos preocupaba era saber cuándo expondrían el libro en el museo. Y lo peor era tener que ir a la escuela y fingir que todo era normal.

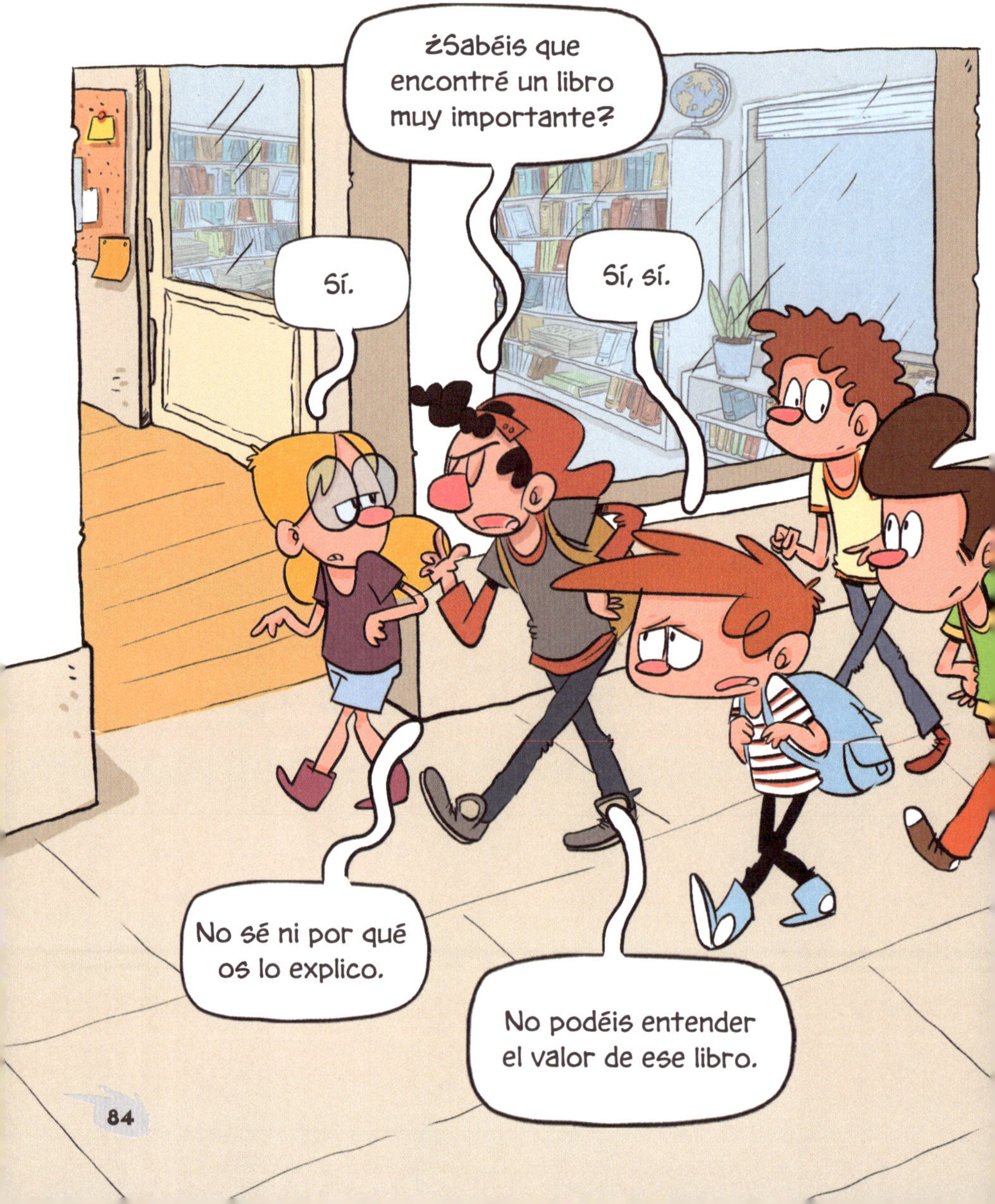
¿Sabéis que encontré un libro muy importante?
Sí.
Sí, sí.
No sé ni por qué os lo explico.
No podéis entender el valor de ese libro.

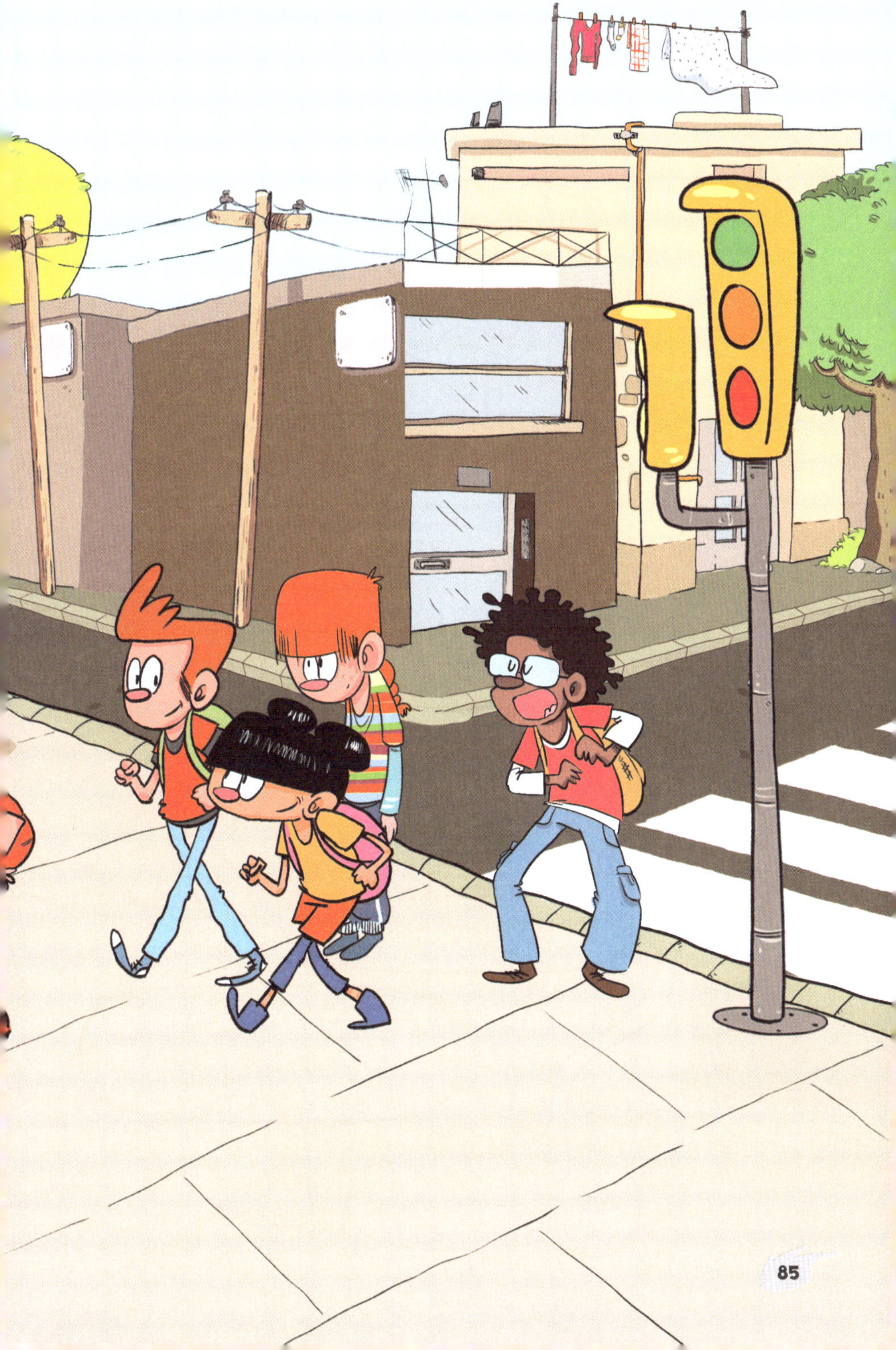

Emma, como vio que estábamos inquietos, pensó que nos preocupaba tener que dejar la escuela para ir al instituto. Quizá por eso nos explicó que ella también iba a vivir un gran cambio.

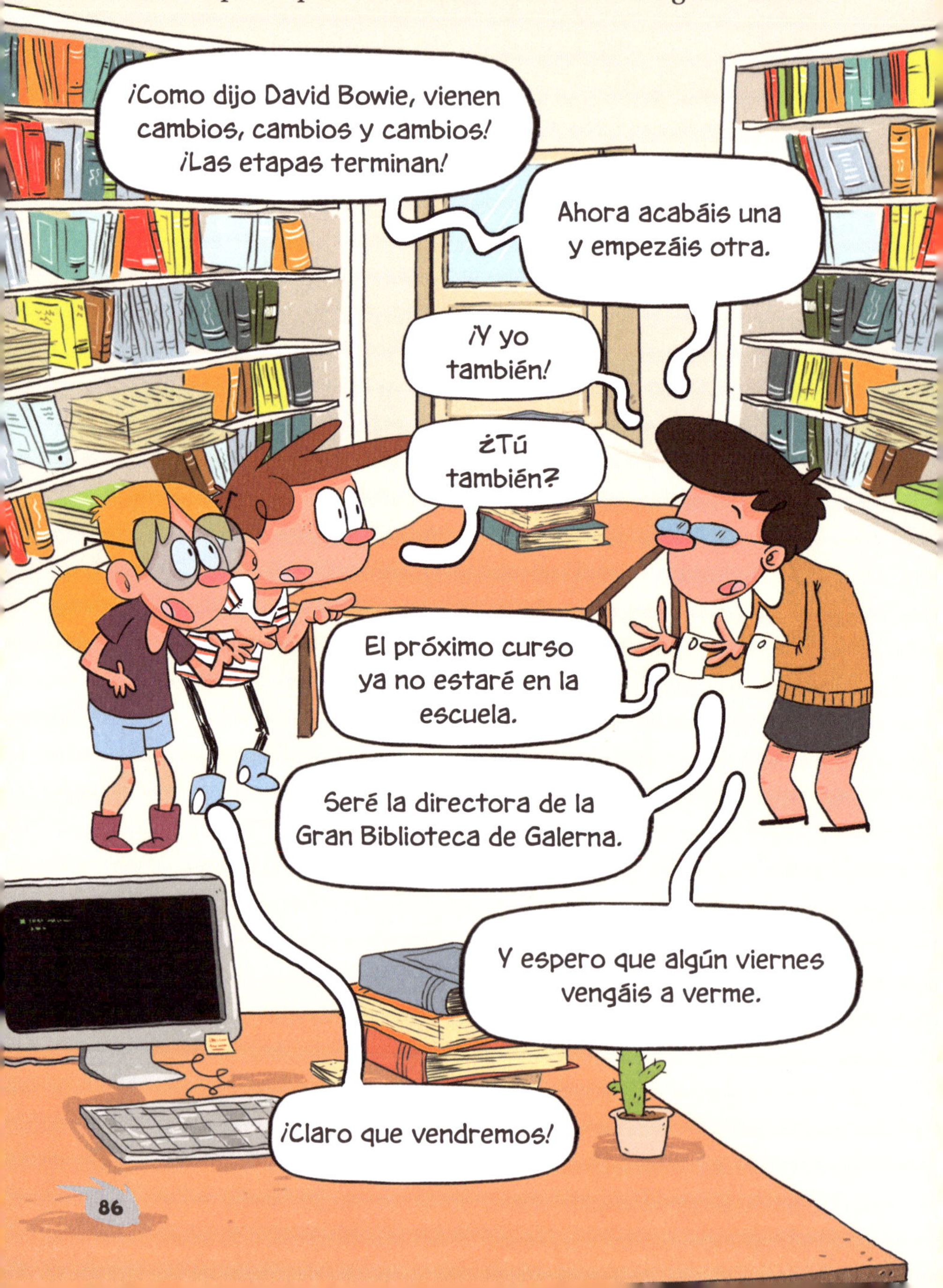

¡Como dijo David Bowie, vienen cambios, cambios y cambios! ¡Las etapas terminan!
Ahora acabáis una y empezáis otra.
¡Y yo también!
¿Tú también?
El próximo curso ya no estaré en la escuela.
Seré la directora de la Gran Biblioteca de Galerna.
Y espero que algún viernes vengáis a verme.
¡Claro que vendremos!

Lo peor es que Emma, con su buena fe, nos animó a implicarnos en la fiesta de despedida de la escuela que se iba a celebrar el último día del curso. Según ella, era una manera bonita y feliz de cerrar aquella etapa.

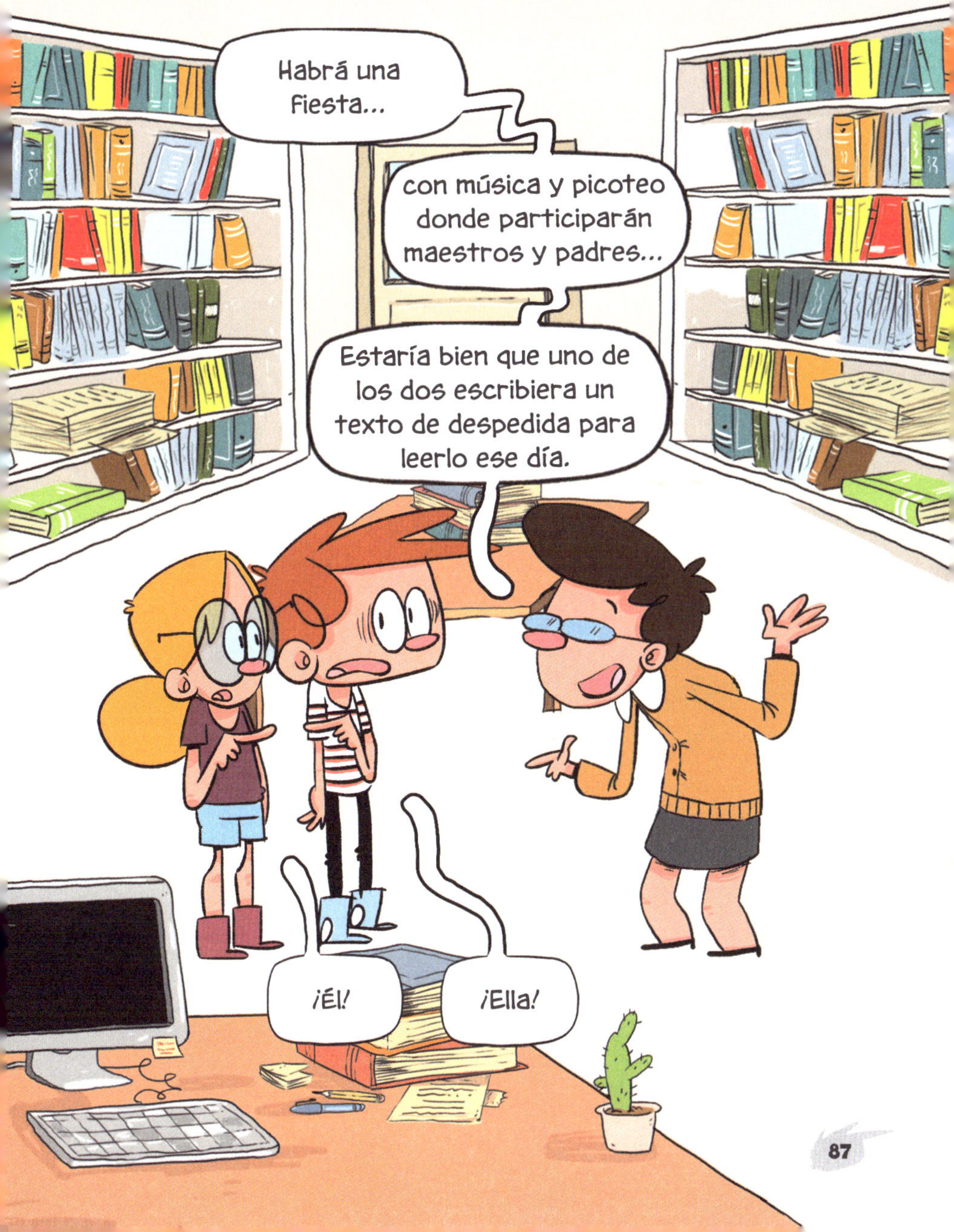
Habrá una fiesta...
con música y picoteo donde participarán maestros y padres...
Estaría bien que uno de los dos escribiera un texto de despedida para leerlo ese día.
¡Él!
¡Ella!

El Dr. Brot seguía con la idea de no esperar ni un minuto más y continuaba haciendo propuestas cada vez más insensatas, que evidentemente los monstruos desaprobaban.

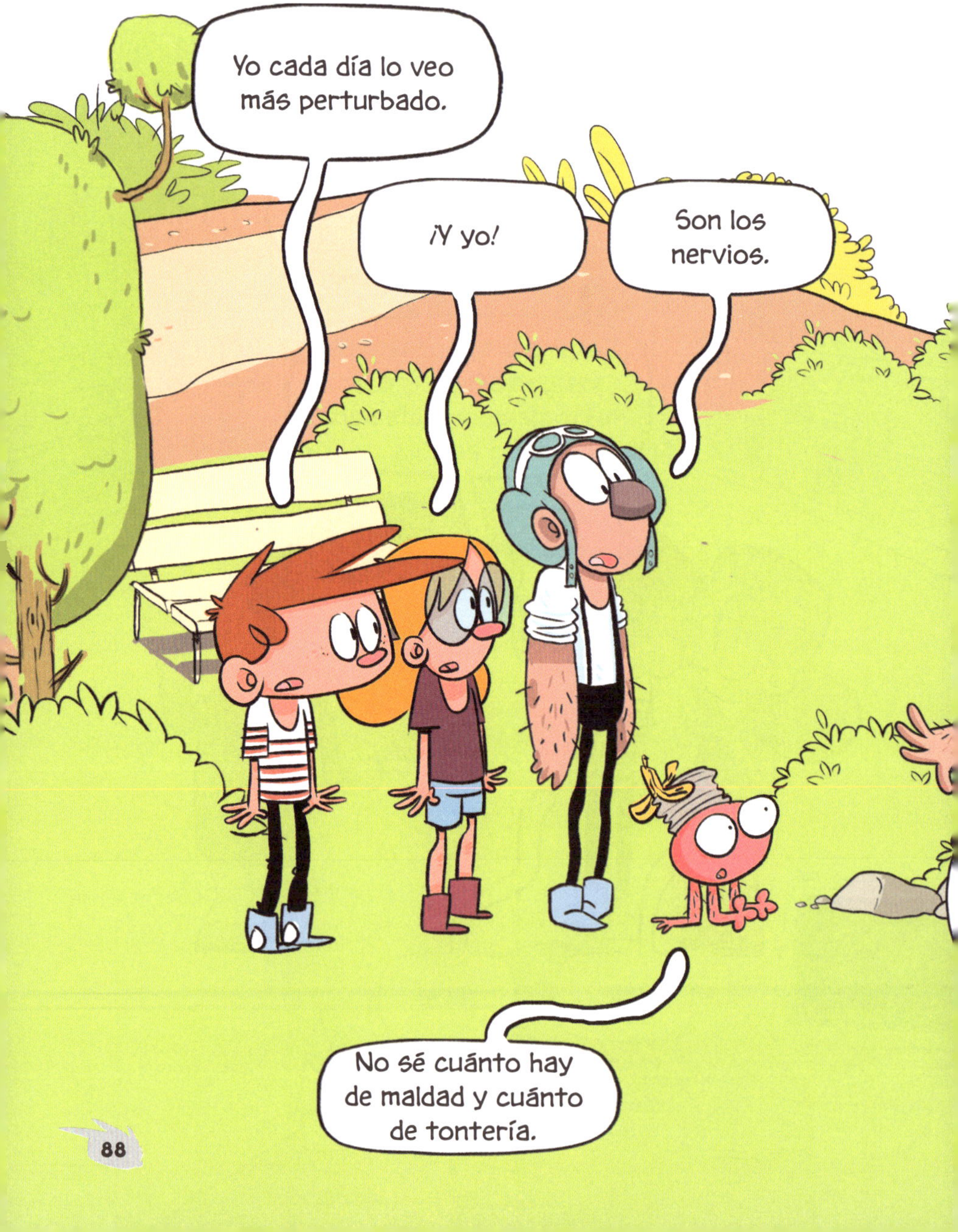
Yo cada día lo veo más perturbado.
¡Y yo!
Son los nervios.
No sé cuánto hay de maldad y cuánto de tontería.

Para su nuevo proyecto, el Dr. Brot había diseñado un plan realmente absurdo y extraño.

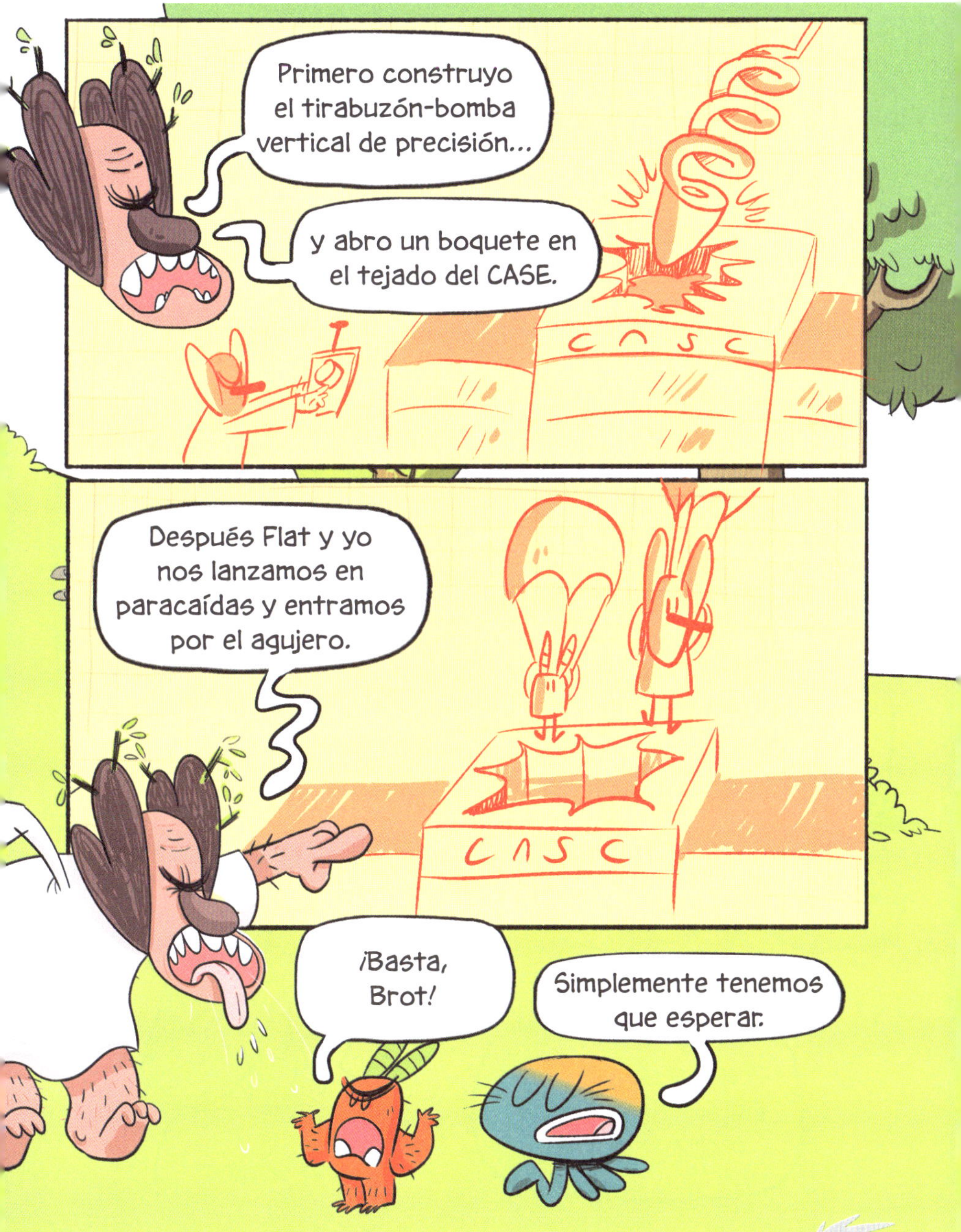

Primero construyo el tirabuzón-bomba vertical de precisión...
y abro un boquete en el tejado del CASE.
CASC
Después Flat y yo nos lanzamos en paracaídas y entramos por el agujero.
CASC
¡Basta, Brot!
Simplemente tenemos que esperar.

Seguíamos atentos a las noticias y eso nos permitió saber que un juez había comunicado al padre de Bull que, en efecto, si en seis meses nadie reclamaba el libro, este sería de su hijo.

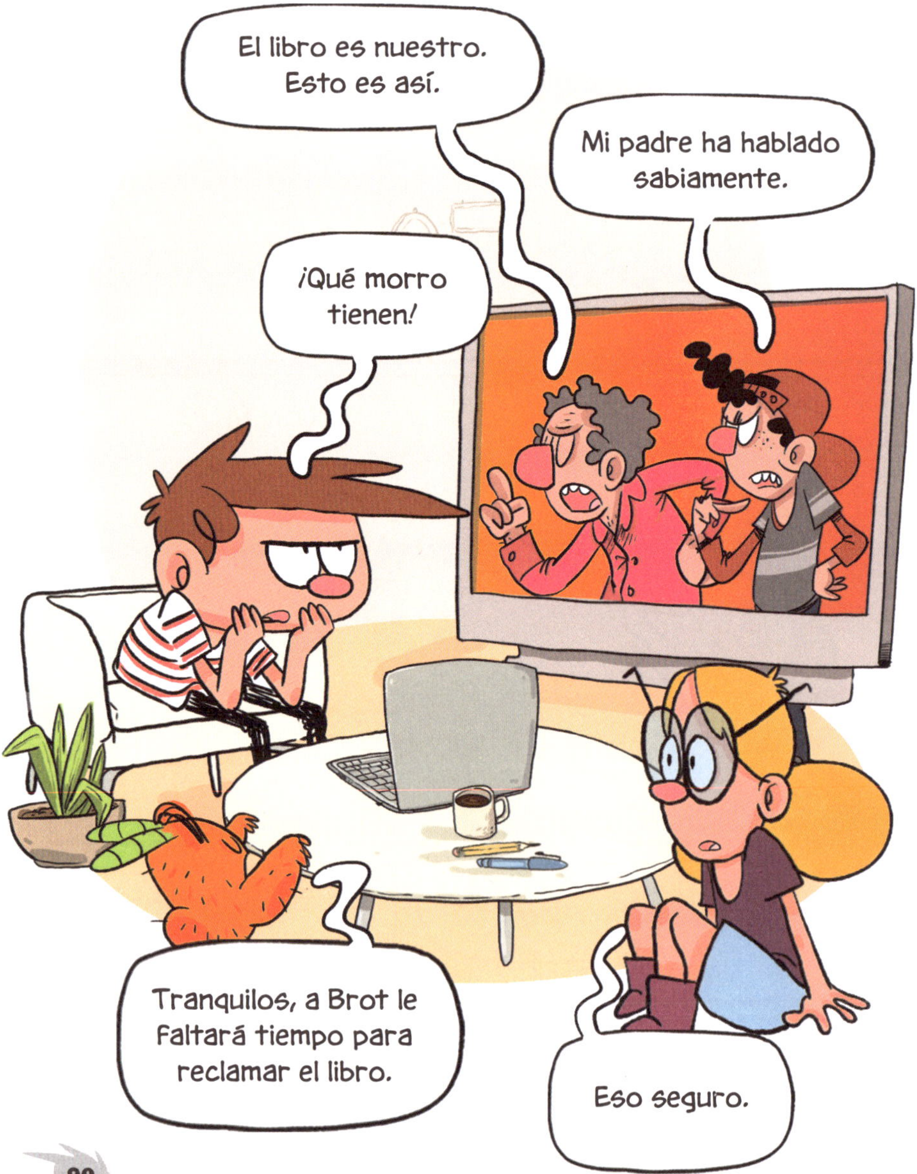

El libro es nuestro. Esto es así.
Mi padre ha hablado sabiamente.
¡Qué morro tienen!
Tranquilos, a Brot le faltará tiempo para reclamar el libro.
Eso seguro.

Lo que no podíamos prever de ninguna manera era que el Dr. Brot también había visto a Bull y a su padre en la tele, y eso le hizo tomar una decisión drástica, porque según él era mejor prevenir que curar.

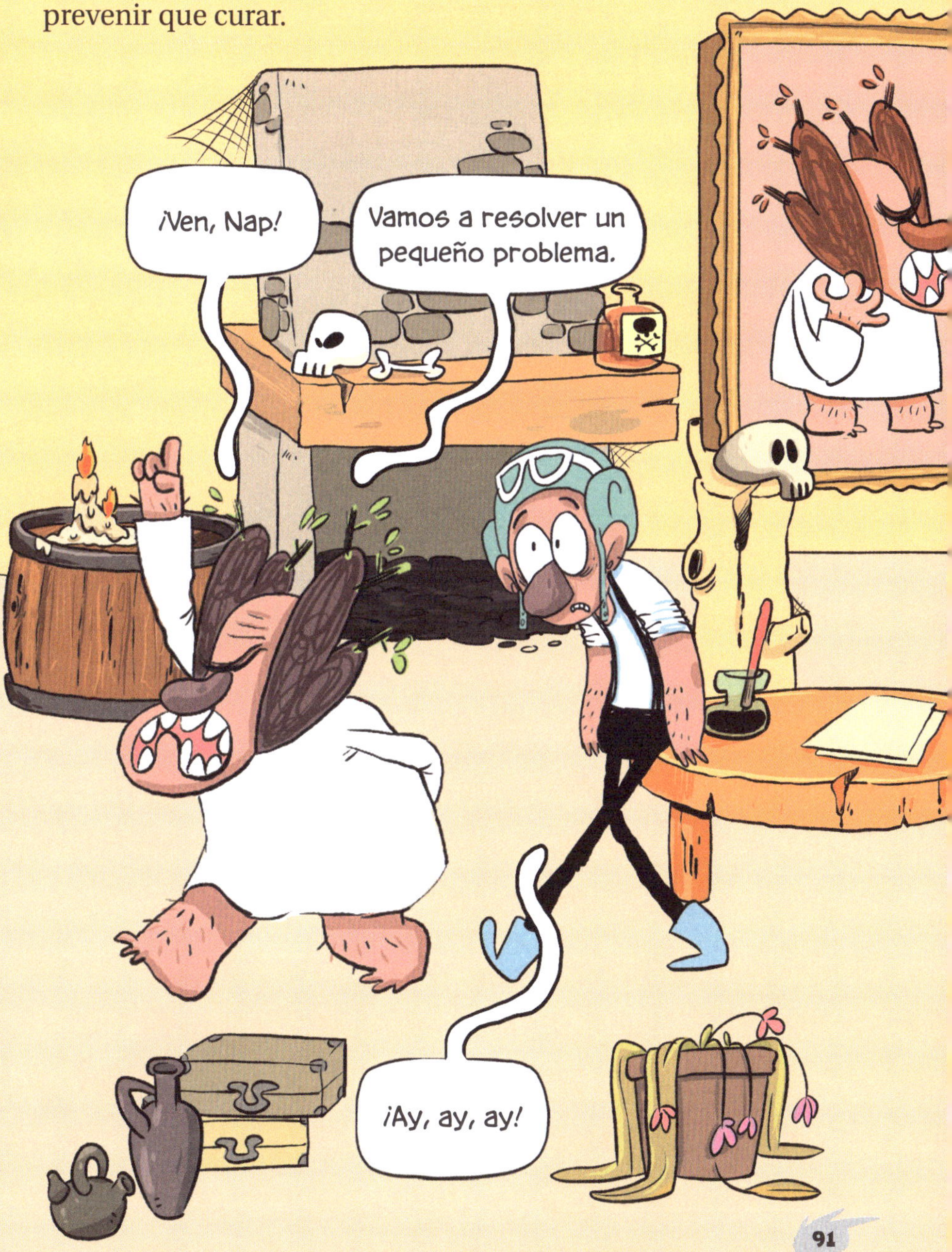
¡Ven, Nap!
Vamos a resolver un pequeño problema.
¡Ay, ay, ay!

La suerte quiso que, en ese momento, nosotros también decidiéramos ir al parque, donde afortunadamente, y por un pelo, pudimos evitar una tragedia.

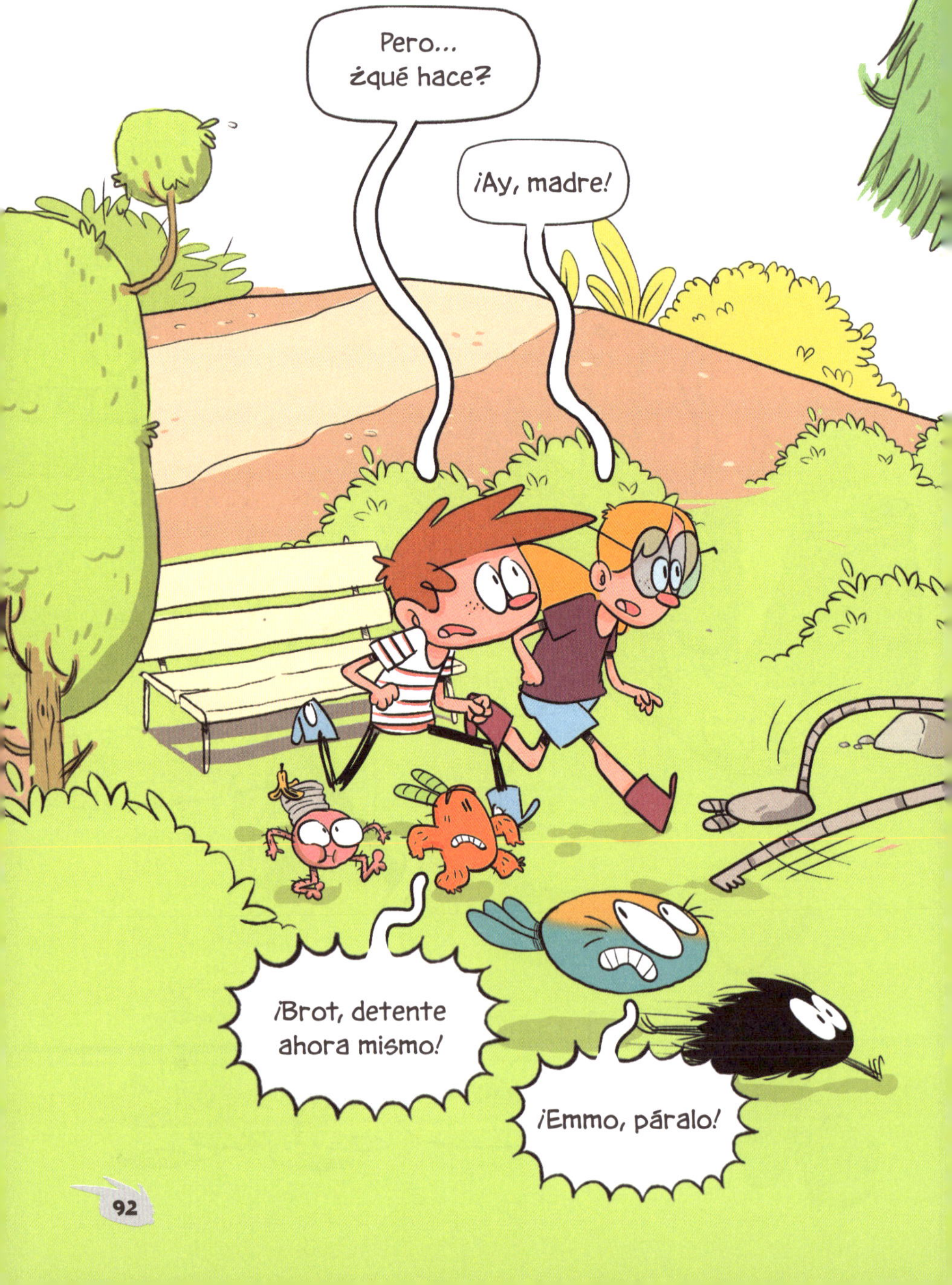
Pero... ¿qué hace?
¡Ay, madre!
¡Brot, detente ahora mismo!
¡Emmo, páralo!

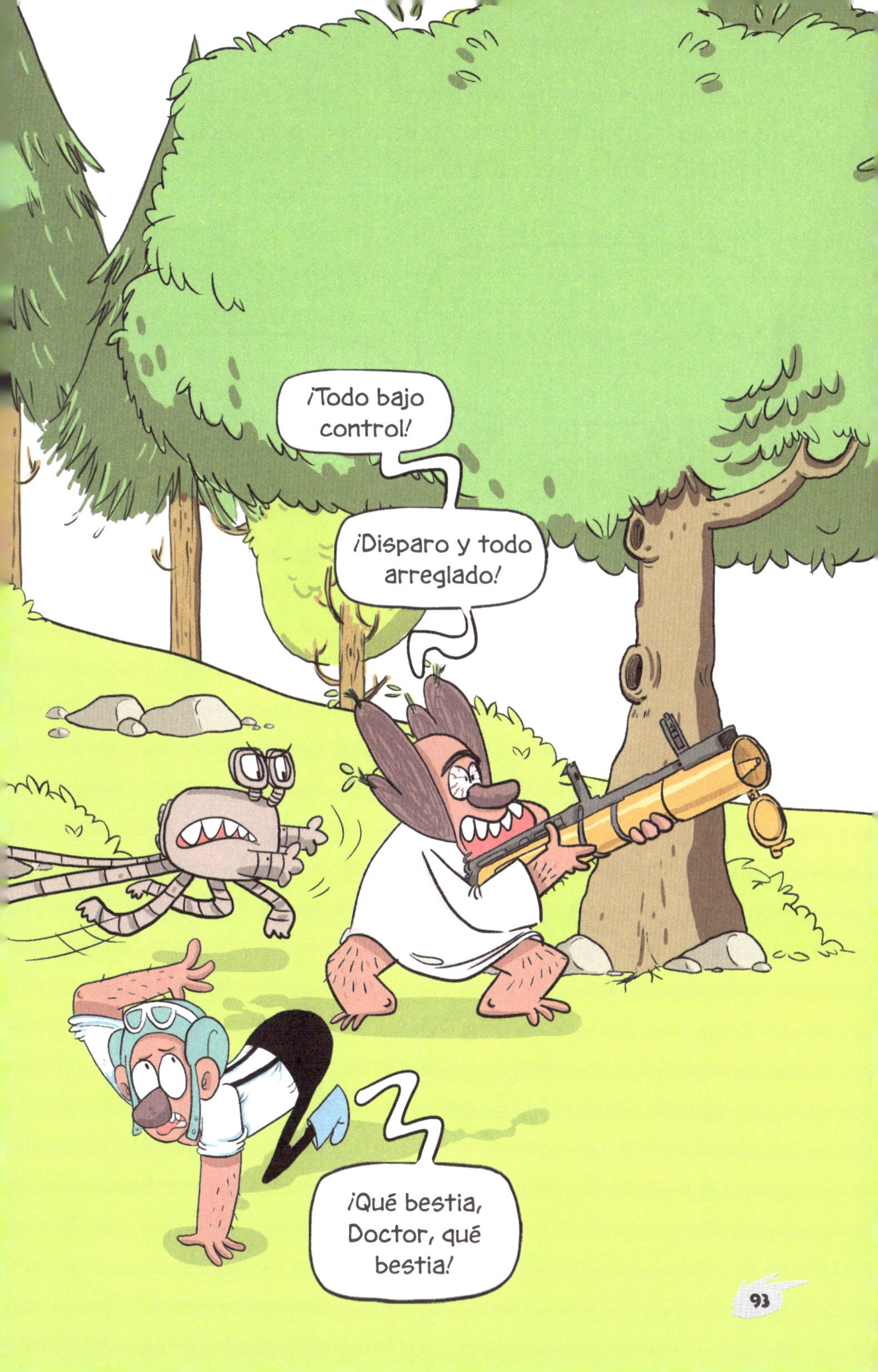
¡Todo bajo control!
¡Disparo y todo arreglado!
¡Qué bestia, Doctor, qué bestia!

Los monstruos le dejaron claro al Dr. Brot que solo teníamos que esperar un poco sin hacer barbaridades y que cualquier burrada podía tener repercusiones.

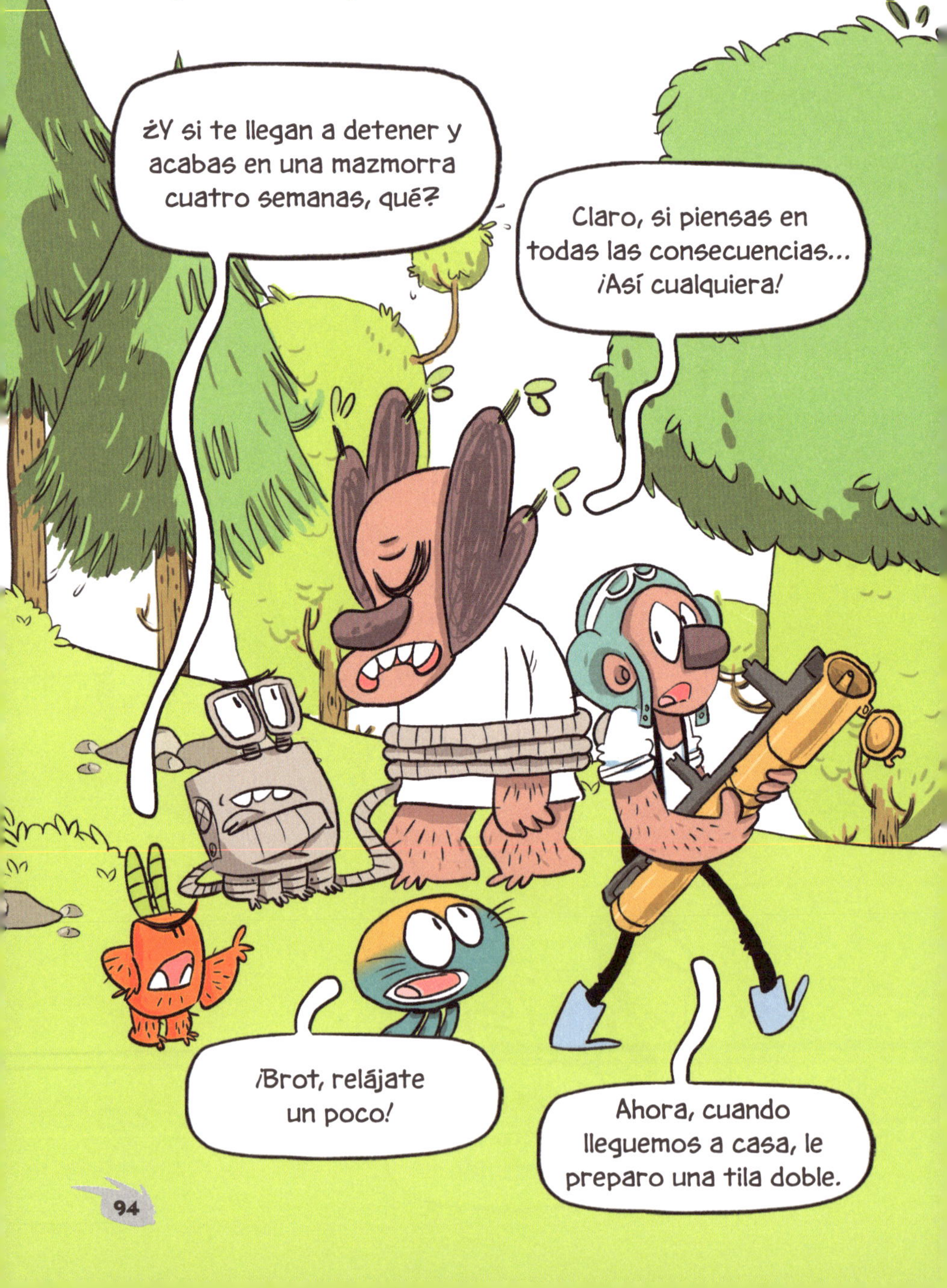
¿Y si te llegan a detener y acabas en una mazmorra cuatro semanas, qué?
Claro, si piensas en todas las consecuencias... ¡Así cualquiera!
¡Brot, relájate un poco!
Ahora, cuando lleguemos a casa, le preparo una tila doble.

A mí me ocurría como al Dr. Brot: se me comían los nervios. La diferencia es que a mí no se me pasaba por la cabeza hacer ninguna barbaridad. Pero podía entender su nerviosismo, sobre todo por la noche, cuando no podía dormir.

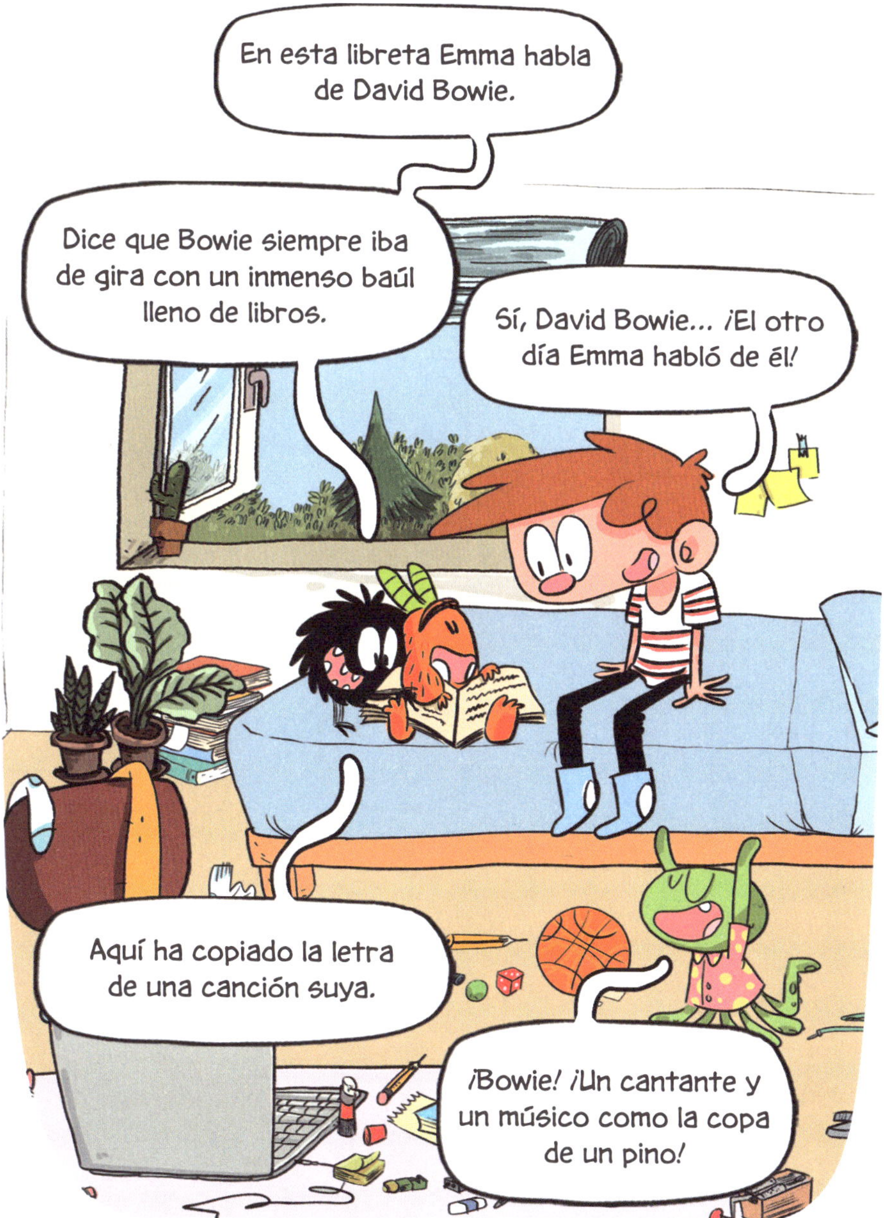

En esta libreta Emma habla de David Bowie.
Dice que Bowie siempre iba de gira con un inmenso baúl lleno de libros.
Sí, David Bowie... ¡El otro día Emma habló de él!
Aquí ha copiado la letra de una canción suya.
¡Bowie! ¡Un cantante y un músico como la copa de un pino!

Resultó que la letra de la canción de David Bowie que había copiado Emma era *Changes*. La leímos y entonces entendí por qué Emma había citado a Bowie para hablarnos de los cambios que nos esperaban. Pero no solo la leímos, sino que además la busqué y después la cantamos y la bailamos.

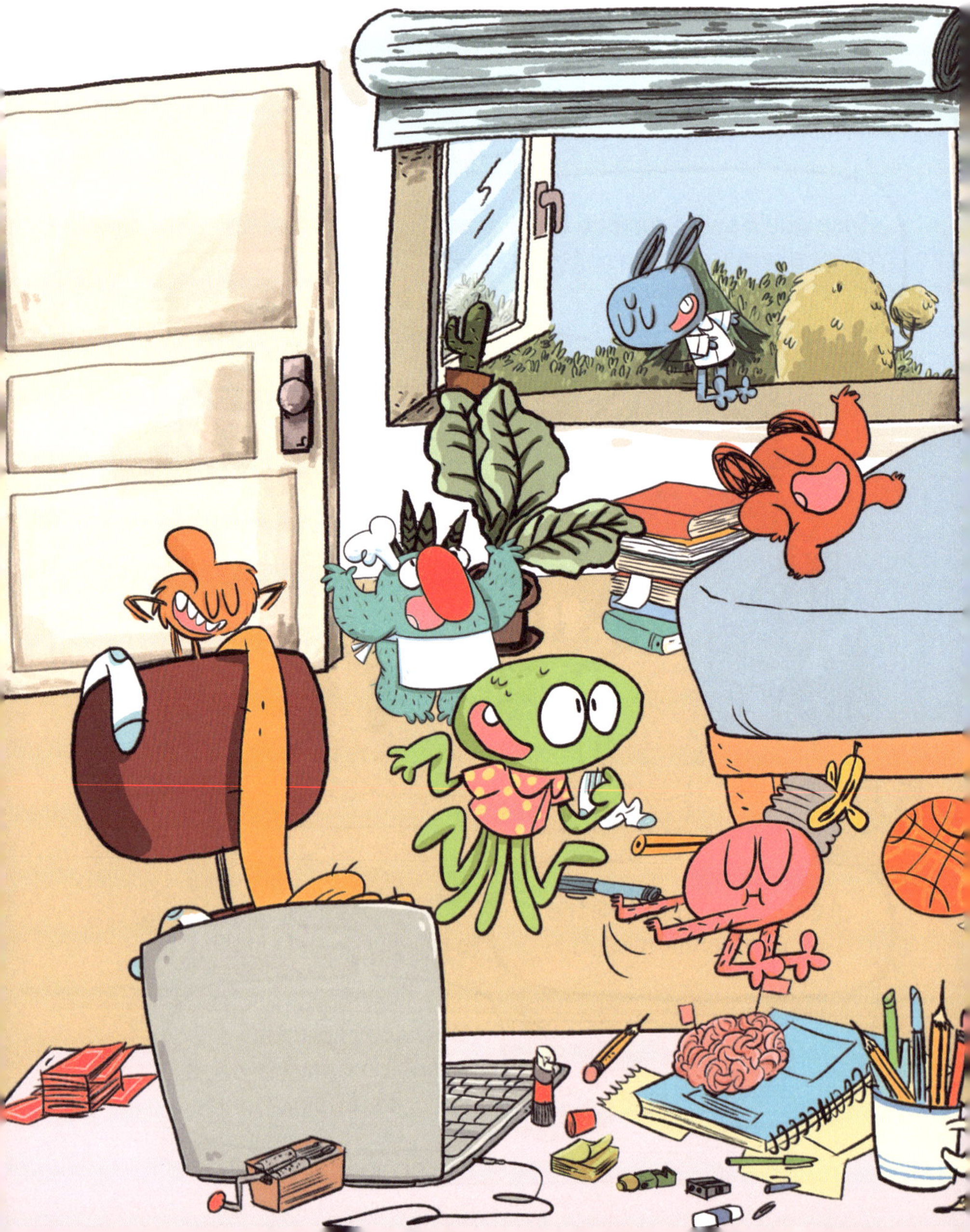

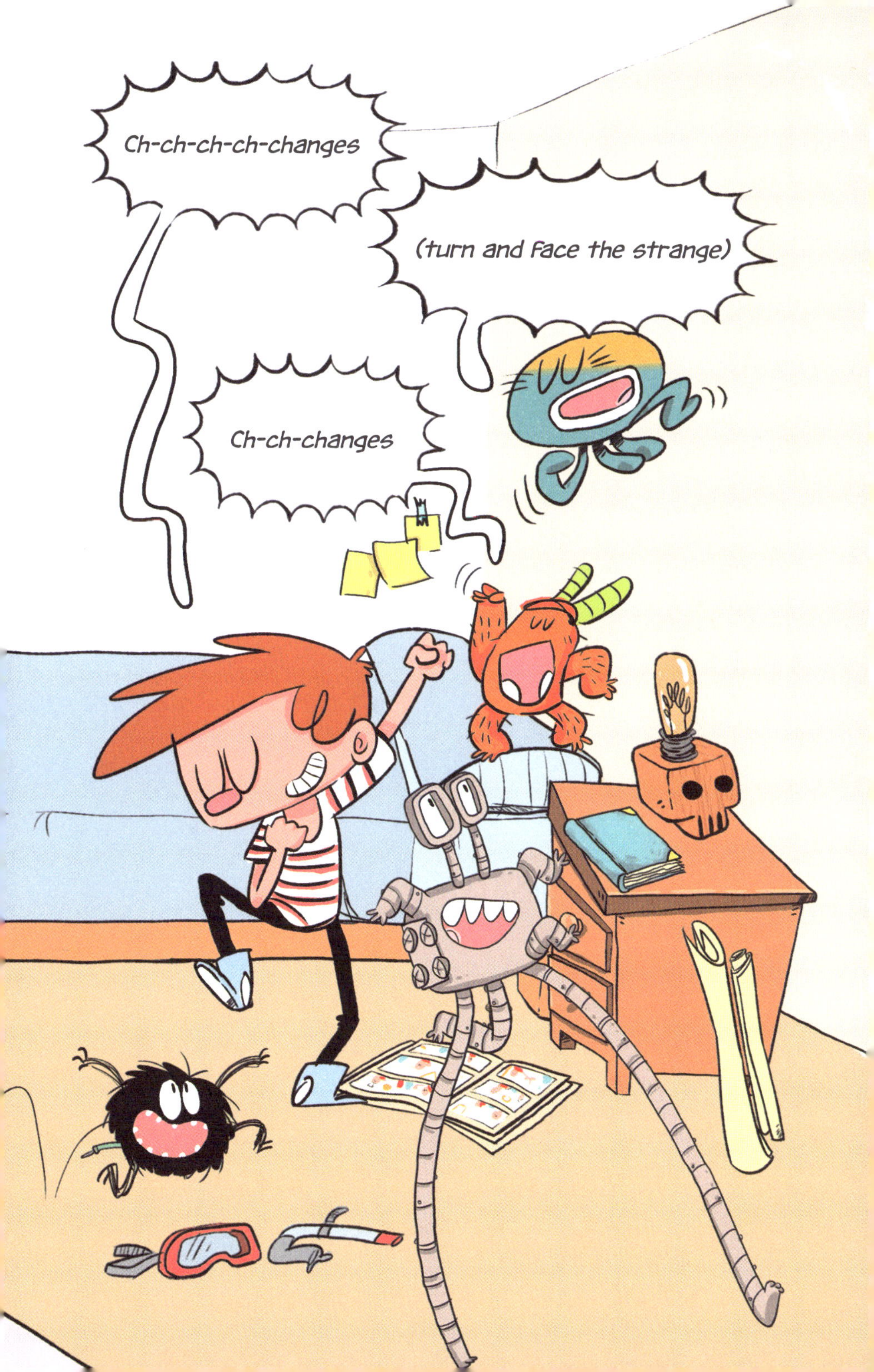
Ch-ch-ch-ch-changes
(turn and face the strange)
Ch-ch-changes

7

EL *LIBRO SECRETO*

Justo acabábamos de despertarnos cuando llegó la gran noticia. El viernes, el último día del curso, a las seis de la tarde se inauguraría la exposición del libro que ahora habían rebautizado como el *Libro Secreto*.

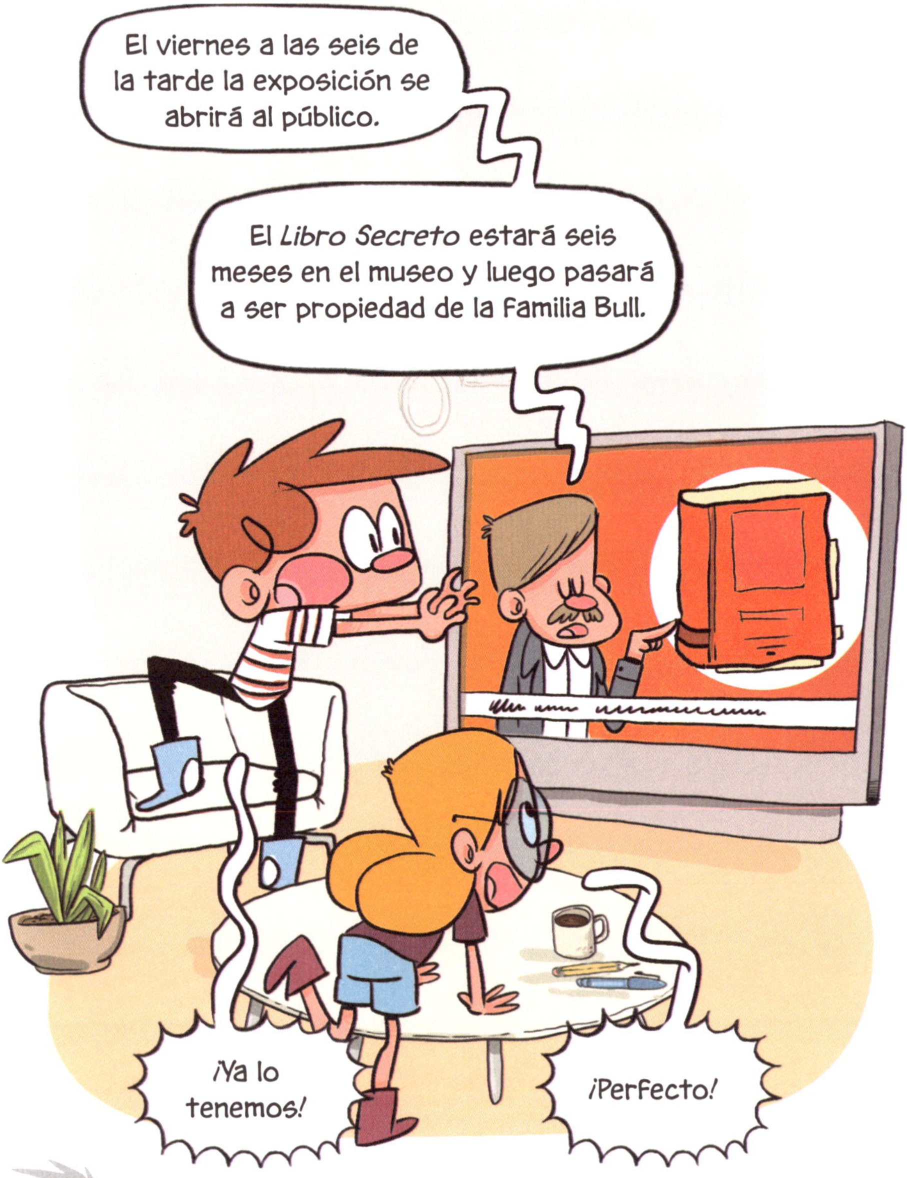
El viernes a las seis de la tarde la exposición se abrirá al público.
El *Libro Secreto* estará seis meses en el museo y luego pasará a ser propiedad de la familia Bull.
¡Ya lo tenemos!
¡Perfecto!

Evidentemente, estalló la alegría, pero entonces Lidia y yo nos dimos cuenta de que teníamos un problemón.

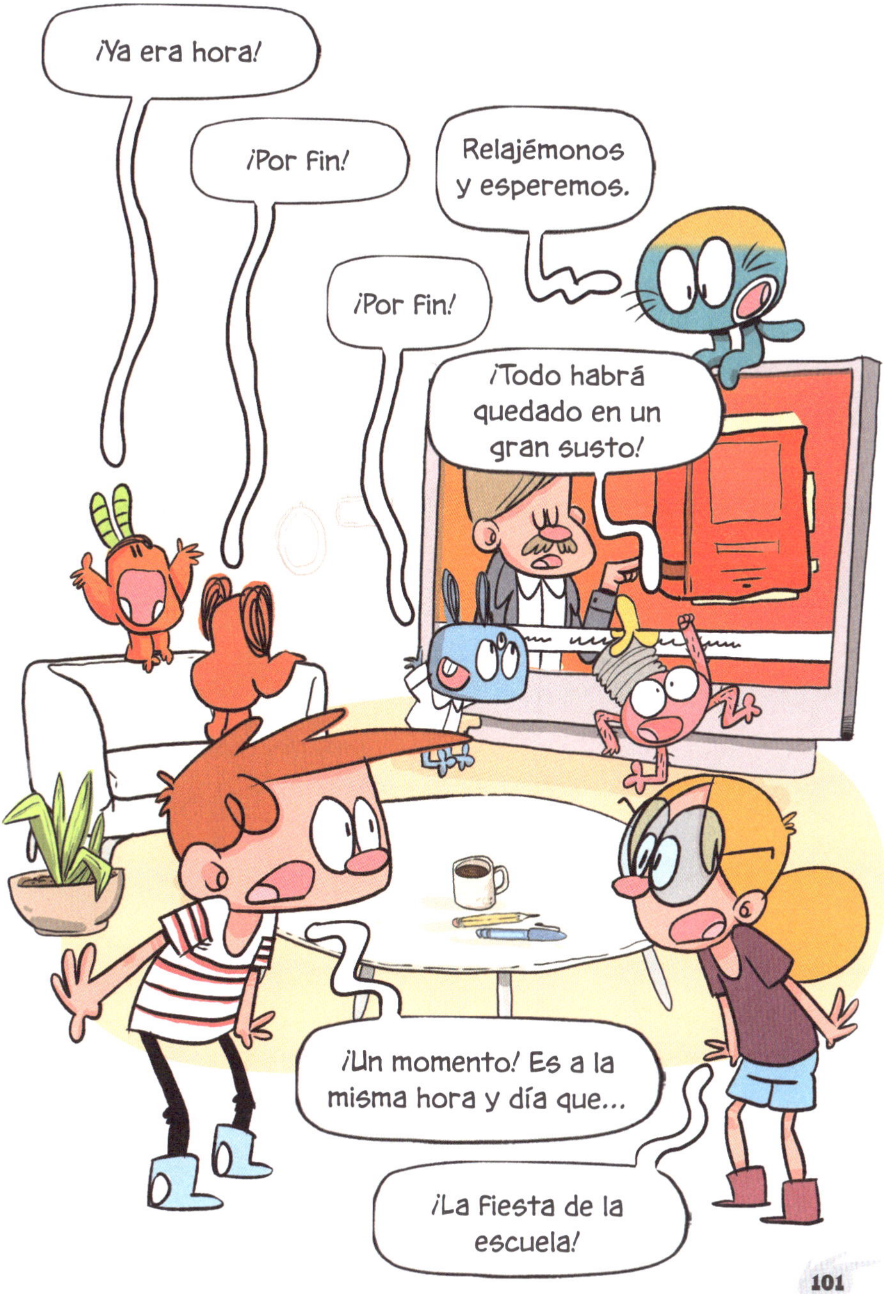
¡Ya era hora!
¡Por fin!
Relajémonos y esperemos.
¡Por fin!
¡Todo habrá quedado en un gran susto!
¡Un momento! Es a la misma hora y día que...
¡La fiesta de la escuela!

Lidia y yo nos pusimos de acuerdo en dos segundos: no iríamos a la fiesta. ¡Que se sepa, las fiestas no son obligatorias! El problema fue que cuando se lo dijimos a nuestros padres…

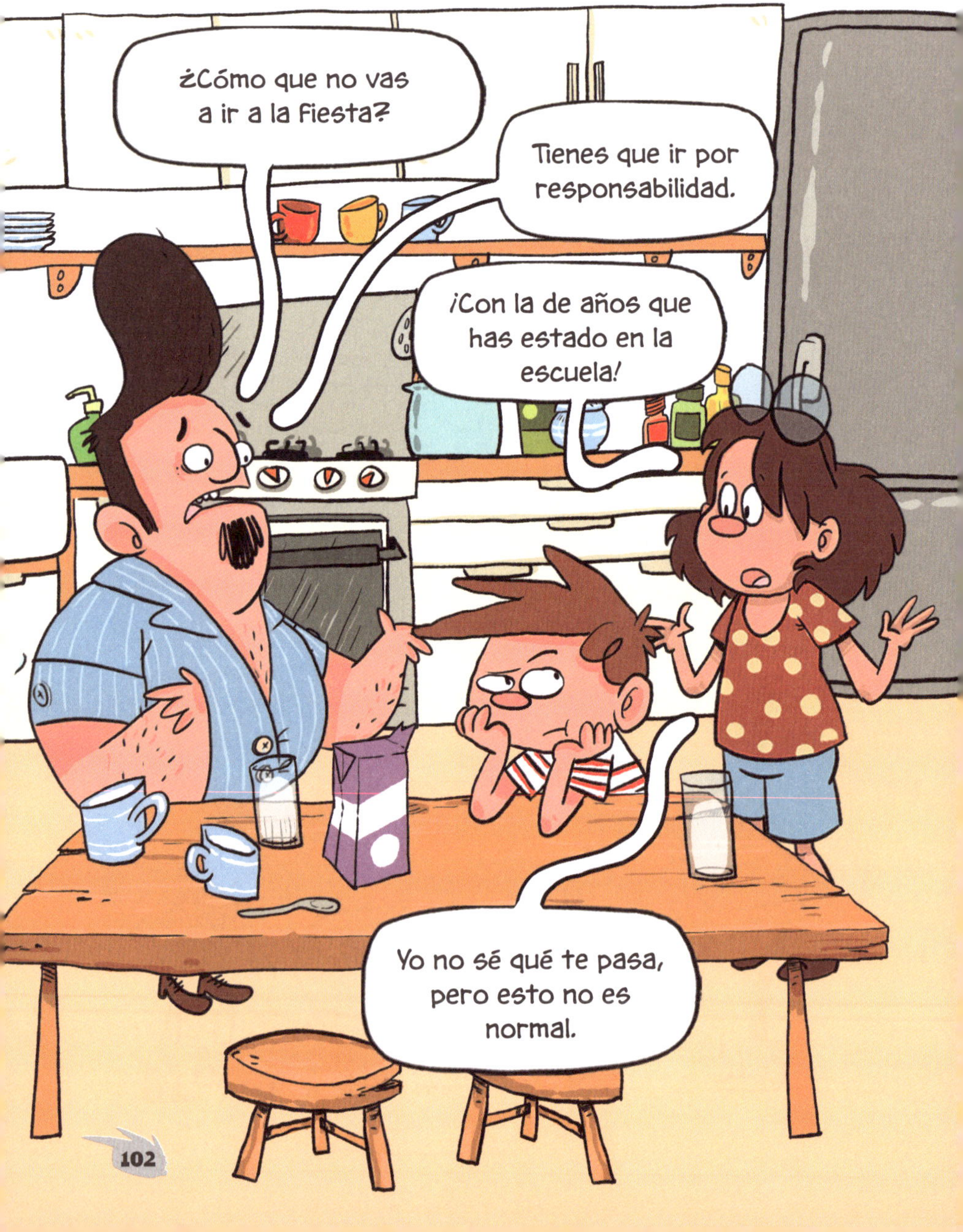

¿Cómo que no vas a ir a la fiesta?
Tienes que ir por responsabilidad.
¡Con la de años que has estado en la escuela!
Yo no sé qué te pasa, pero esto no es normal.

A Lidia no le fue mucho mejor. Su padre también se puso como un cenutrio.

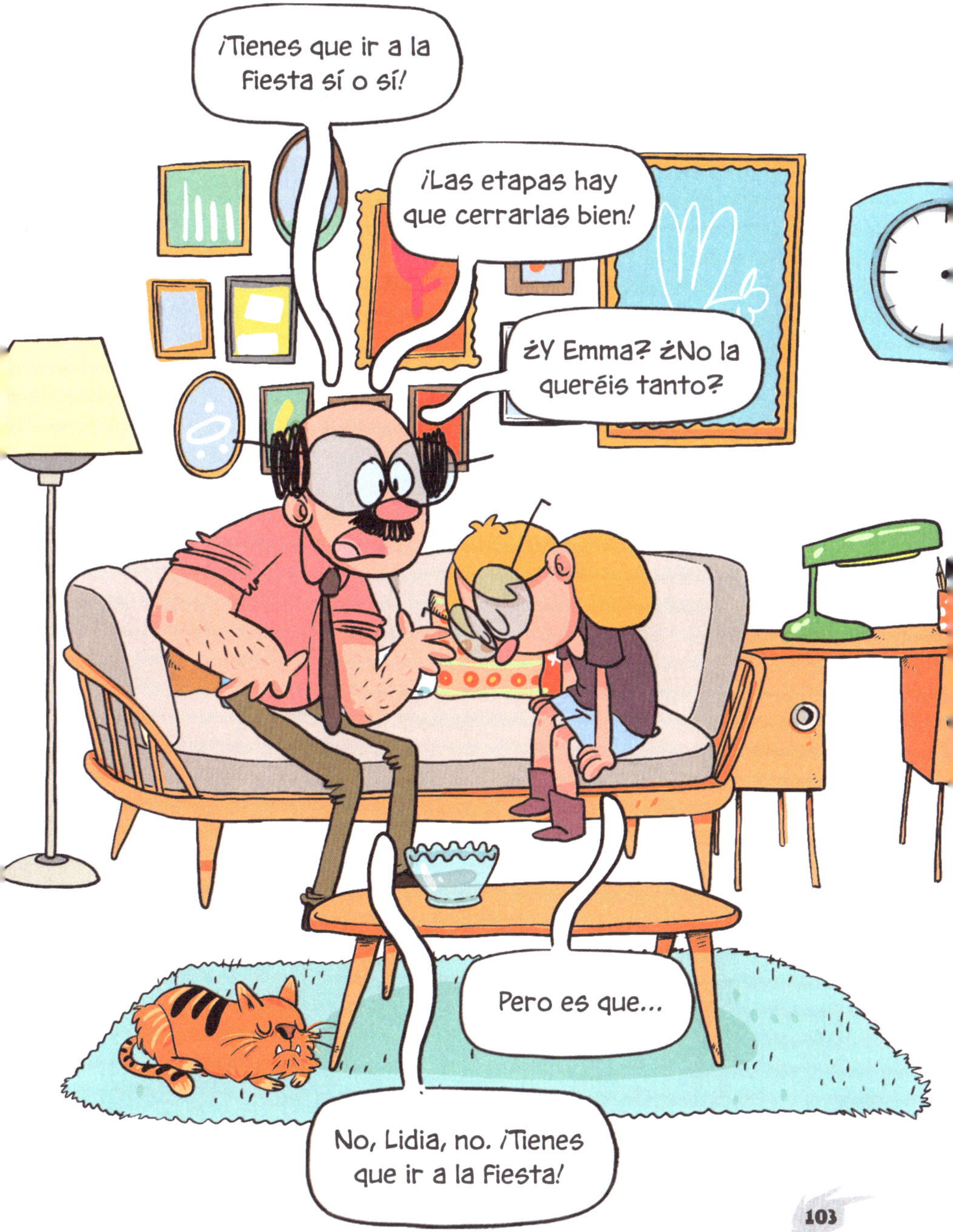
¡Tienes que ir a la fiesta sí o sí!
¡Las etapas hay que cerrarlas bien!
¿Y Emma? ¿No la queréis tanto?
Pero es que...
No, Lidia, no. ¡Tienes que ir a la fiesta!

Mientras los monstruos fueron a ver al Dr. Brot para explicarle la gran noticia, en casa todo se complicó. Mis padres realmente estaban preocupados. Lo sé porque escuché una conversación.

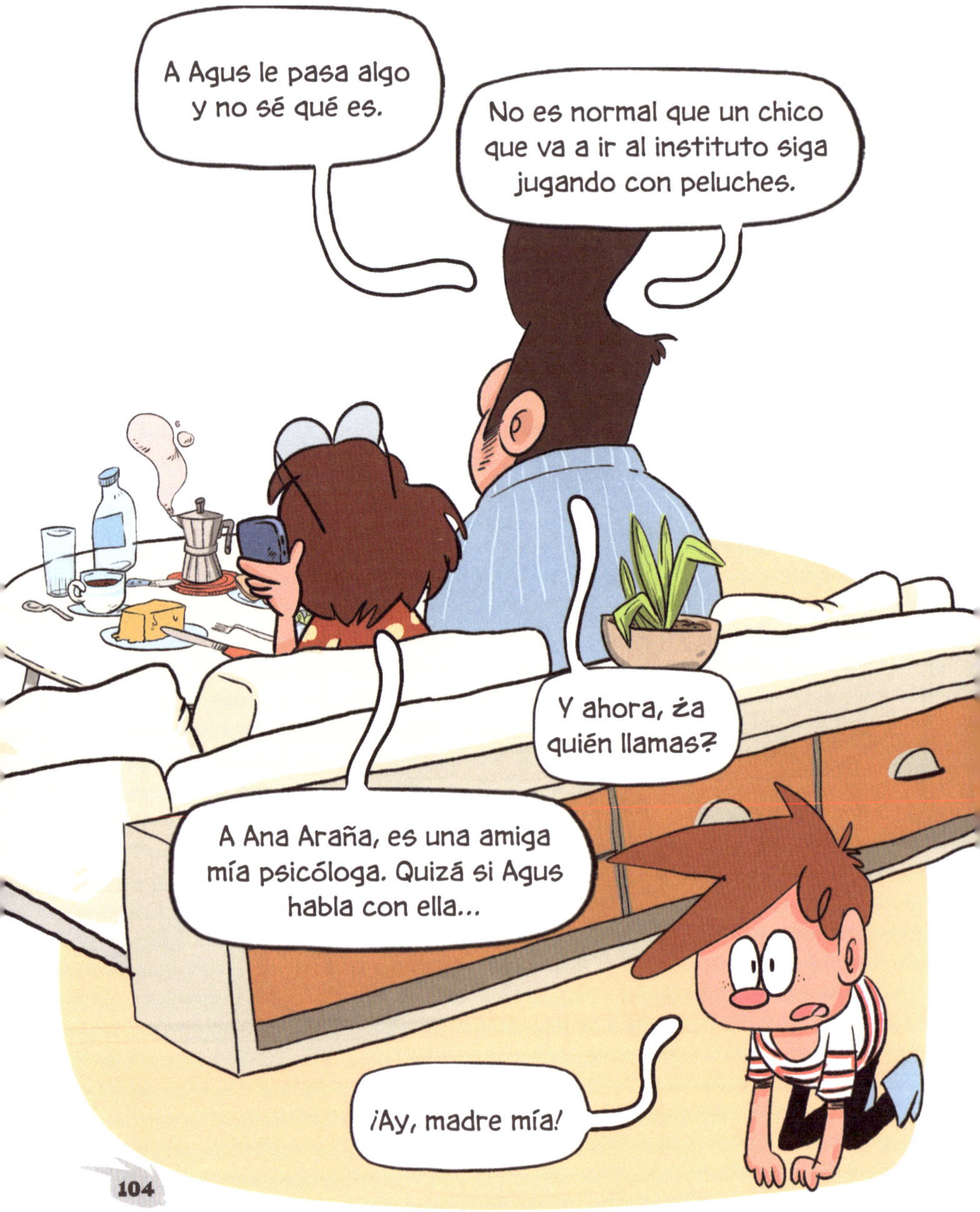
A Agus le pasa algo y no sé qué es.
No es normal que un chico que va a ir al instituto siga jugando con peluches.
Y ahora, ¿a quién llamas?
A Ana Araña, es una amiga mía psicóloga. Quizá si Agus habla con ella...
¡Ay, madre mía!

Una hora y media más tarde ya estaba en el despacho de Ana Araña, que, aunque era muy buena mujer, me puso la cabeza como un bombo.

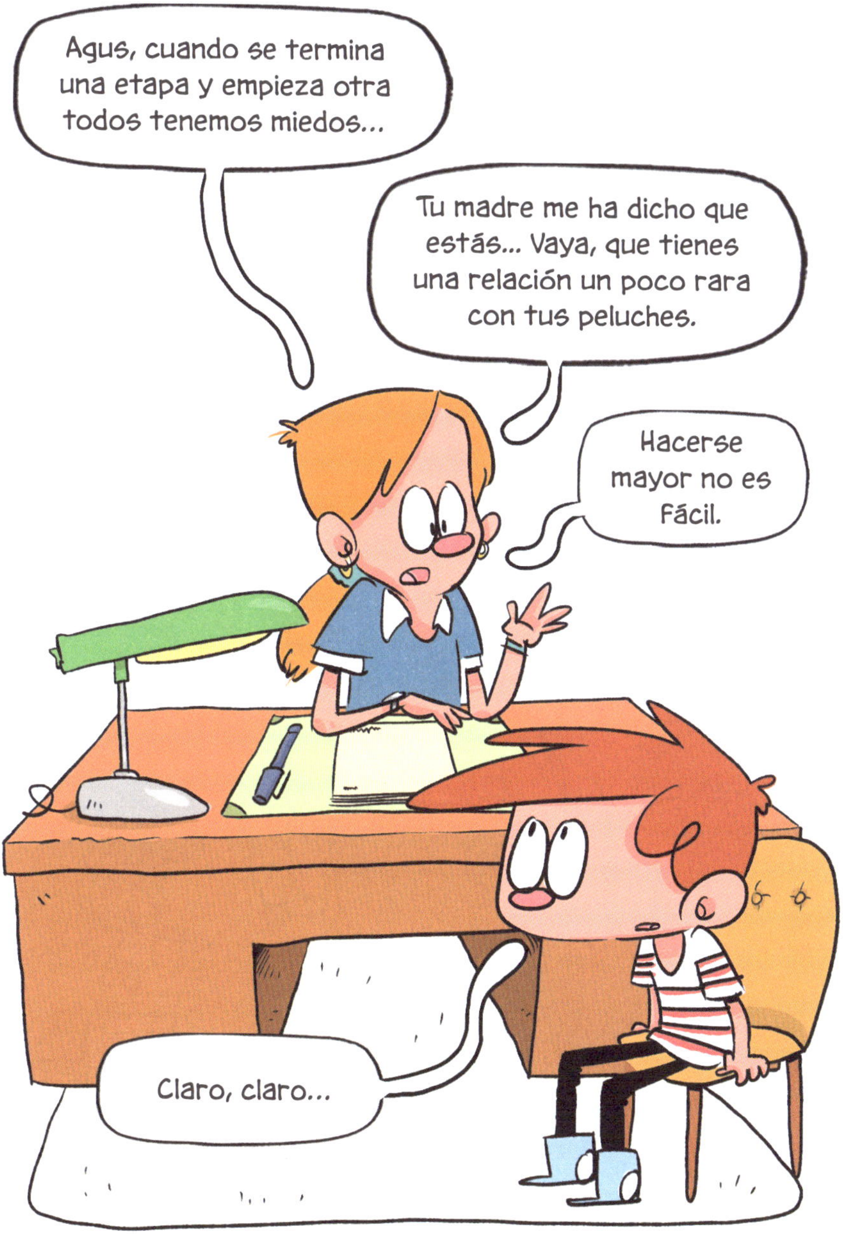
Agus, cuando se termina una etapa y empieza otra todos tenemos miedos...
Tu madre me ha dicho que estás... Vaya, que tienes una relación un poco rara con tus peluches.
Hacerse mayor no es fácil.
Claro, claro...

No le podía contar a Ana la verdad, porque no me hubiera creído. Le aseguré que pensaría en la posibilidad de ir a la fiesta de despedida y quedamos que ya nos veríamos más adelante.

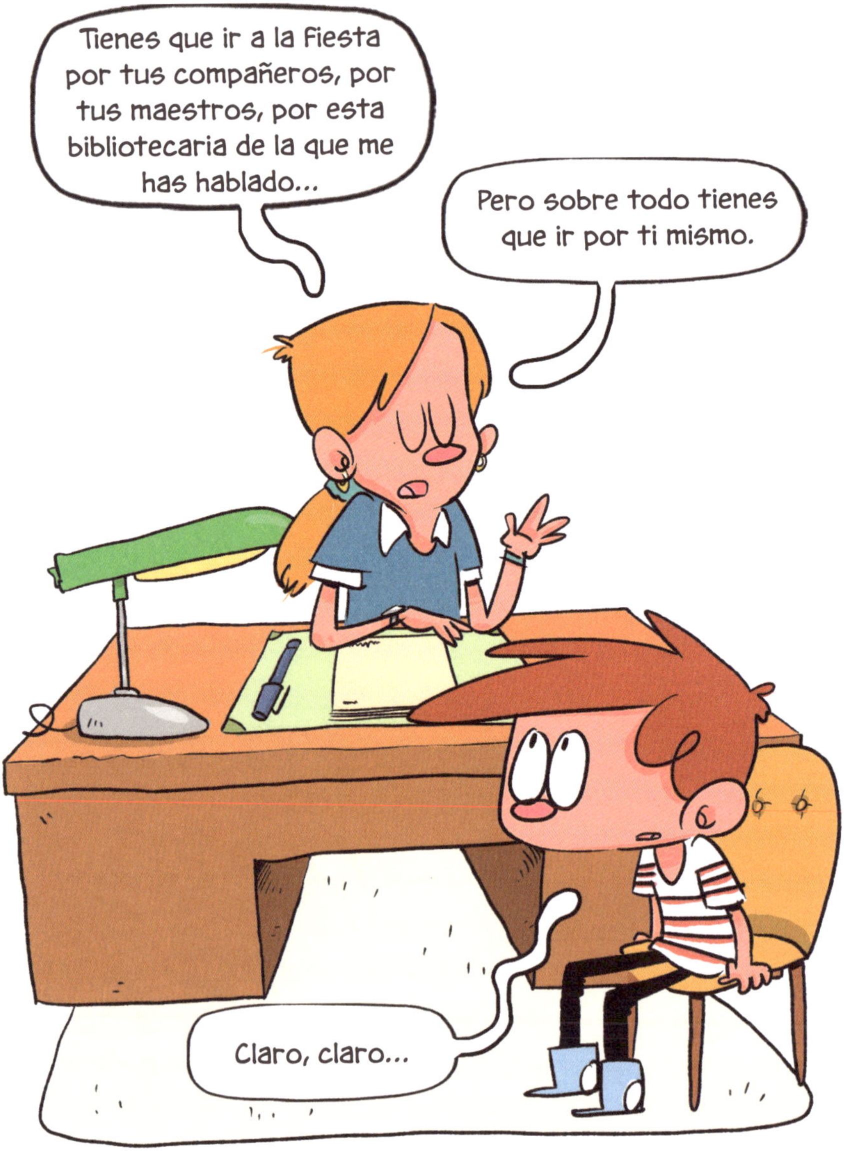
Tienes que ir a la fiesta por tus compañeros, por tus maestros, por esta bibliotecaria de la que me has hablado...
Pero sobre todo tienes que ir por ti mismo.
Claro, claro...

Cuando llegué a casa, los monstruos ya habían hablado con el Dr. Brot y nos explicaron cómo les había ido. Además, nos dijeron que fuéramos tranquilamente a la fiesta mientras ellos se encargaban del *Libro de los monstruos*.

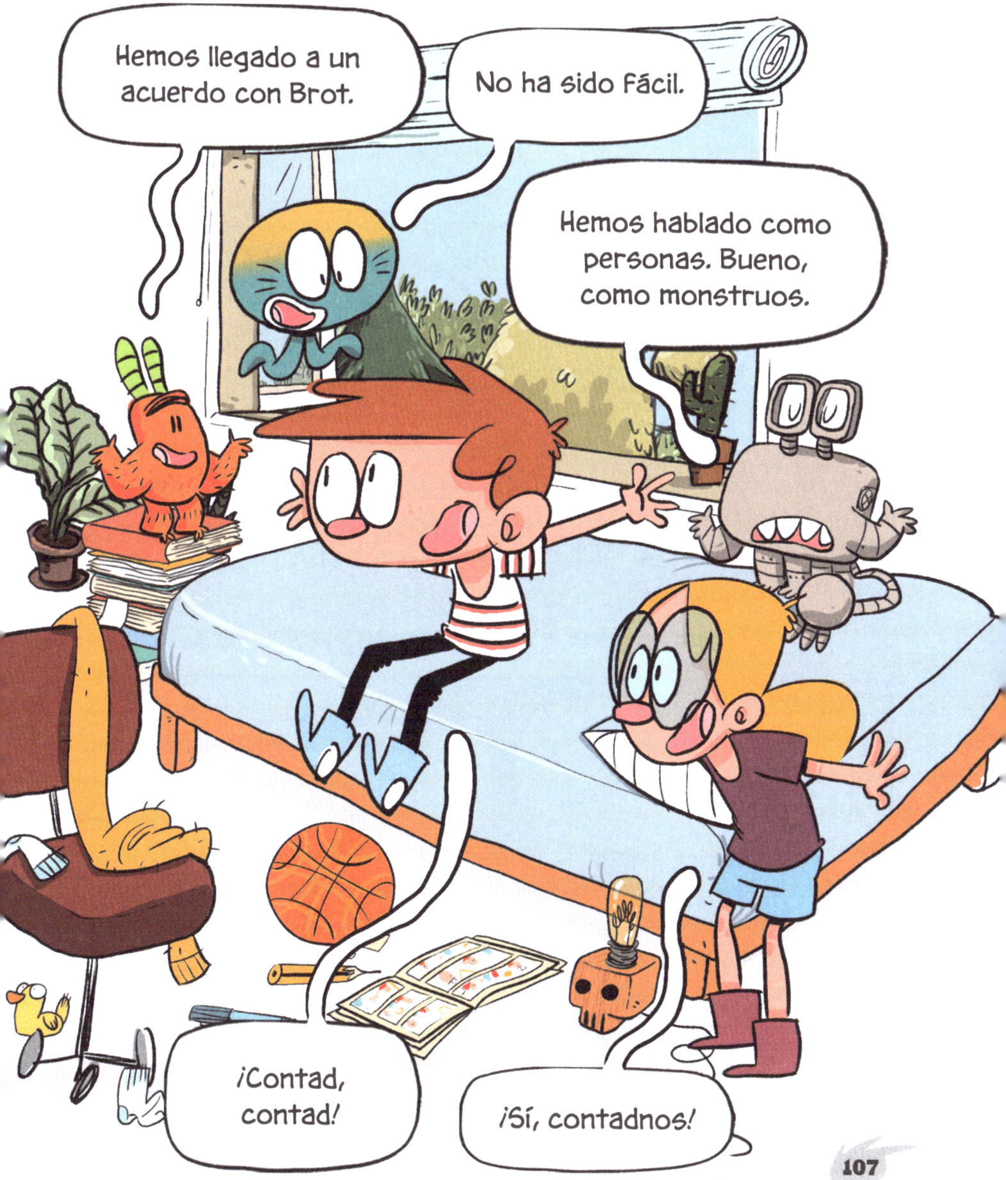
Hemos llegado a un acuerdo con Brot.
No ha sido fácil.
Hemos hablado como personas. Bueno, como monstruos.
¡Contad, contad!
¡Sí, contadnos!

Lo que nos contaron los monstruos nos gustó, pero resultaba difícil creer que el Dr. Brot de repente tuviera tan buena voluntad.

EL DR. BROT DEJÓ MUY CLARO QUE EL LIBRO ERA SUYO, PERO...

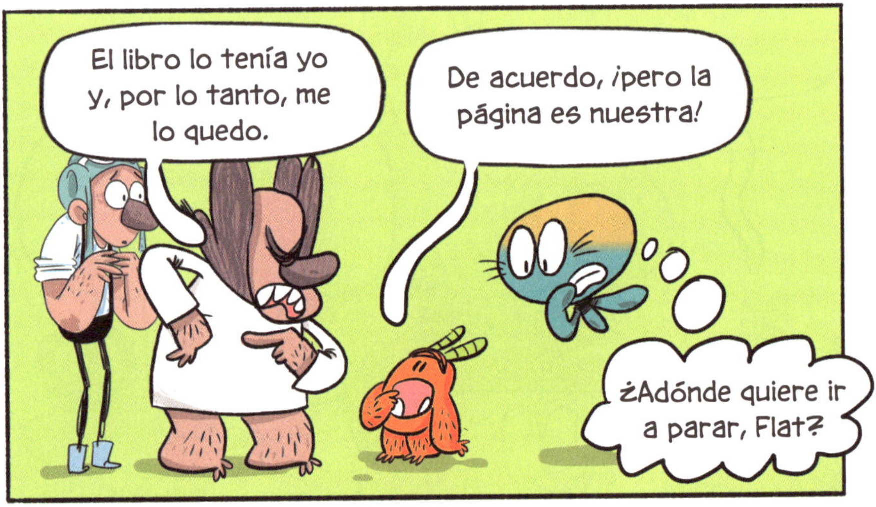
El libro lo tenía yo y, por lo tanto, me lo quedo.
De acuerdo, ¡pero la página es nuestra!
¿Adónde quiere ir a parar, Flat?

EL SR. FLAT TENÍA SU ESTRATEGIA.

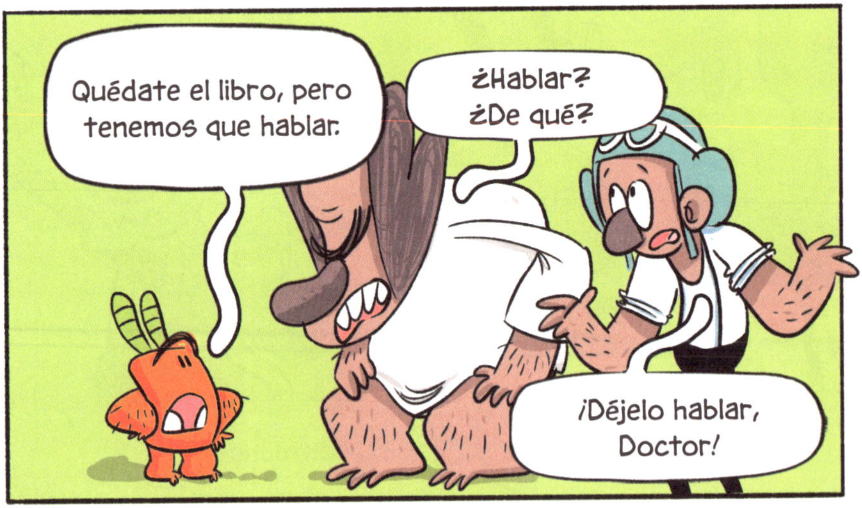
Quédate el libro, pero tenemos que hablar.
¿Hablar? ¿De qué?
¡Déjelo hablar, Doctor!

SORPRENDENTEMENTE, EL DR. BROT ACEPTÓ LA PROPUESTA DEL SR. FLAT.

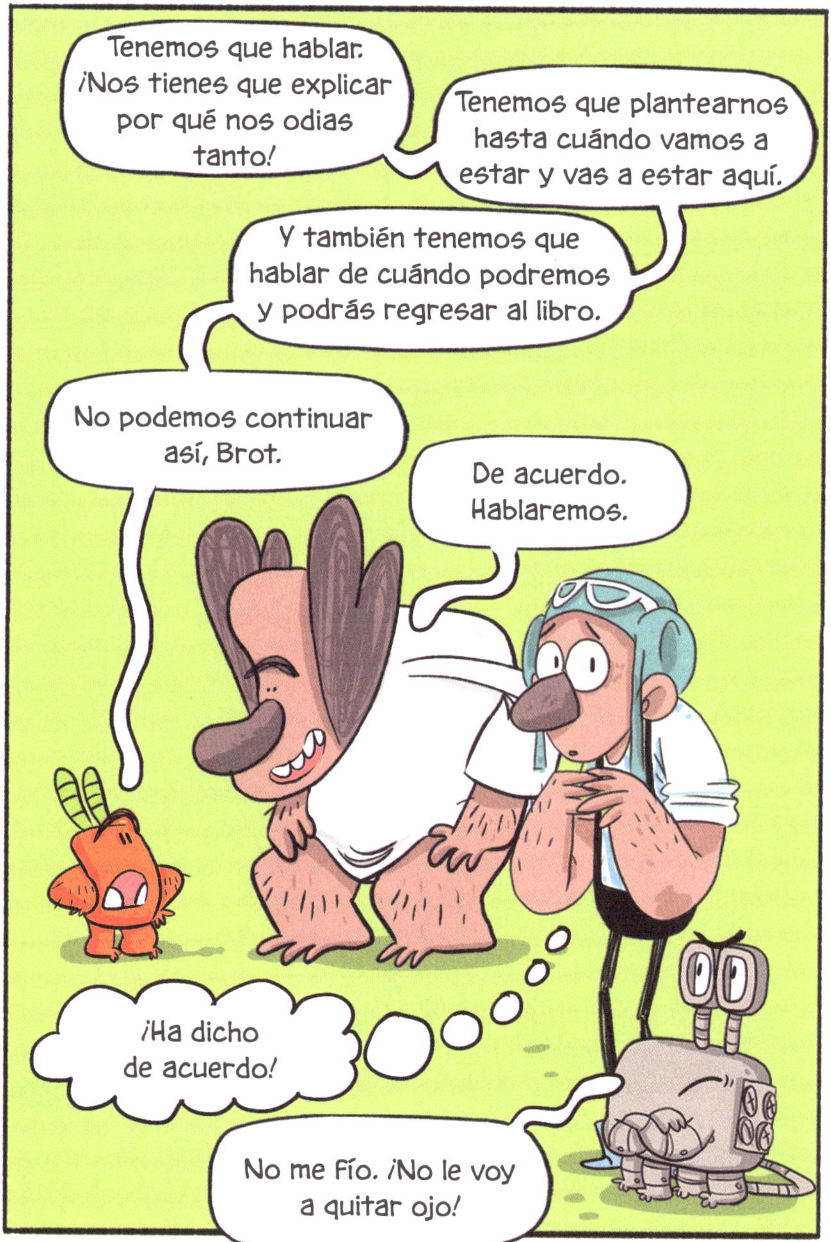
Tenemos que hablar. ¡Nos tienes que explicar por qué nos odias tanto!
Tenemos que plantearnos hasta cuándo vamos a estar y vas a estar aquí.
Y también tenemos que hablar de cuándo podremos y podrás regresar al libro.
No podemos continuar así, Brot.
De acuerdo. Hablaremos.
¡Ha dicho de acuerdo!
No me fío. ¡No le voy a quitar ojo!

Para celebrar que todo estaba tomando un buen rumbo, nos fuimos al parque con la intención de leer un poco y relajarnos, pero justo cuando estábamos leyendo un fragmento de *La conjura de los necios*, de John Kennedy Toole, vimos que Emma había anotado un comentario en la libreta…

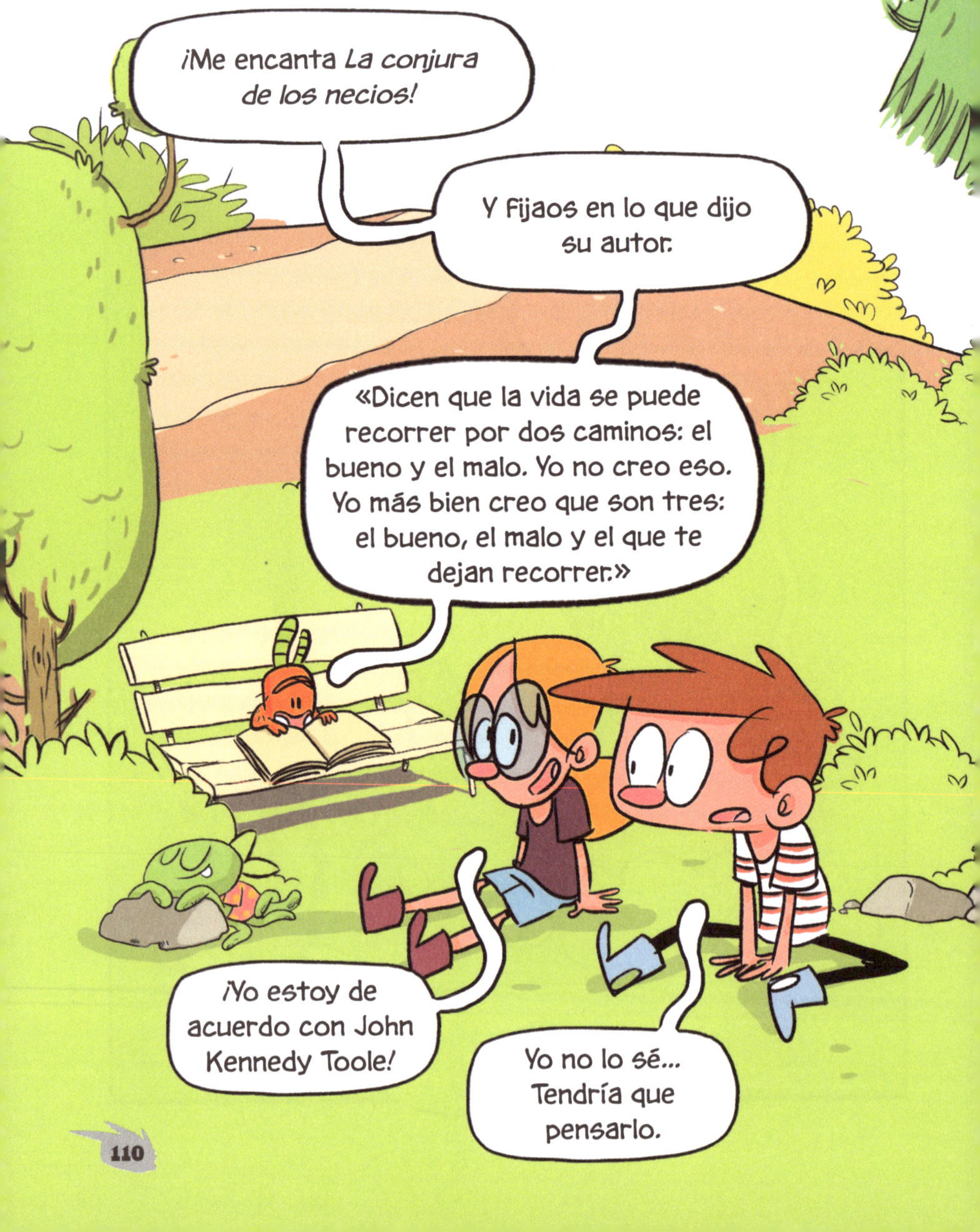
¡Me encanta *La conjura de los necios*!
Y fijaos en lo que dijo su autor.
«Dicen que la vida se puede recorrer por dos caminos: el bueno y el malo. Yo no creo eso. Yo más bien creo que son tres: el bueno, el malo y el que te dejan recorrer.»
¡Yo estoy de acuerdo con John Kennedy Toole!
Yo no lo sé… Tendría que pensarlo.

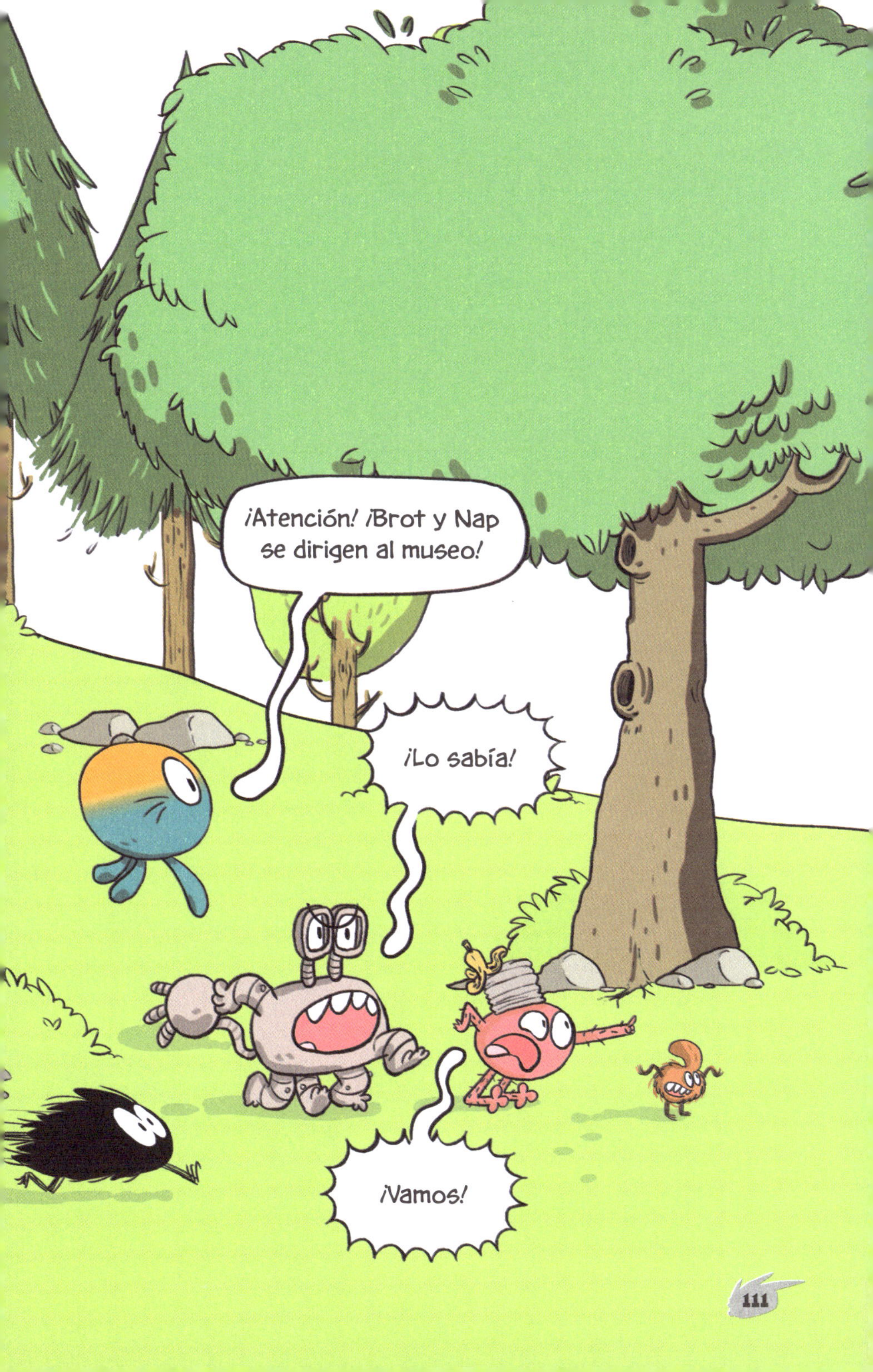
¡Atención! ¡Brot y Nap se dirigen al museo!
¡Lo sabía!
¡Vamos!

8

HACIA EL MUSEO

Nos faltaron piernas para correr, y cuando llegamos al museo, gracias a los agujeros de Hole, entramos sin problema. Nos sorprendió que en el museo la calma fuera total.

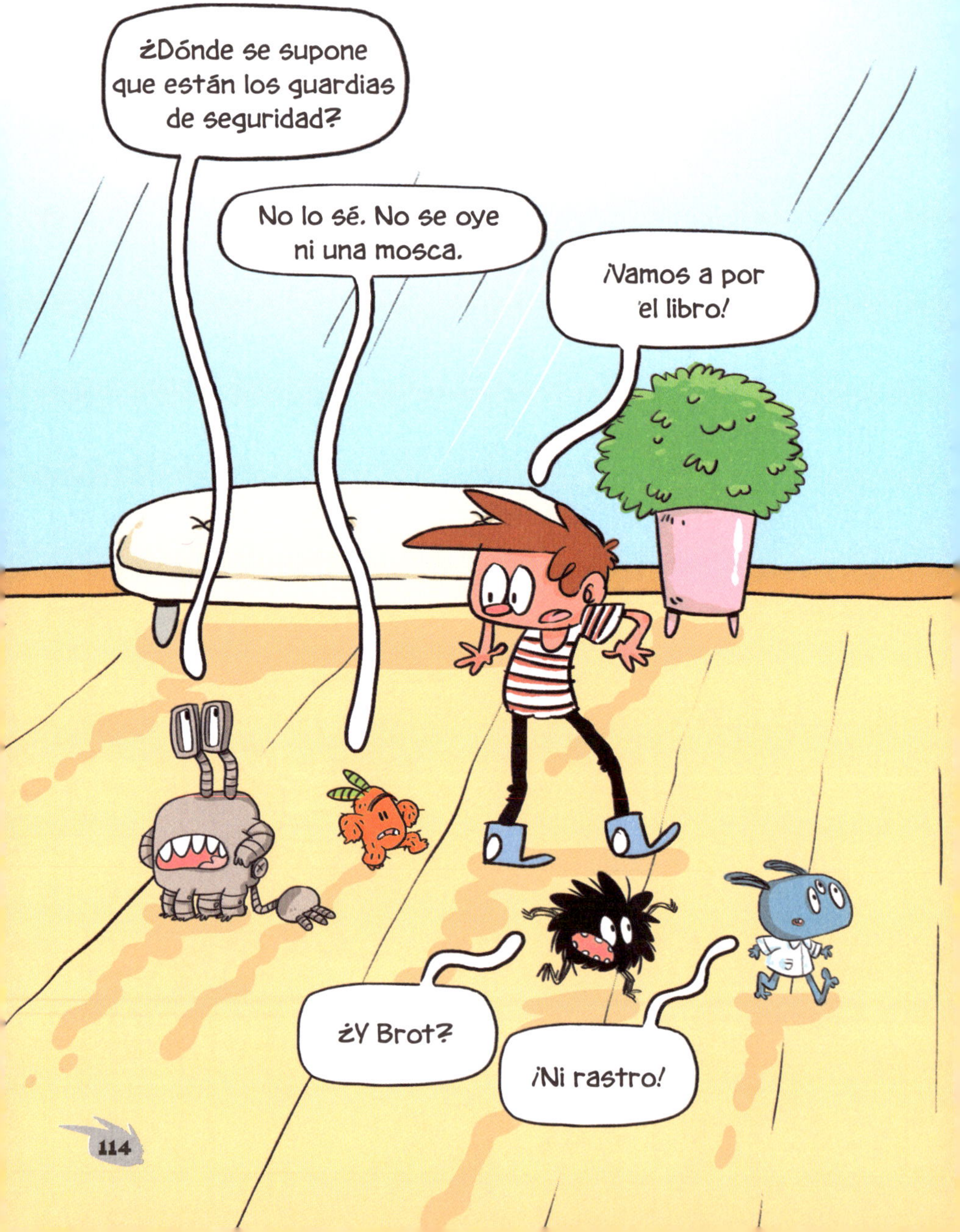
¿Dónde se supone que están los guardias de seguridad?
No lo sé. No se oye ni una mosca.
¡Vamos a por el libro!
¿Y Brot?
¡Ni rastro!

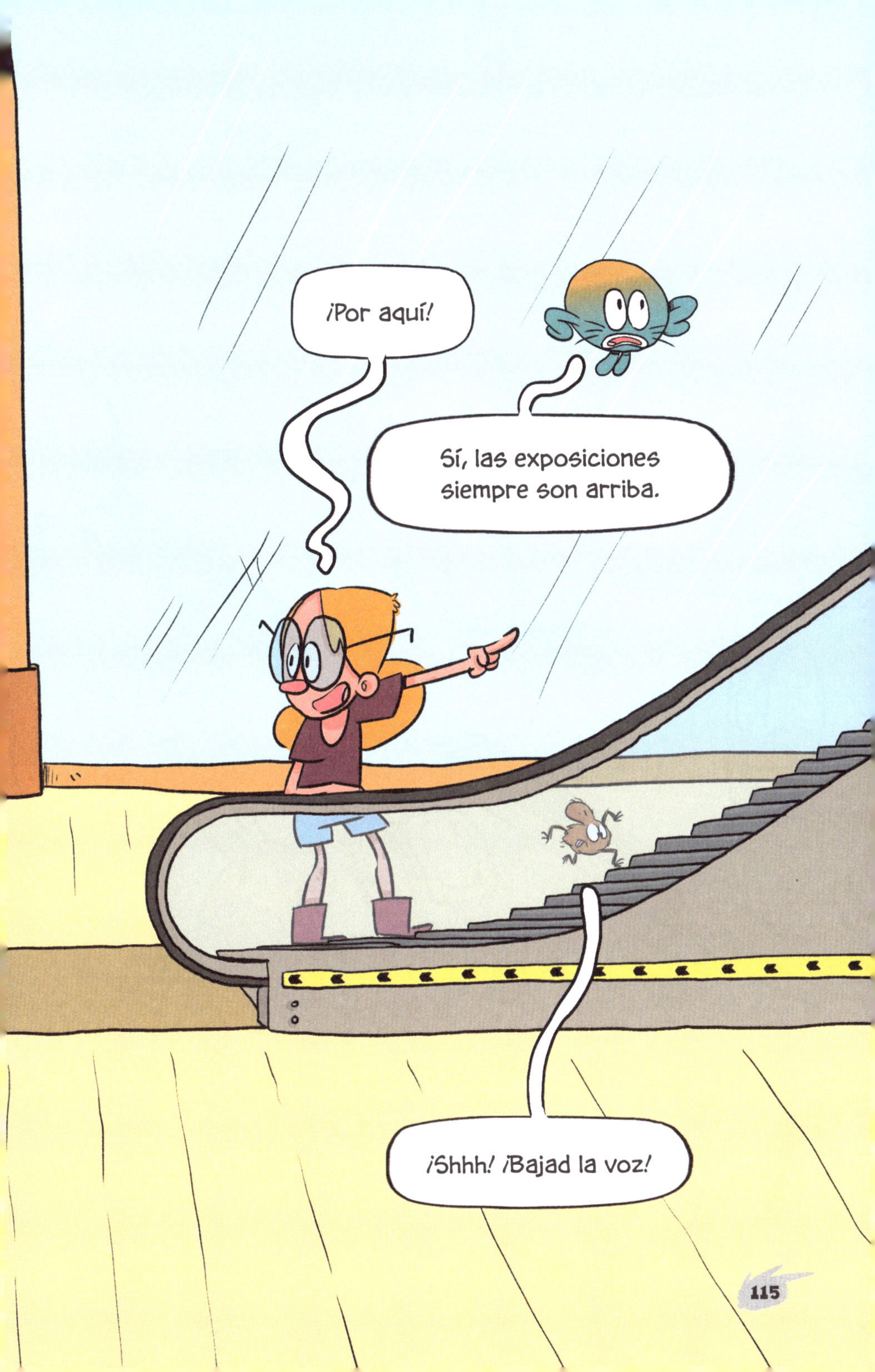
¡Por aquí!
Sí, las exposiciones siempre son arriba.
¡Shhh! ¡Bajad la voz!

Subimos la escalera en silencio o casi en silencio porque estábamos convencidos de que más temprano o más tarde los guardias de seguridad nos iban a descubrir.

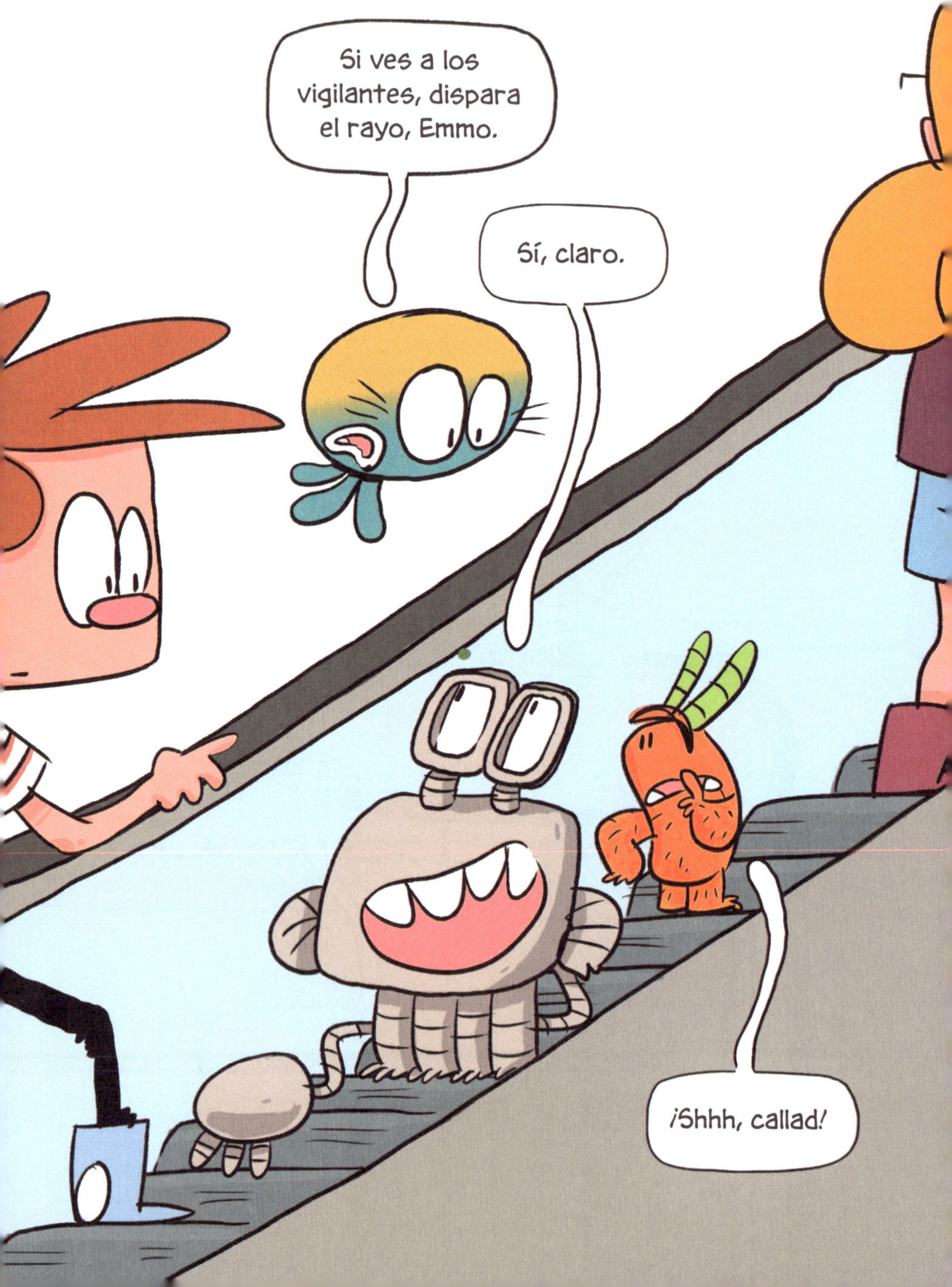
Si ves a los vigilantes, dispara el rayo, Emmo.
Sí, claro.
¡Shhh, callad!

Cuando íbamos por el pasillo en dirección a la gran sala donde se suponía que encontraríamos el libro, oímos una voz inconfundible. Era él, el Dr. Brot.

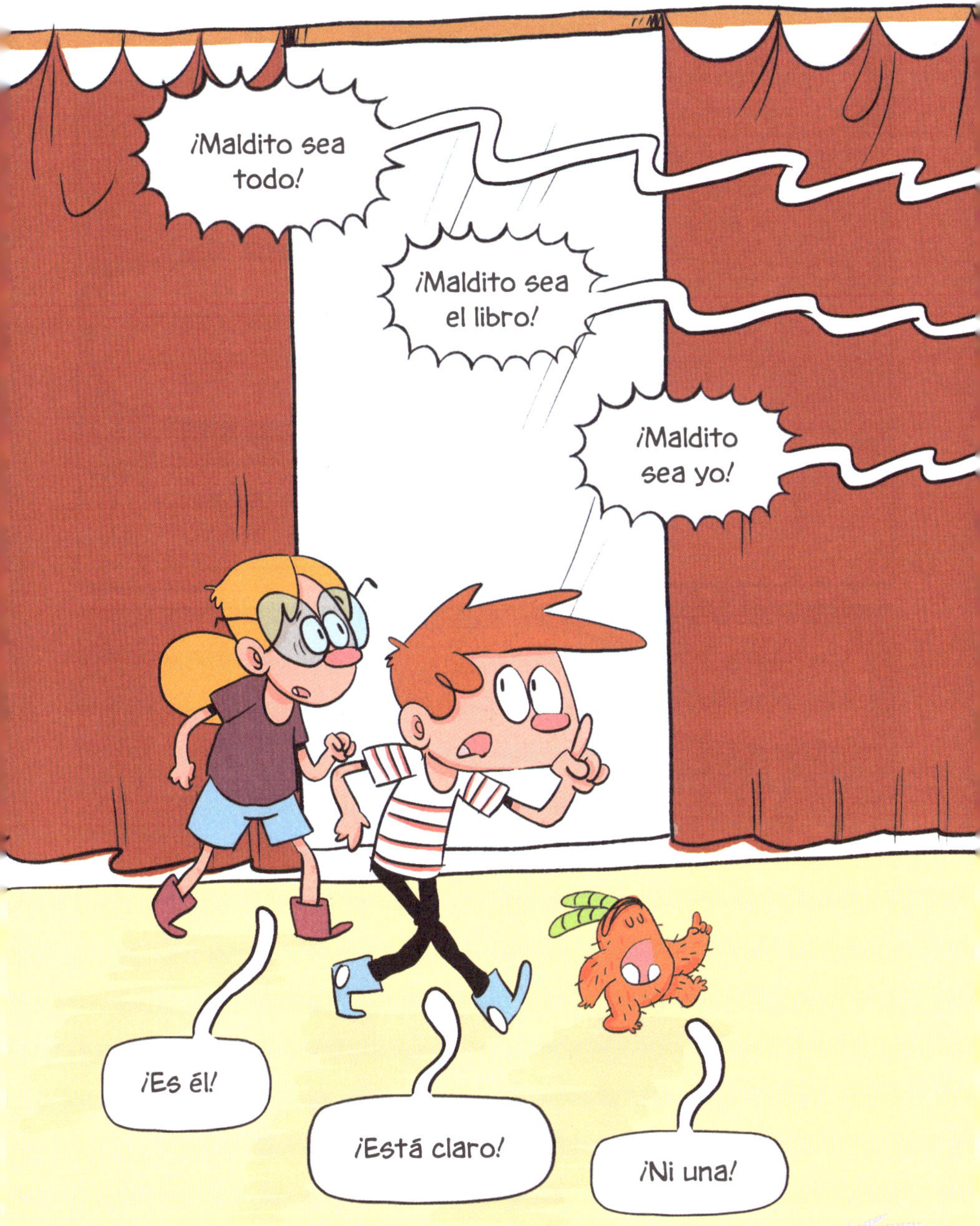
¡Maldito sea todo!
¡Maldito sea el libro!
¡Maldito sea yo!
¡Es él!
¡Está claro!
¡Ni una!

Encontramos al Dr. Brot ante un pedestal vacío y al Sr. Flat le faltó tiempo para pedirle explicaciones.

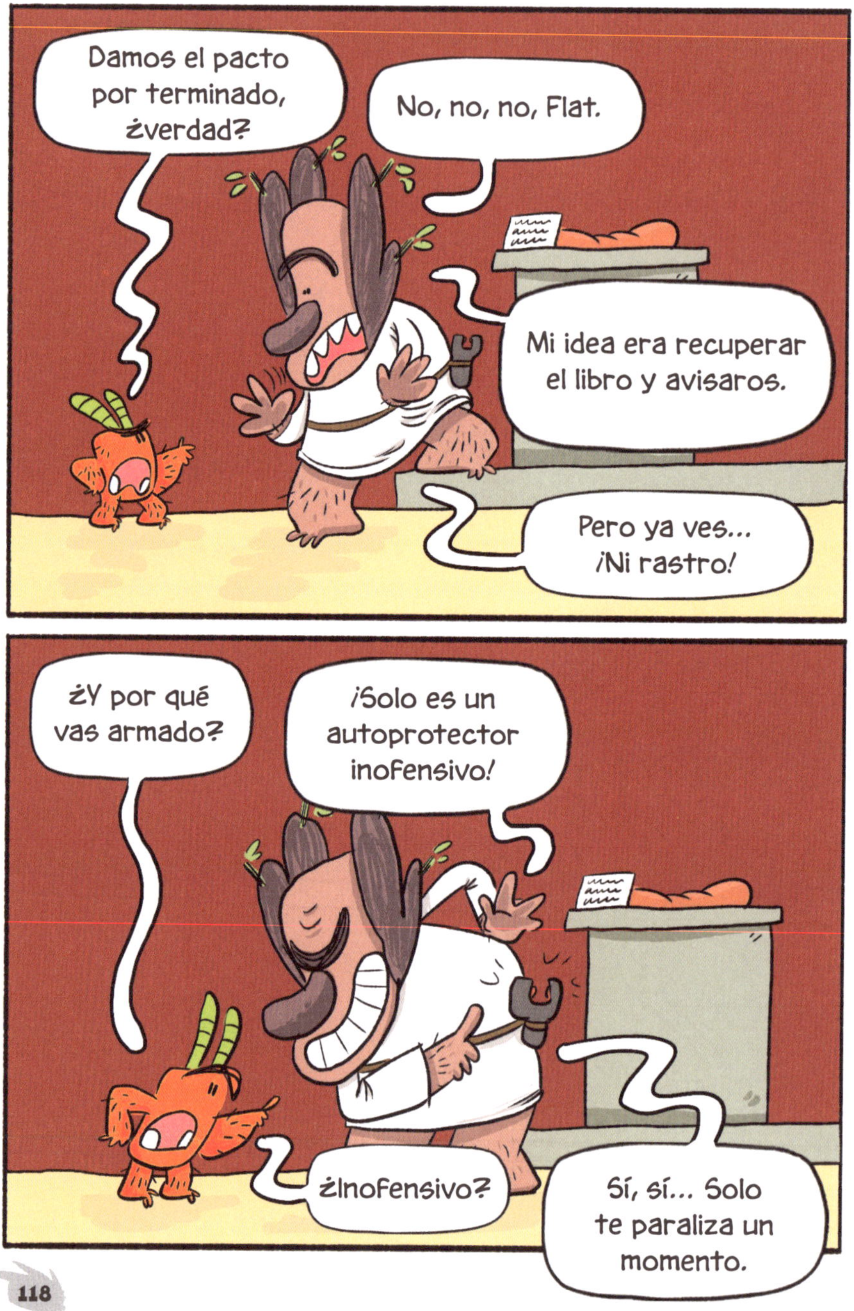
Damos el pacto por terminado, ¿verdad?
No, no, no, Flat.
Mi idea era recuperar el libro y avisaros.
Pero ya ves... ¡Ni rastro!
¿Y por qué vas armado?
¡Solo es un autoprotector inofensivo!
¿Inofensivo?
Sí, sí... Solo te paraliza un momento.

Para el Sr. Flat todavía había otro problema: ¿Qué había hecho el Dr. Brot con los guardias de seguridad? Conociéndolo, era de esperar cualquier burrada.

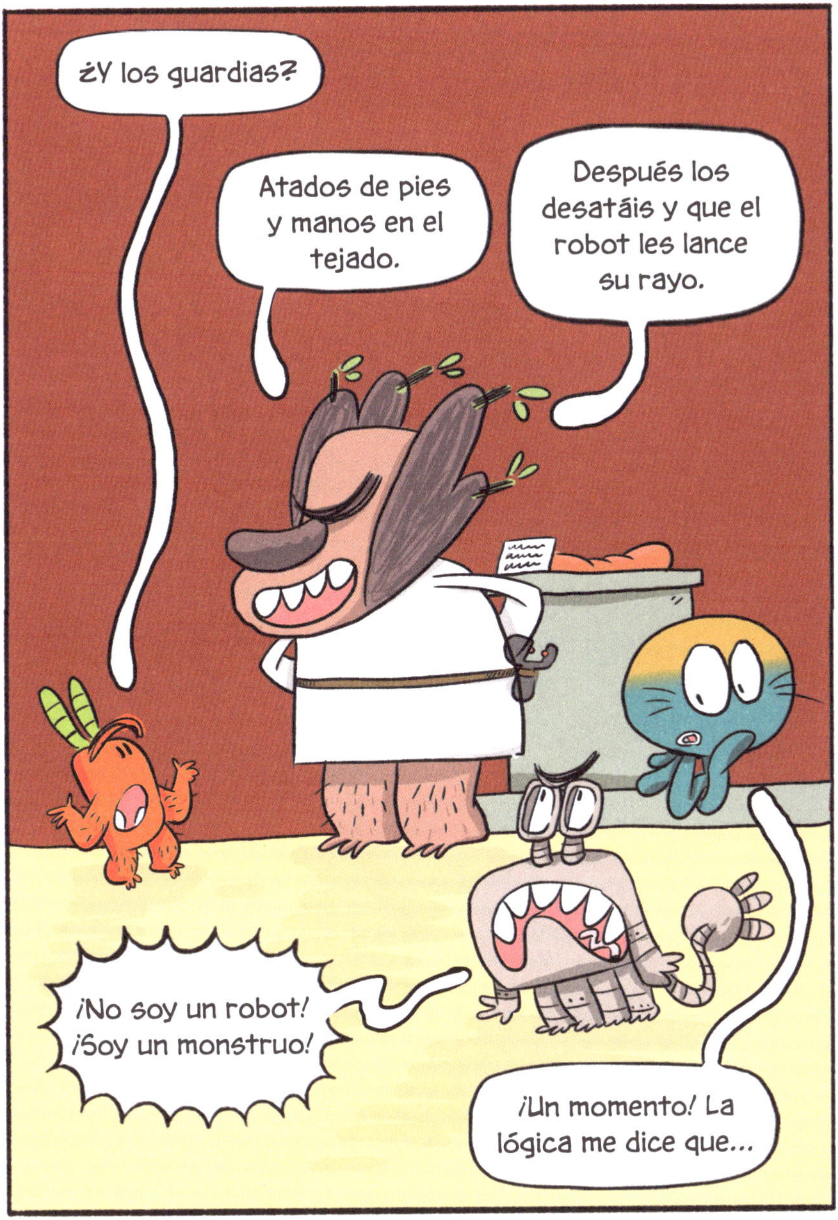
¿Y los guardias?
Atados de pies y manos en el tejado.
Después los desatáis y que el robot les lance su rayo.
¡No soy un robot! ¡Soy un monstruo!
¡Un momento! La lógica me dice que...

En uno de sus ataques de lógica, Ziro tuvo claro que, si la exposición empezaba al día siguiente, el libro, aunque no estuviera expuesto, debía de estar en algún lugar del museo.

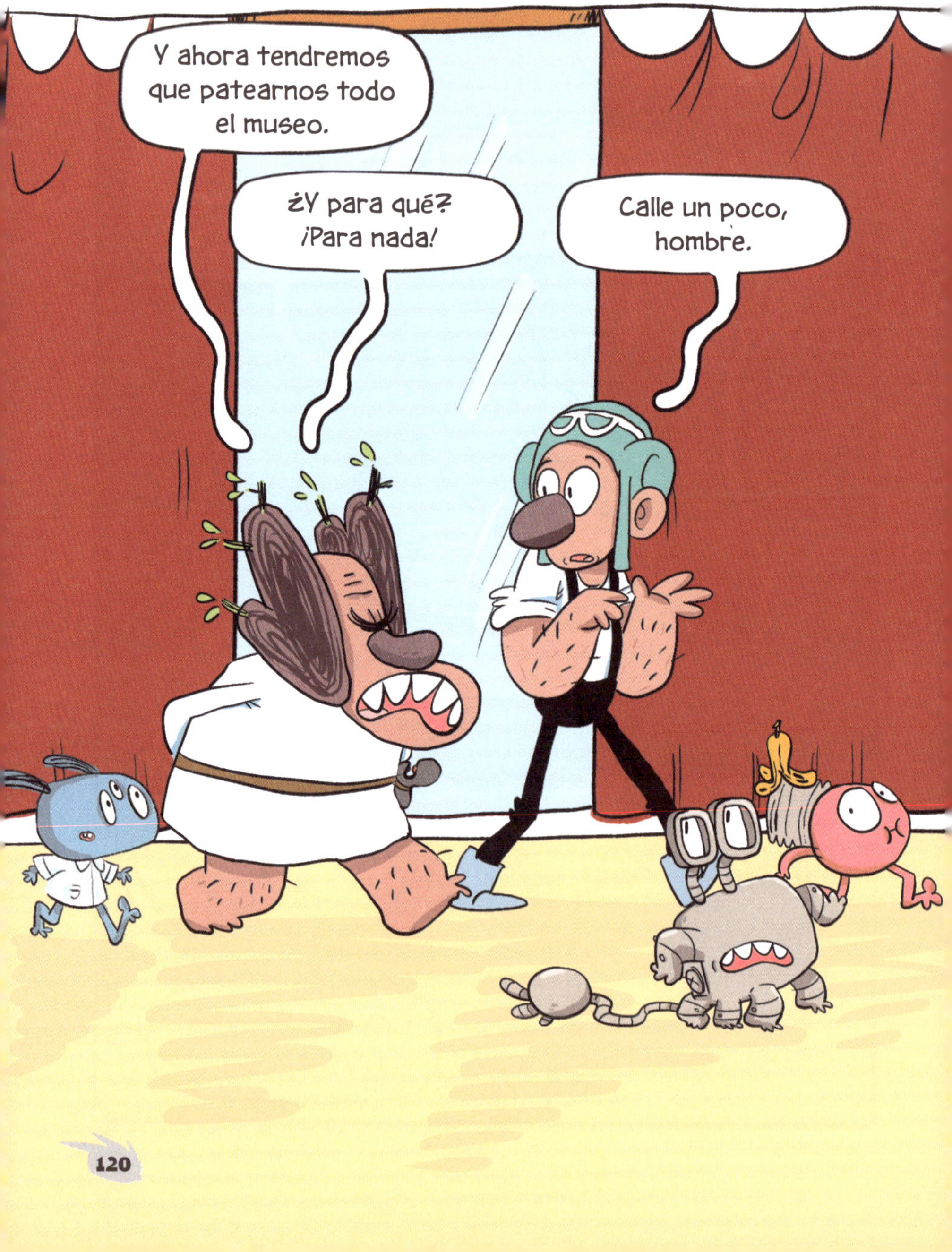
Y ahora tendremos que patearnos todo el museo.
¿Y para qué? ¡Para nada!
Calle un poco, hombre.

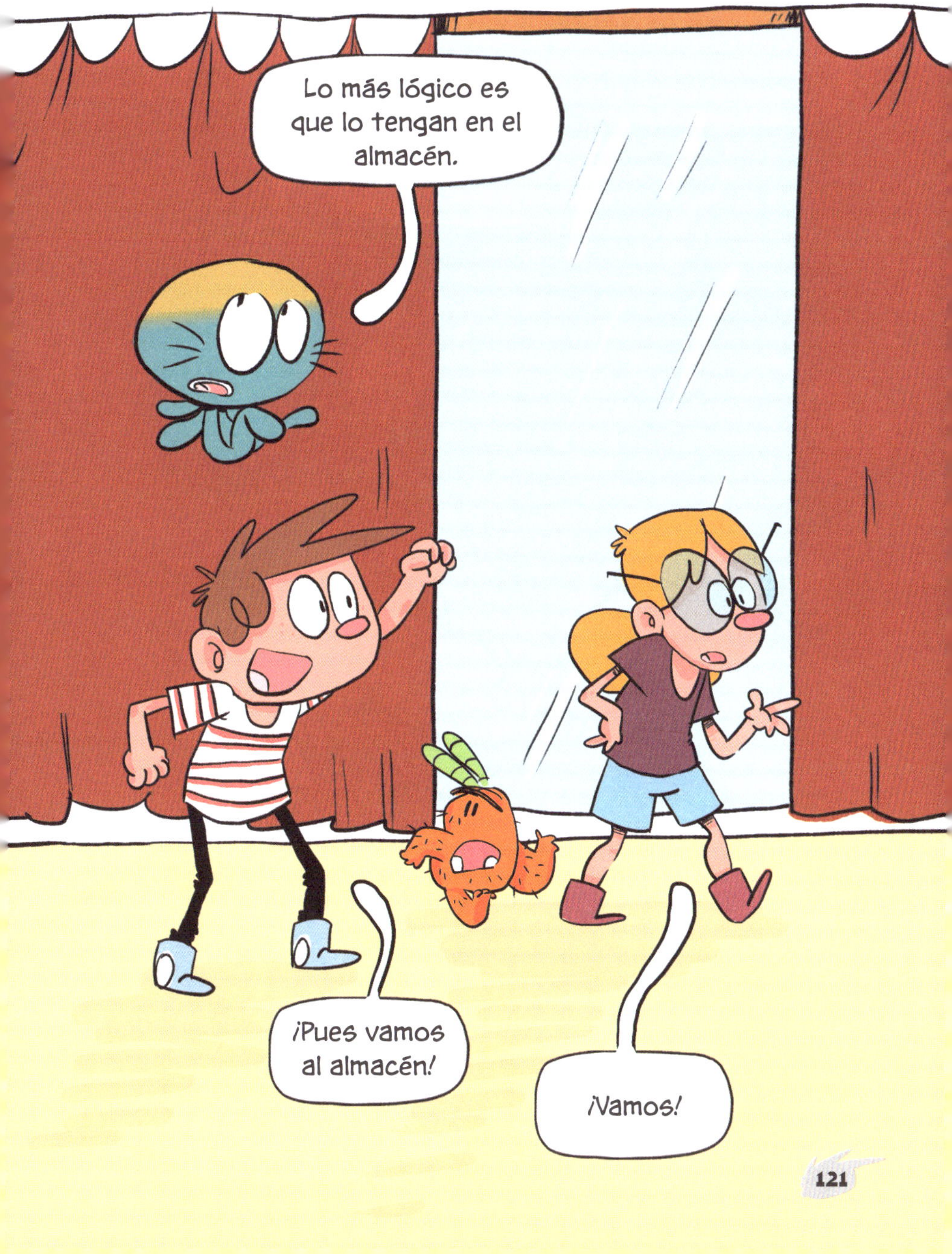
Lo más lógico es que lo tengan en el almacén.
¡Pues vamos al almacén!
¡Vamos!

El almacén era un lugar oscuro repleto de cajas y Emmo tuvo que iluminarnos. Brex sacó la página del libro y empezó a moverla entre las cajas para que el libro brillara.

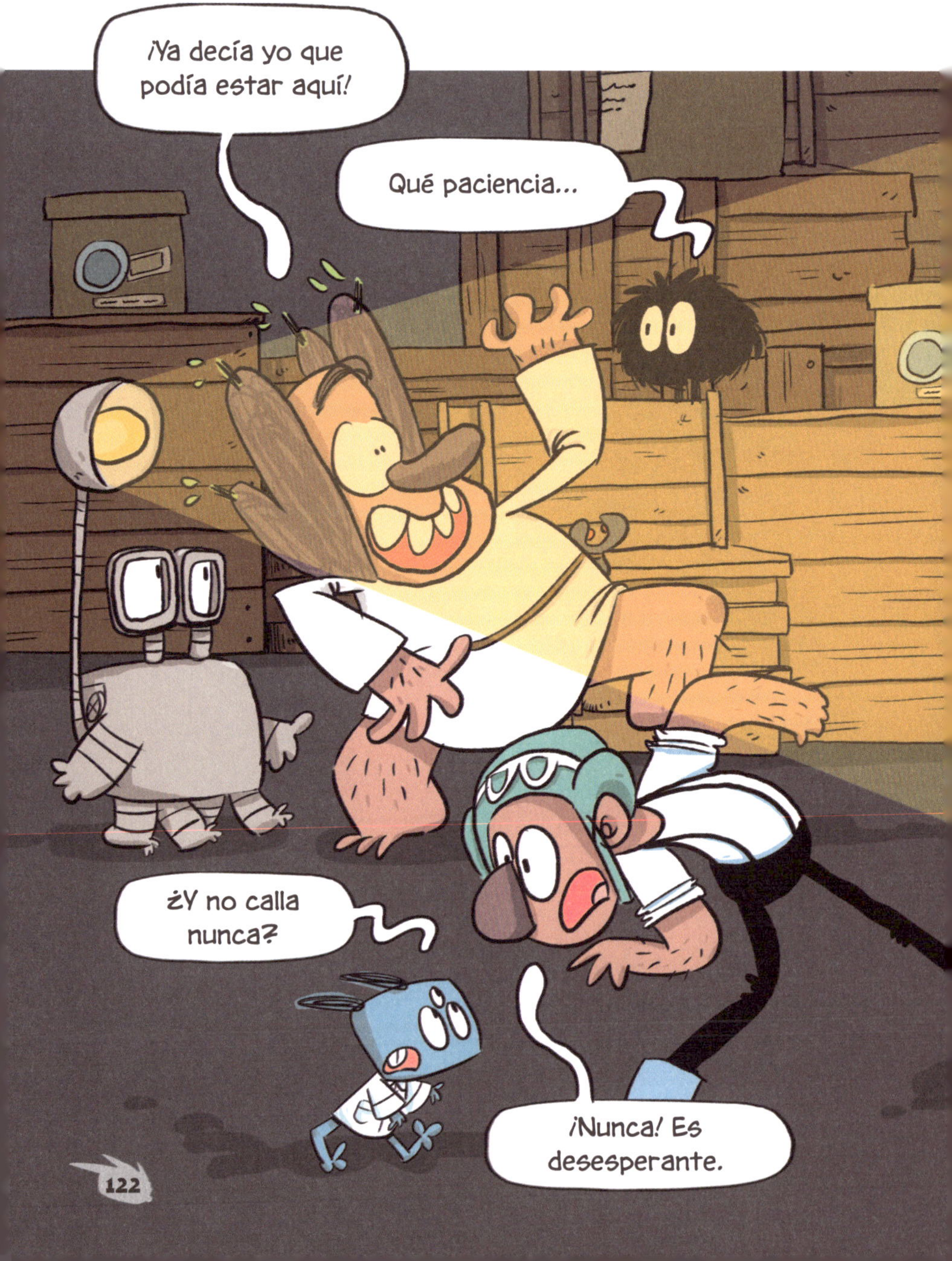
¡Ya decía yo que podía estar aquí!
Qué paciencia...
¿Y no calla nunca?
¡Nunca! Es desesperante.

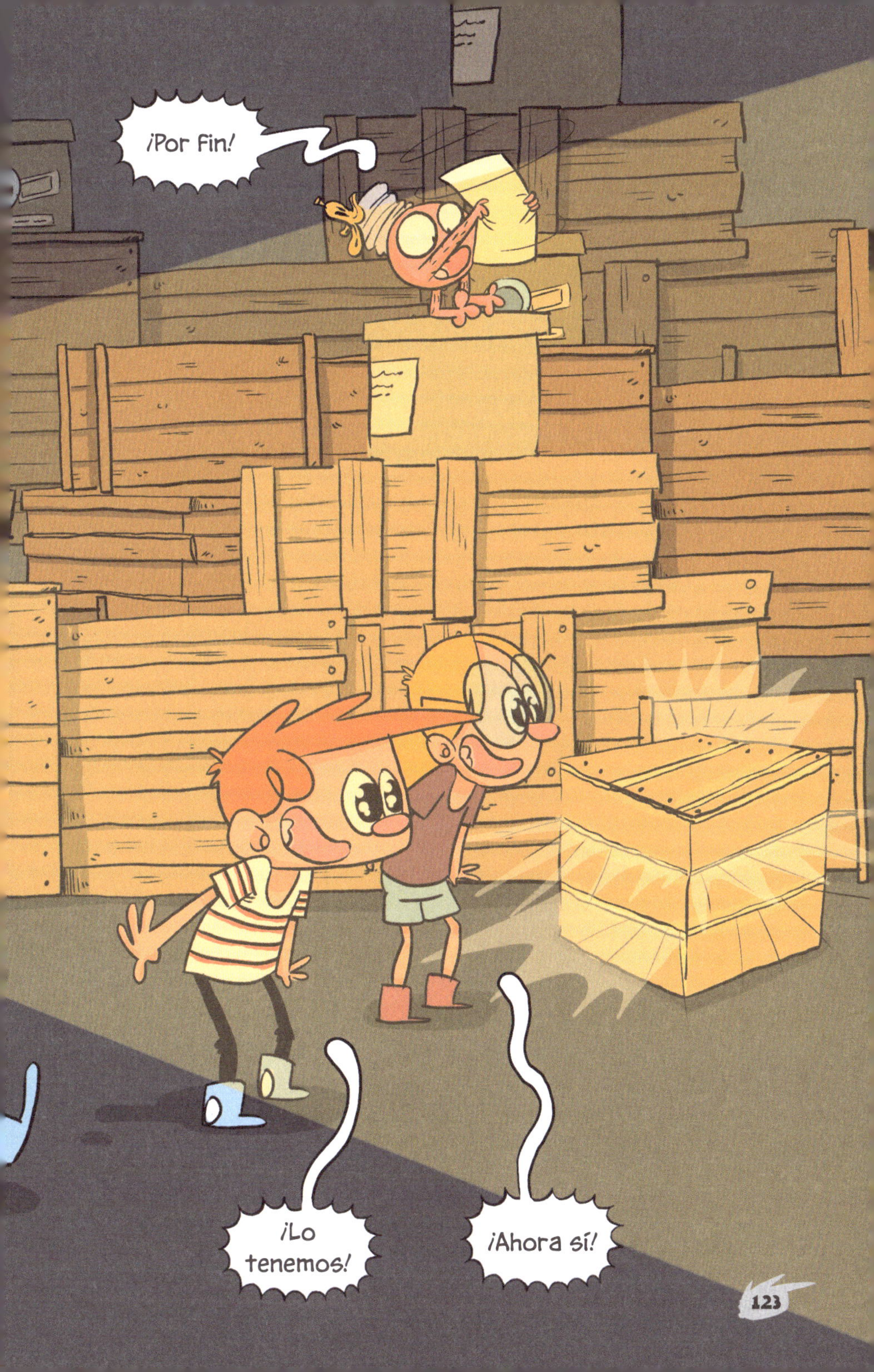
¡Por fin!
¡Lo tenemos!
¡Ahora sí!

9

EL *LIBRO DE* LOS MONSTRUOS

Como en el almacén apenas veíamos nada, el Dr. Brot, por una vez, tuvo una buena idea. O eso es lo que nos pareció. Propuso que nos lleváramos la caja a un lugar mejor iluminado.

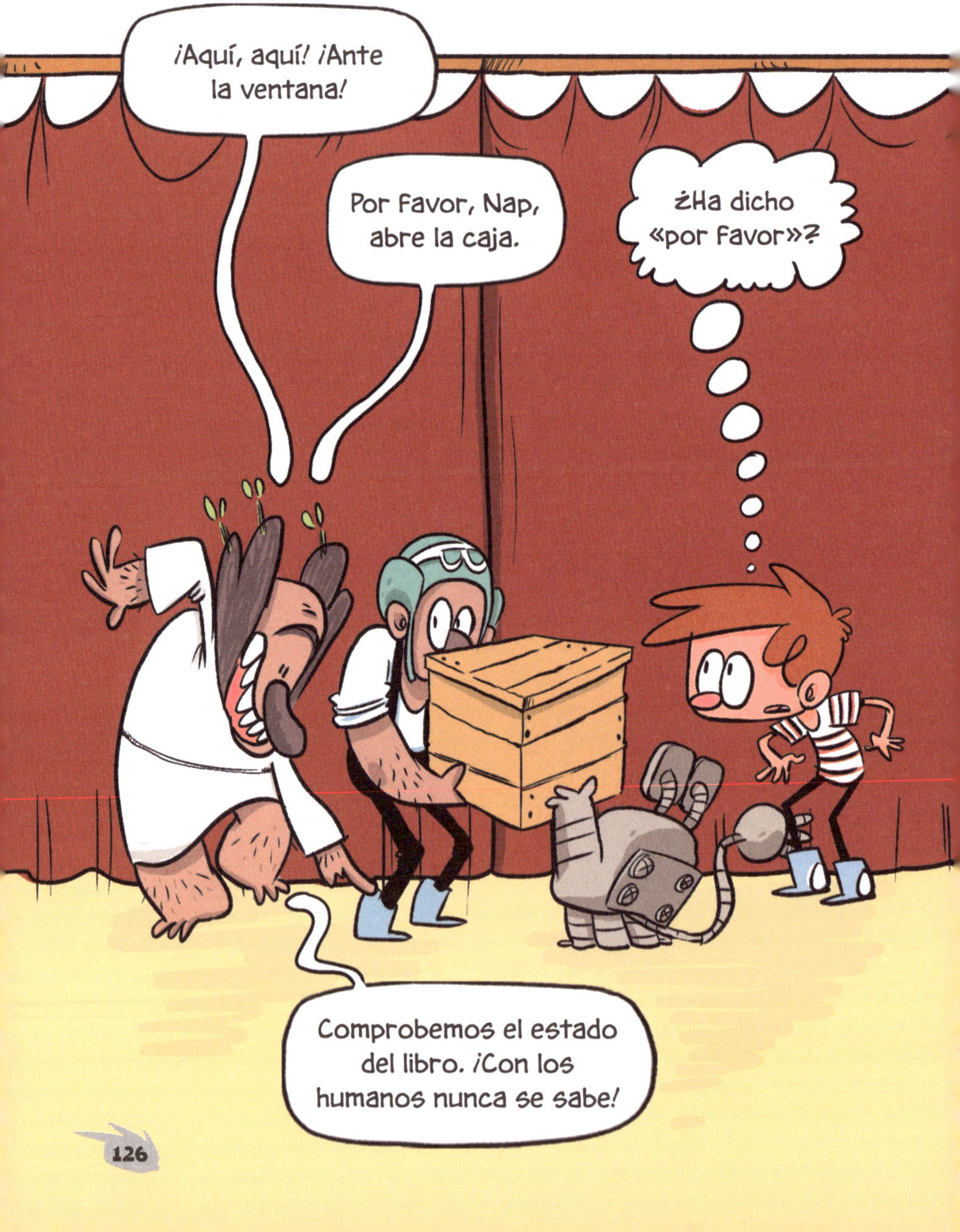

¡Aquí, aquí! ¡Ante la ventana!
Por favor, Nap, abre la caja.
¿Ha dicho «por favor»?
Comprobemos el estado del libro. ¡Con los humanos nunca se sabe!

Para comprobar que el libro estuviera en condiciones, era necesario que le acercáramos la página. Y me extrañó que el Dr. Brot se mostrara tan razonable.

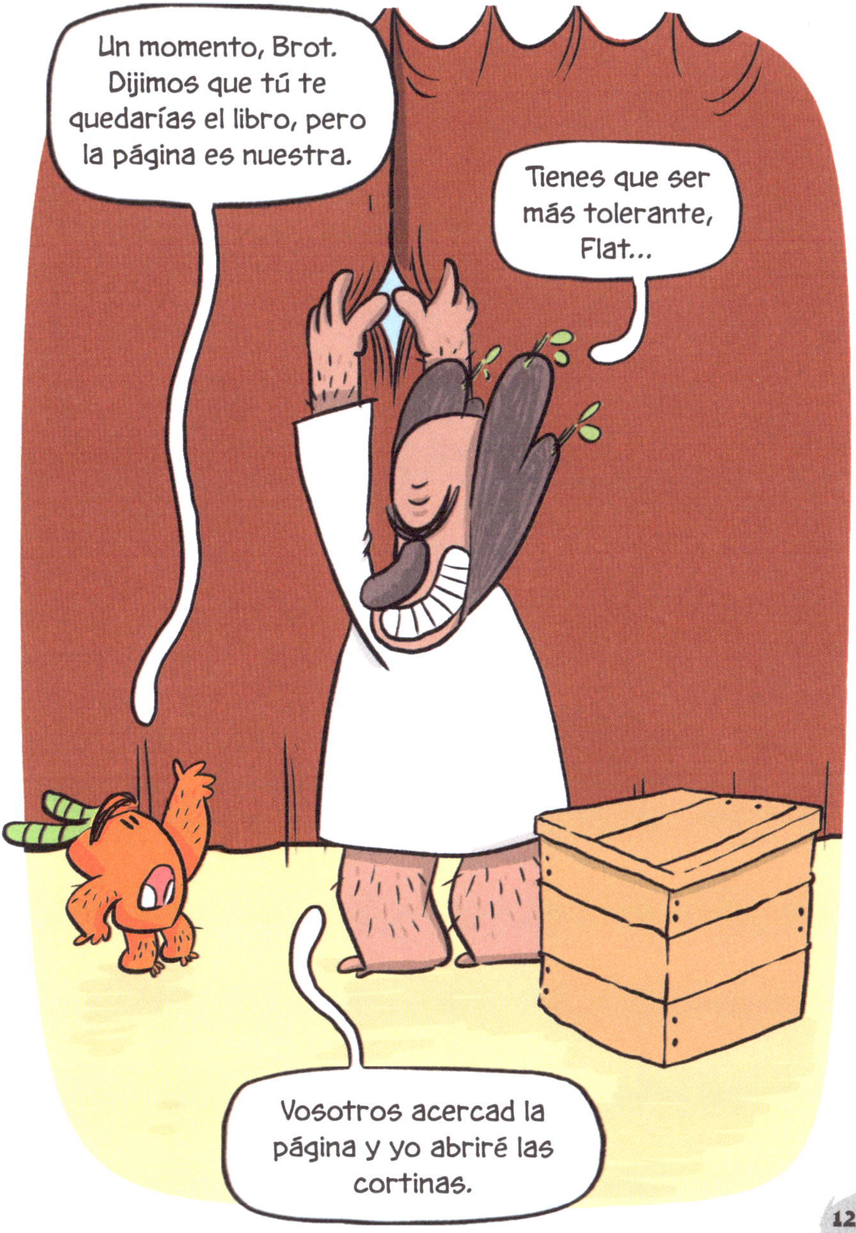
Un momento, Brot. Dijimos que tú te quedarías el libro, pero la página es nuestra.
Tienes que ser más tolerante, Flat...
Vosotros acercad la página y yo abriré las cortinas.

Cuando Brex se acercó a la caja con la página, el Doctor se apresuró a abrir las cortinas. Fue un horror: la vida de los guardias de seguridad literalmente colgaba de un hilo.

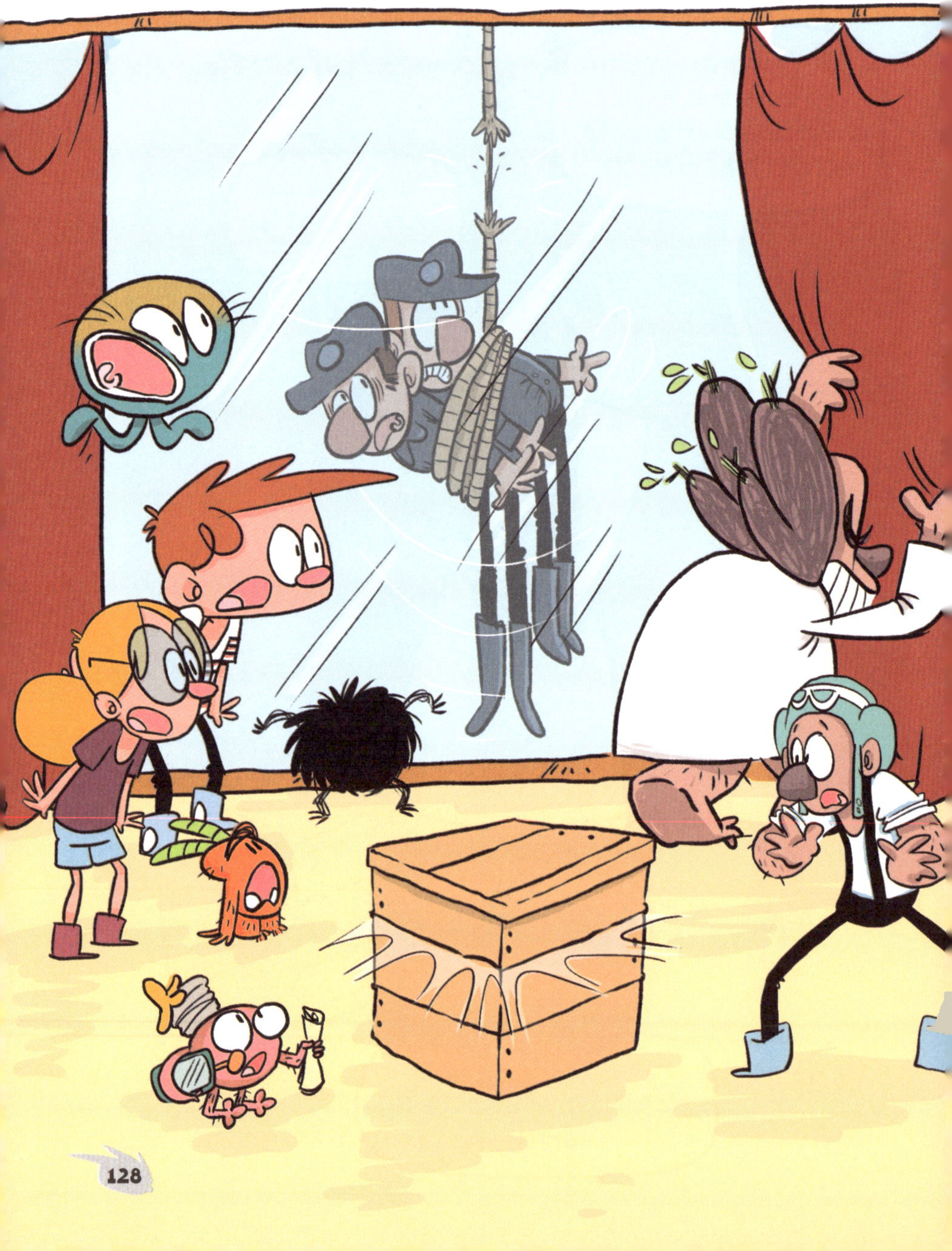

Emmo, Ziro y Hole salieron disparados para ir a socorrer a los guardias. Y el Dr. Brot, con un gesto de inusitada agilidad, dejó a Brex fuera de juego y le quitó la página.

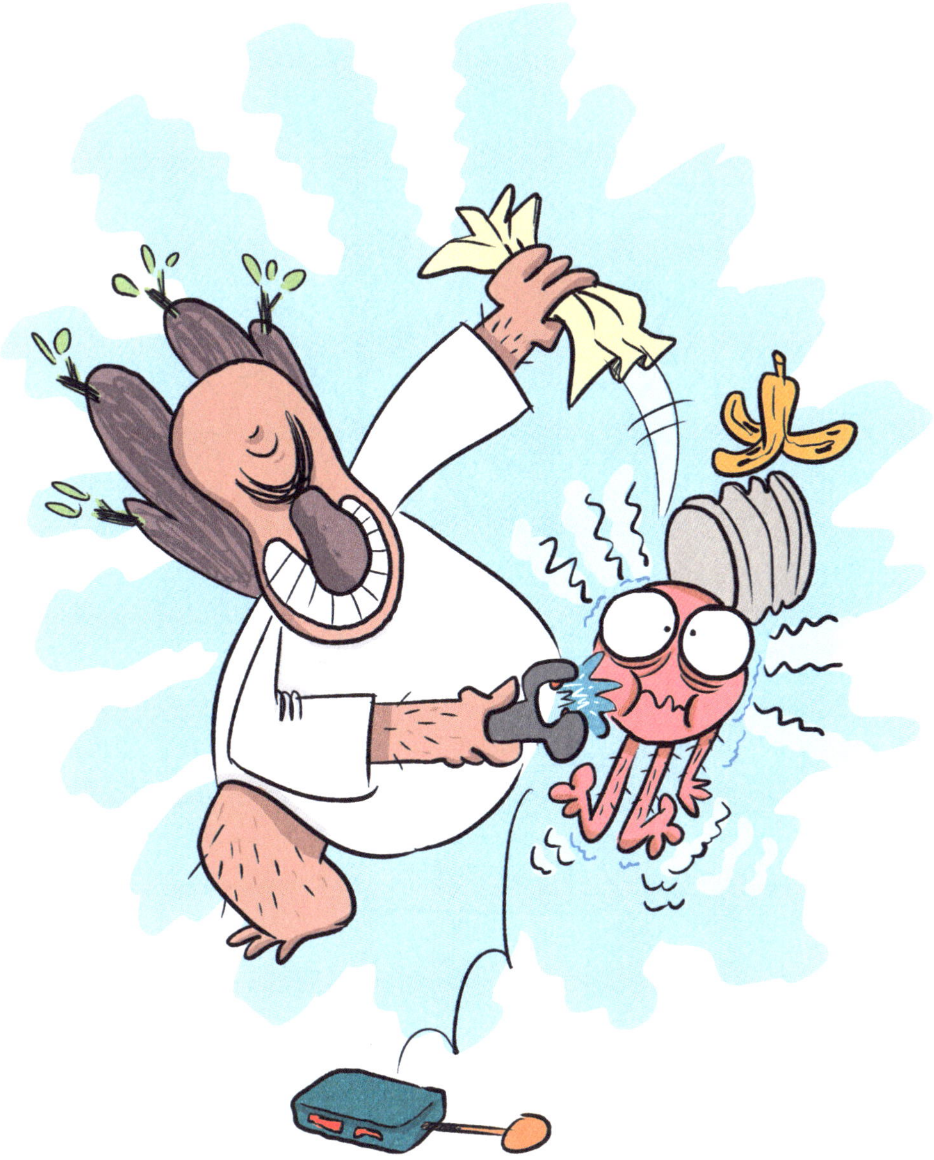

Entonces el Doctor se metió en la caja con la página en una mano y su arma en la otra. Estaba totalmente enloquecido. Nos hablaba sin mirarnos, más chalado que nunca.

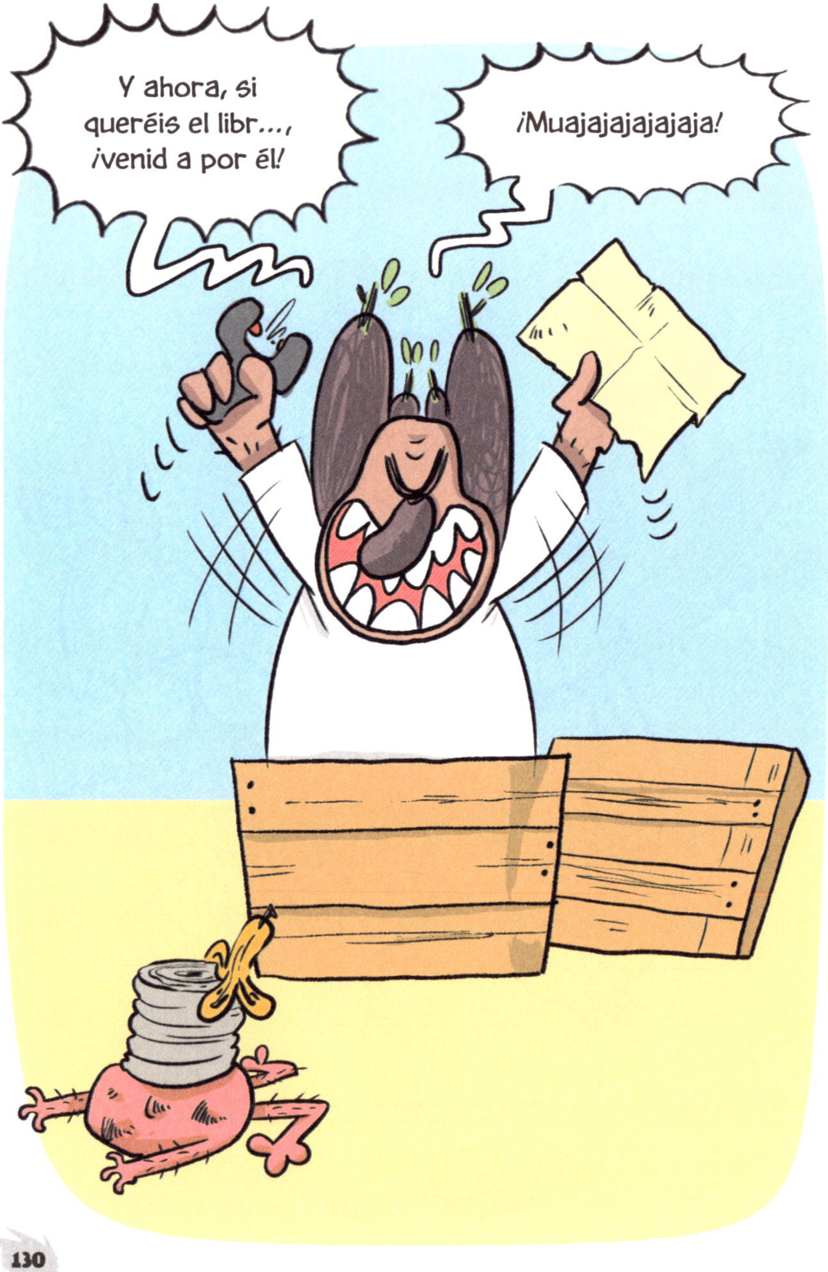
Y ahora, si queréis el libr…, ¡venid a por él!
¡Muajajajajajaja!

Lo que ocurrió a continuación no sé ni cómo explicarlo. Todo pasó en un instante.

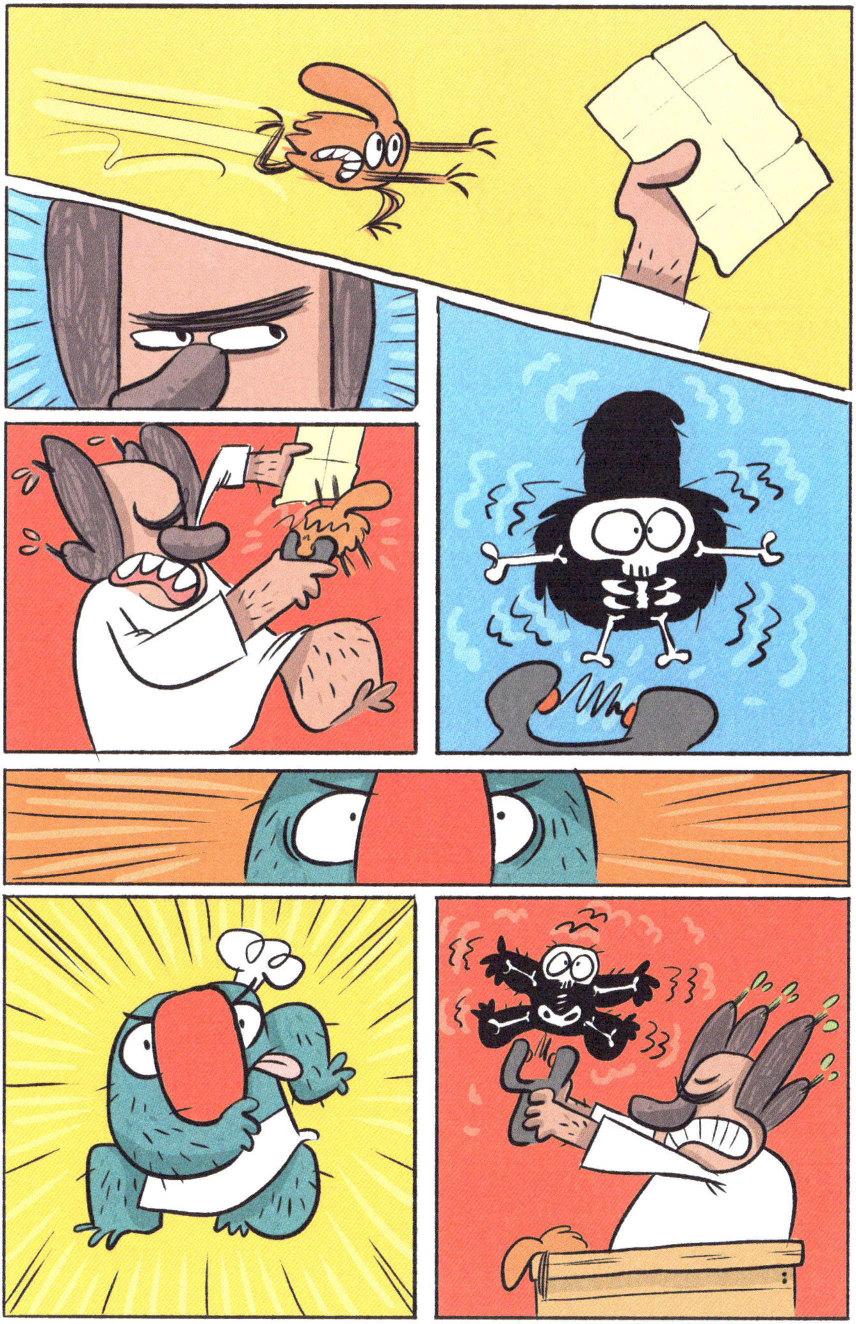

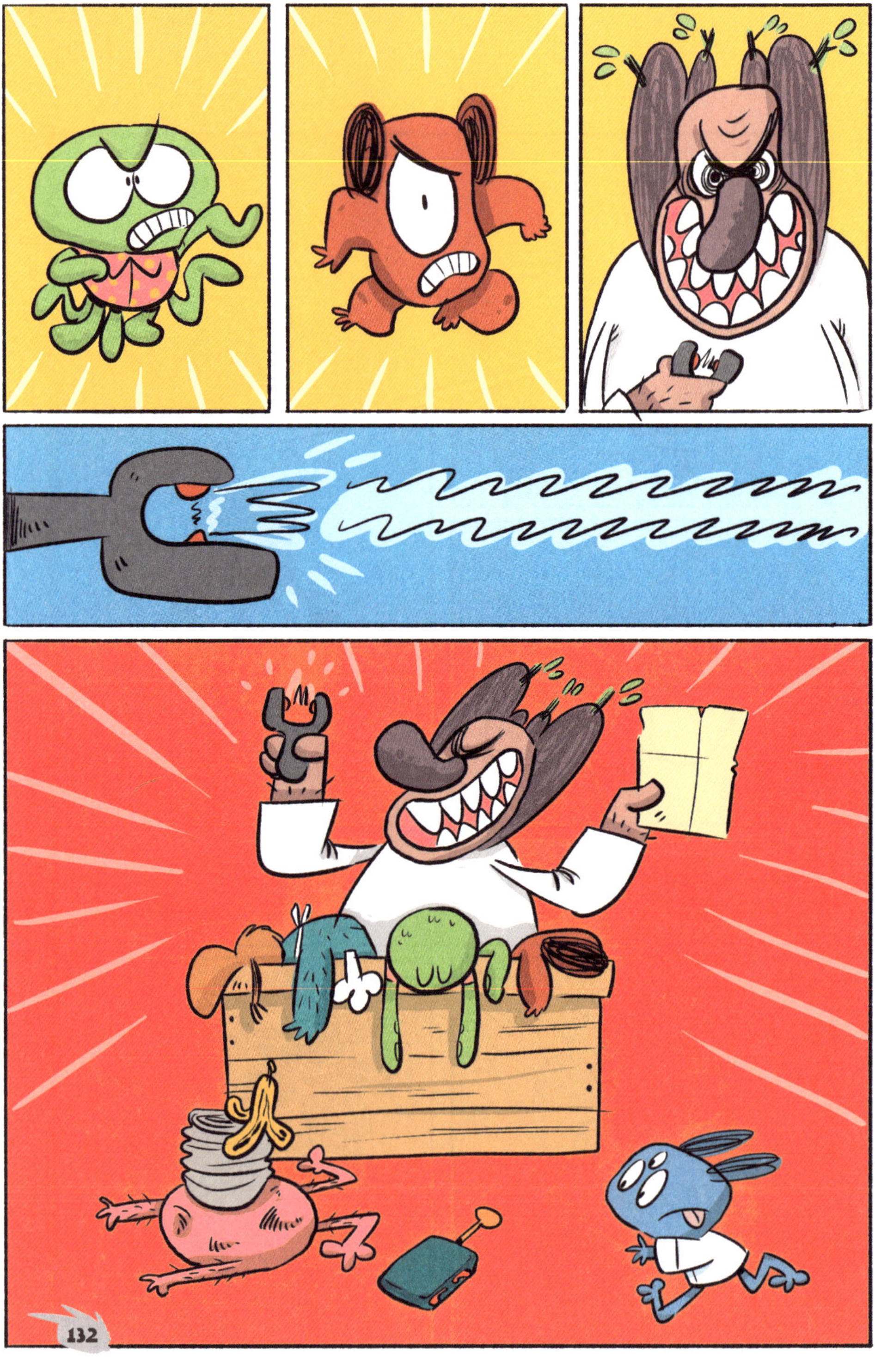

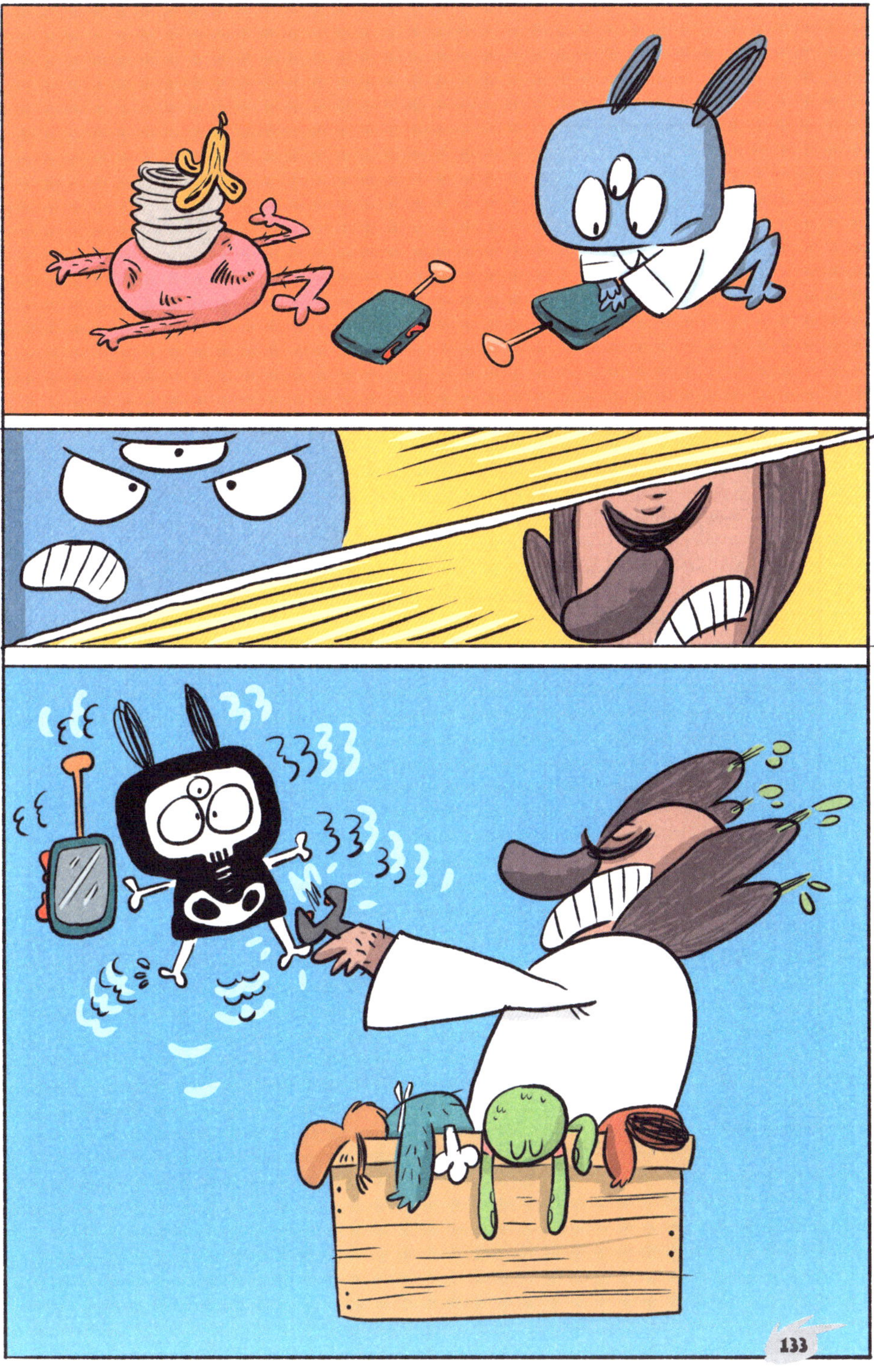

Cuando llegó nuestro turno, el Sr. Flat, Lidia y yo atacamos a la vez para tener más oportunidades. Pero entonces…

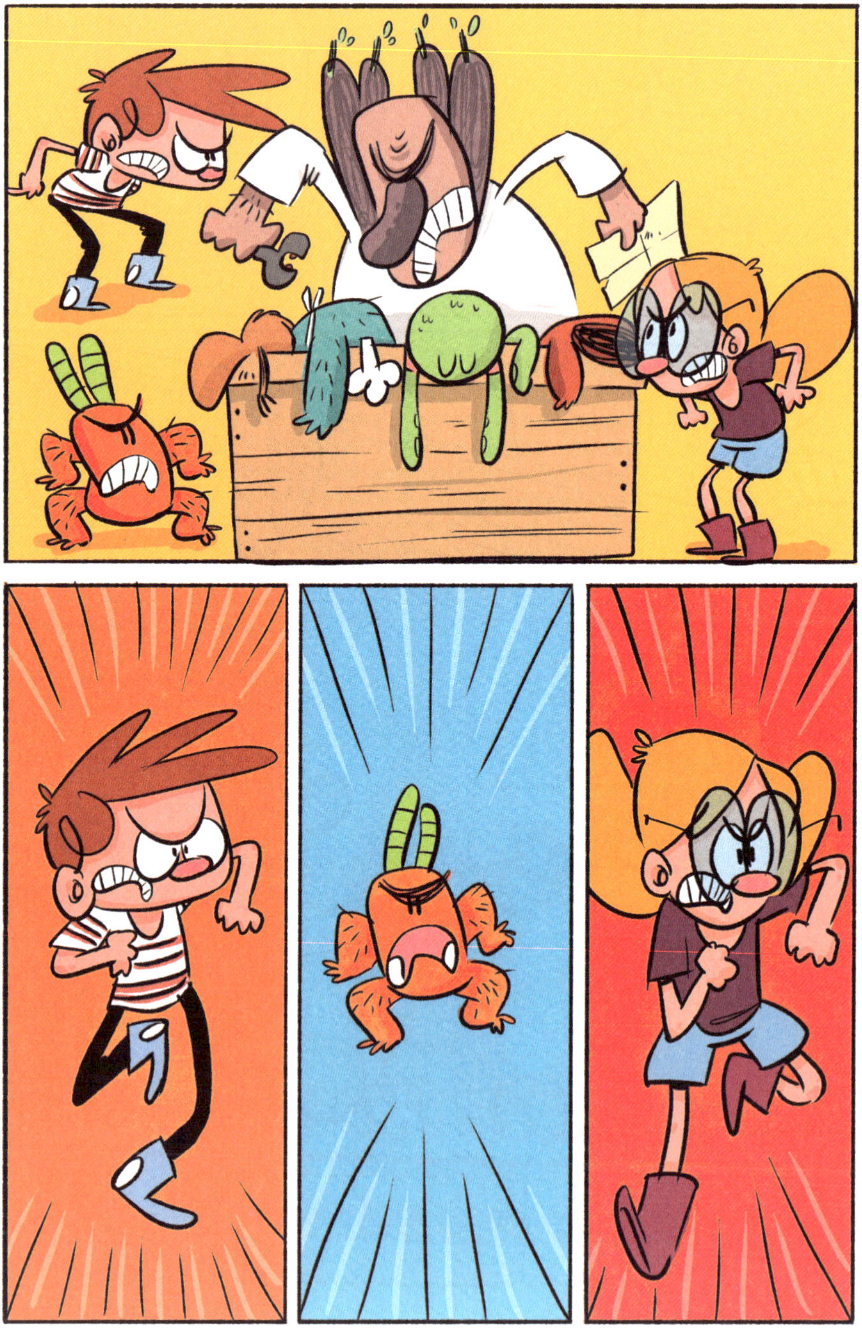

De repente, como si hubiera caído una bomba, todo pareció saltar por los aires. Y después…

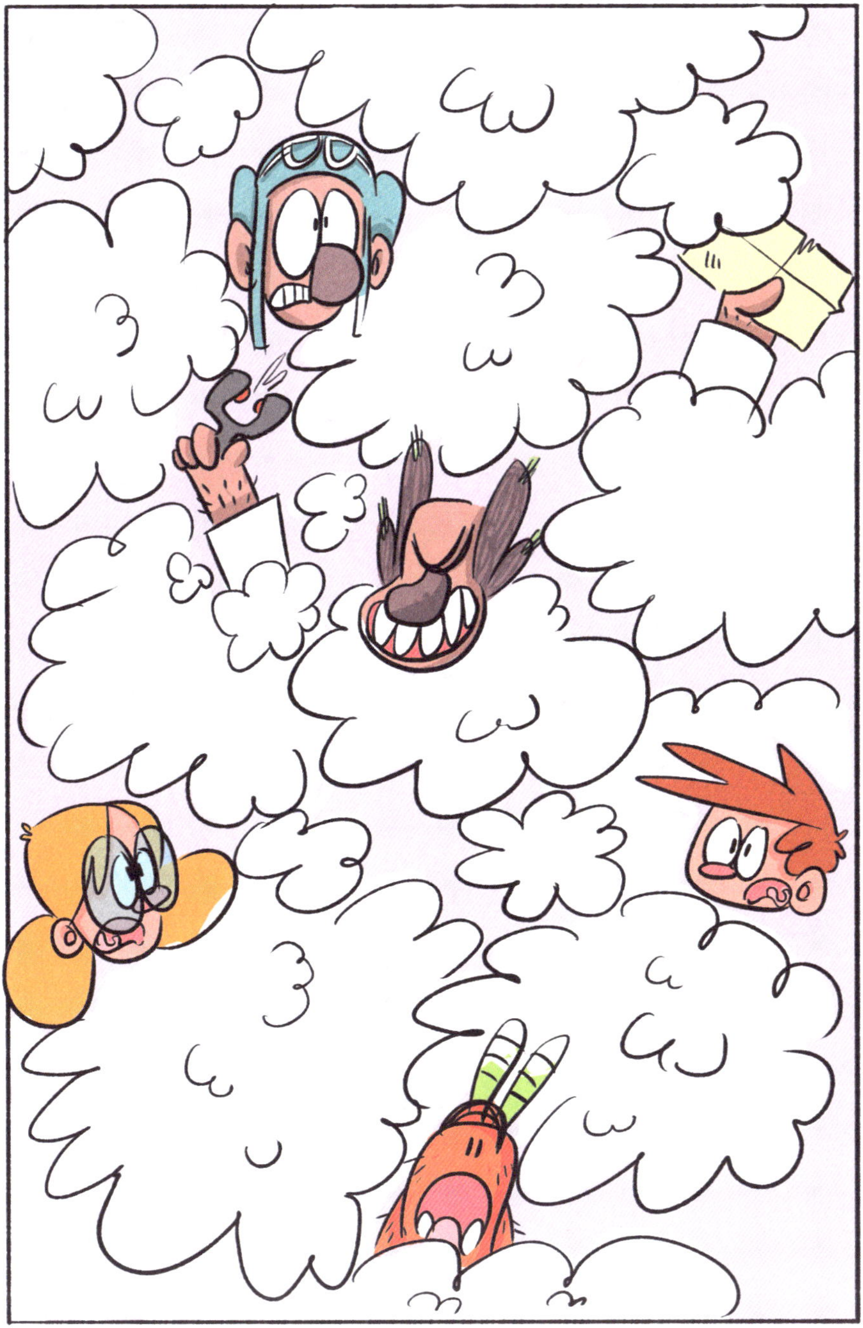

Después nada. Ni caja ni Dr. Brot ni nuestros amigos. Y nosotros ni siquiera podíamos hablar.

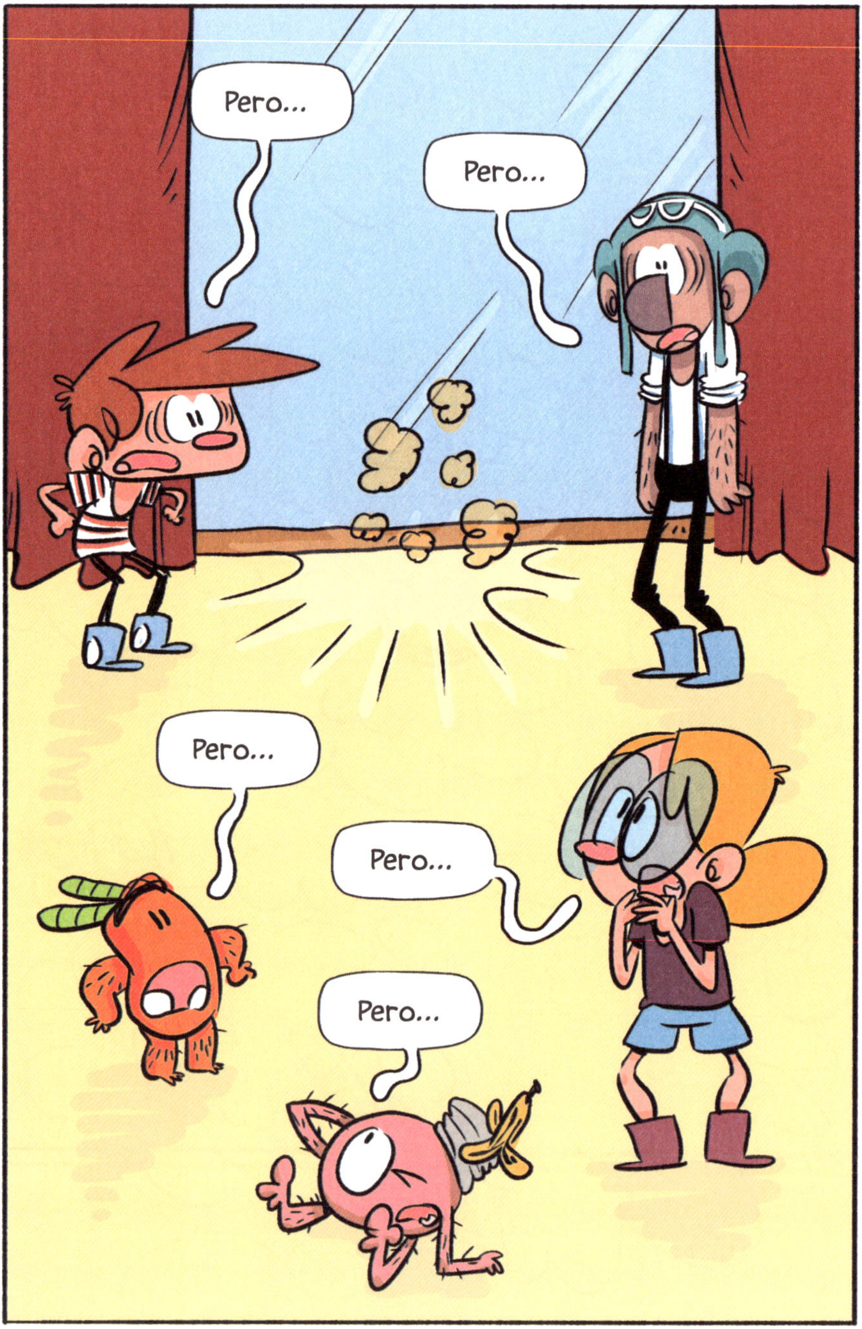

Pero...
Pero...
Pero...
Pero...
Pero...

Solo cuando llegaron Ziro, Hole y Emmo empezamos a entender qué era lo que había pasado.

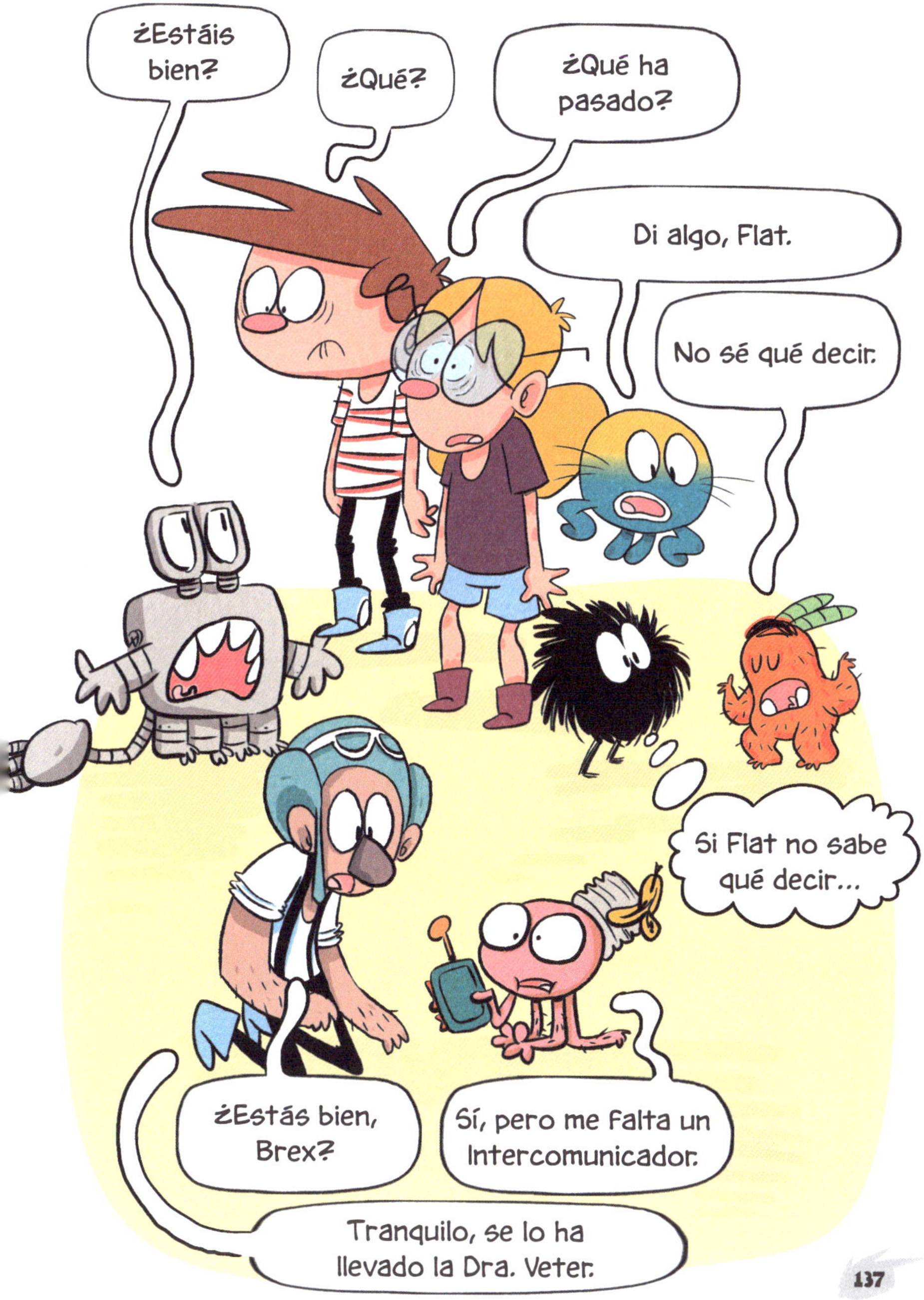

¿Estáis bien?
¿Qué?
¿Qué ha pasado?
Di algo, Flat.
No sé qué decir.
Si Flat no sabe qué decir...
¿Estás bien, Brex?
Sí, pero me falta un Intercomunicador.
Tranquilo, se lo ha llevado la Dra. Veter.

Lidia y yo estábamos tan confundidos que apenas podíamos entender lo que acababa de pasar y solo nos lamentábamos por lo que podríamos haber hecho y no hicimos.

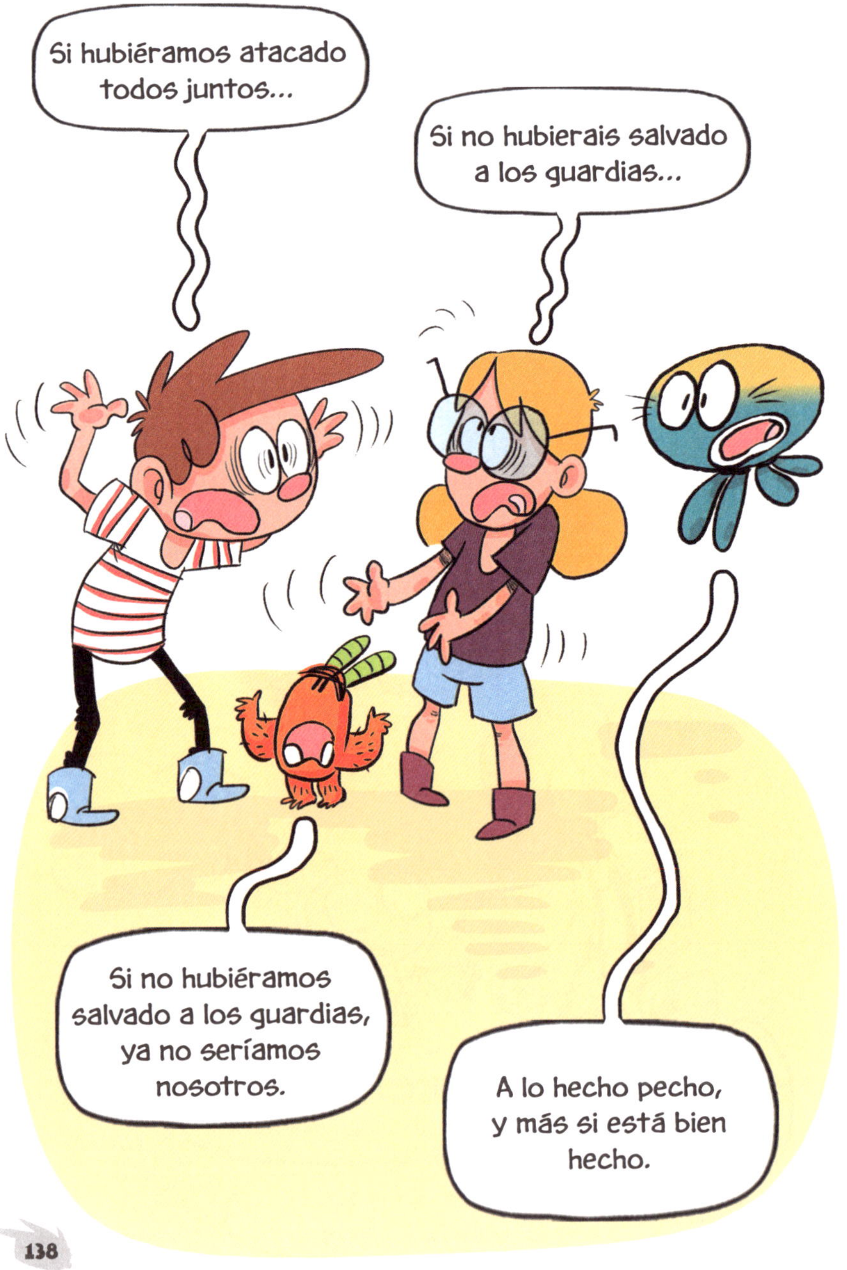

Si hubiéramos atacado todos juntos...
Si no hubierais salvado a los guardias...
Si no hubiéramos salvado a los guardias, ya no seríamos nosotros.
A lo hecho pecho, y más si está bien hecho.

Fuera como fuera, la realidad se nos acabó cayendo encima: el Dr. Brot había regresado al libro y con él se había llevado a Roll, Pintaca, Drílocks, Veter y Octosol. Y sin el libro, el Sr. Flat y los demás estaban condenados a quedarse con nosotros.

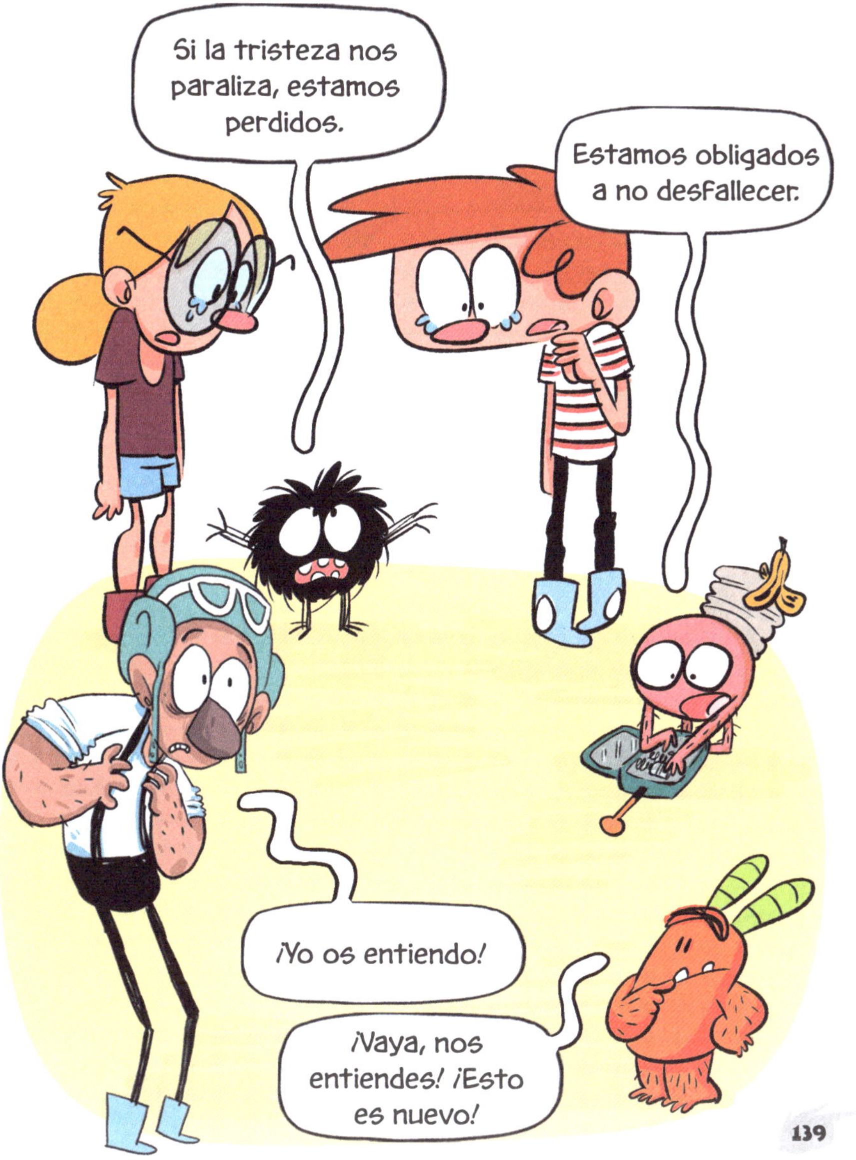
Si la tristeza nos paraliza, estamos perdidos.
Estamos obligados a no desfallecer.
¡Yo os entiendo!
¡Vaya, nos entiendes! ¡Esto es nuevo!

Nos alejamos del museo y mientras íbamos camino del parque pensé que, de todas las aventuras que habíamos vivido con nuestros amigos, nada, ni de lejos, era tan triste como lo que acababa de pasar. La idea de no ver más a nuestros amigos era insoportable.

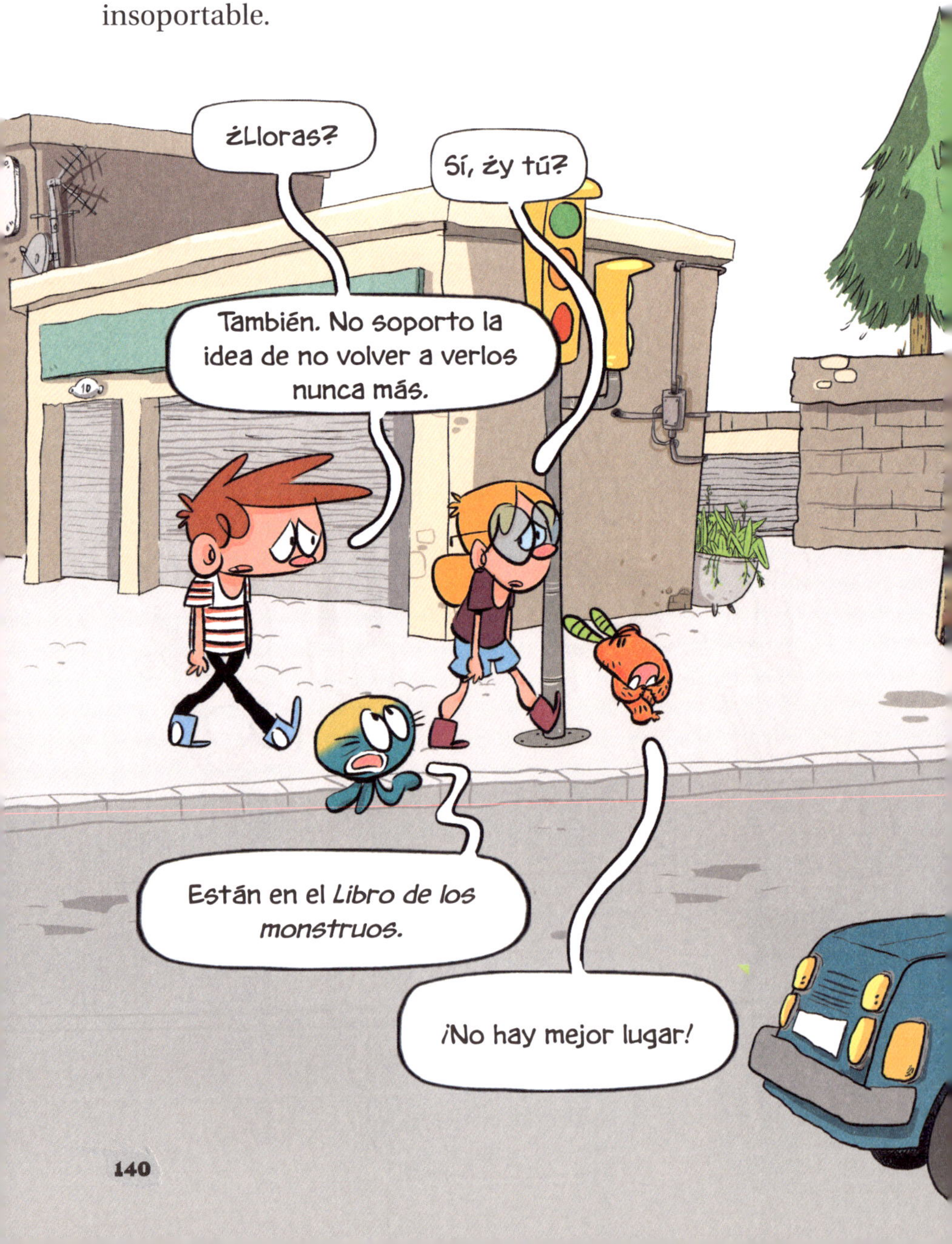
¿Lloras?
Sí, ¿y tú?
También. No soporto la idea de no volver a verlos nunca más.
Están en el *Libro de los monstruos.*
¡No hay mejor lugar!

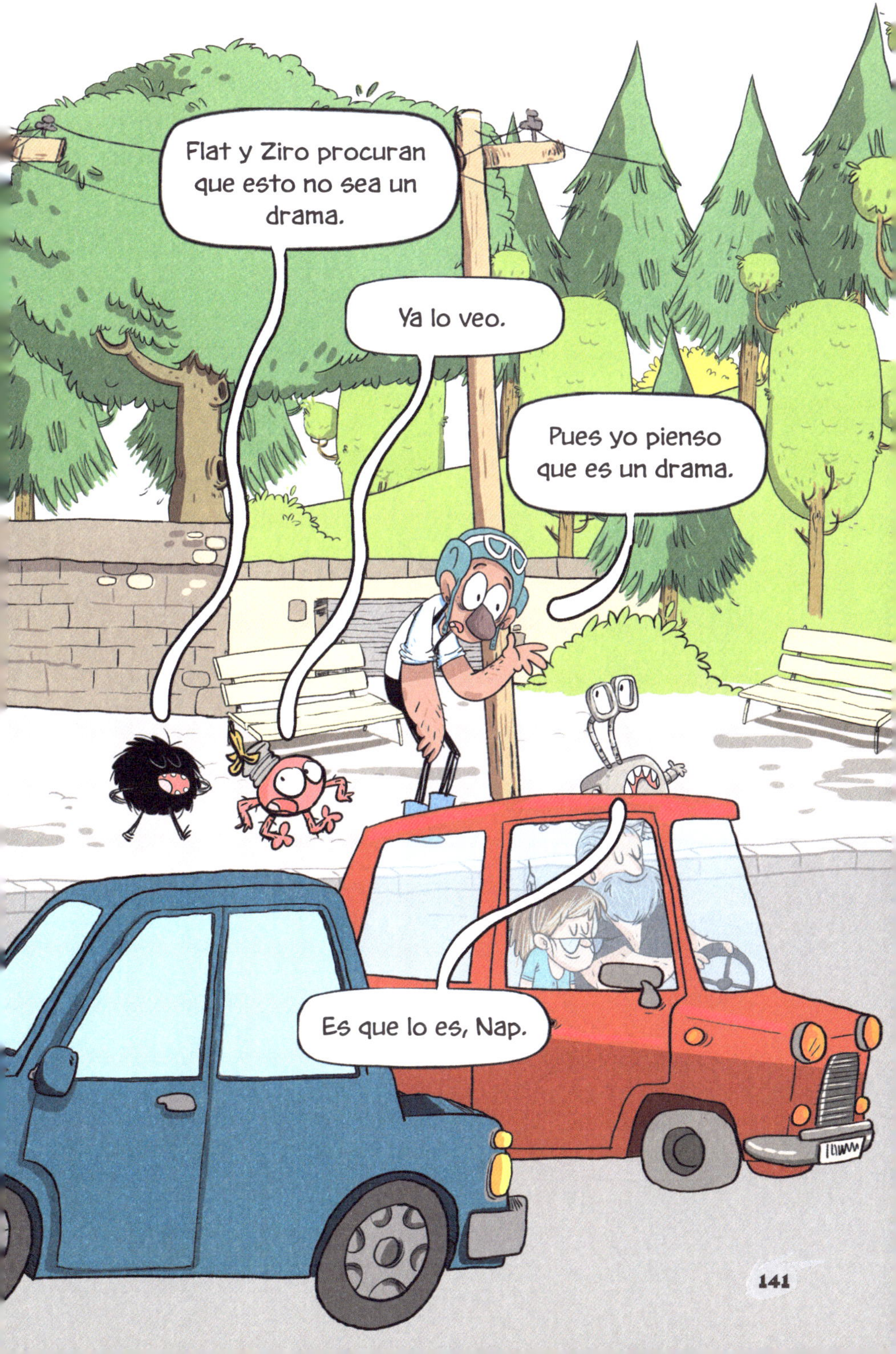
Flat y Ziro procuran que esto no sea un drama.
Ya lo veo.
Pues yo pienso que es un drama.
Es que lo es, Nap.

En el parque sentimos un vacío extraño. Sin nuestros amigos, el parque ya no era nuestro parque. Y el vacío que sentíamos hizo que no nos diéramos cuenta de que Nap se había quedado fuera de juego, sin nadie que le dijera qué tenía que hacer. Por suerte, los monstruos sí que se dieron cuenta.

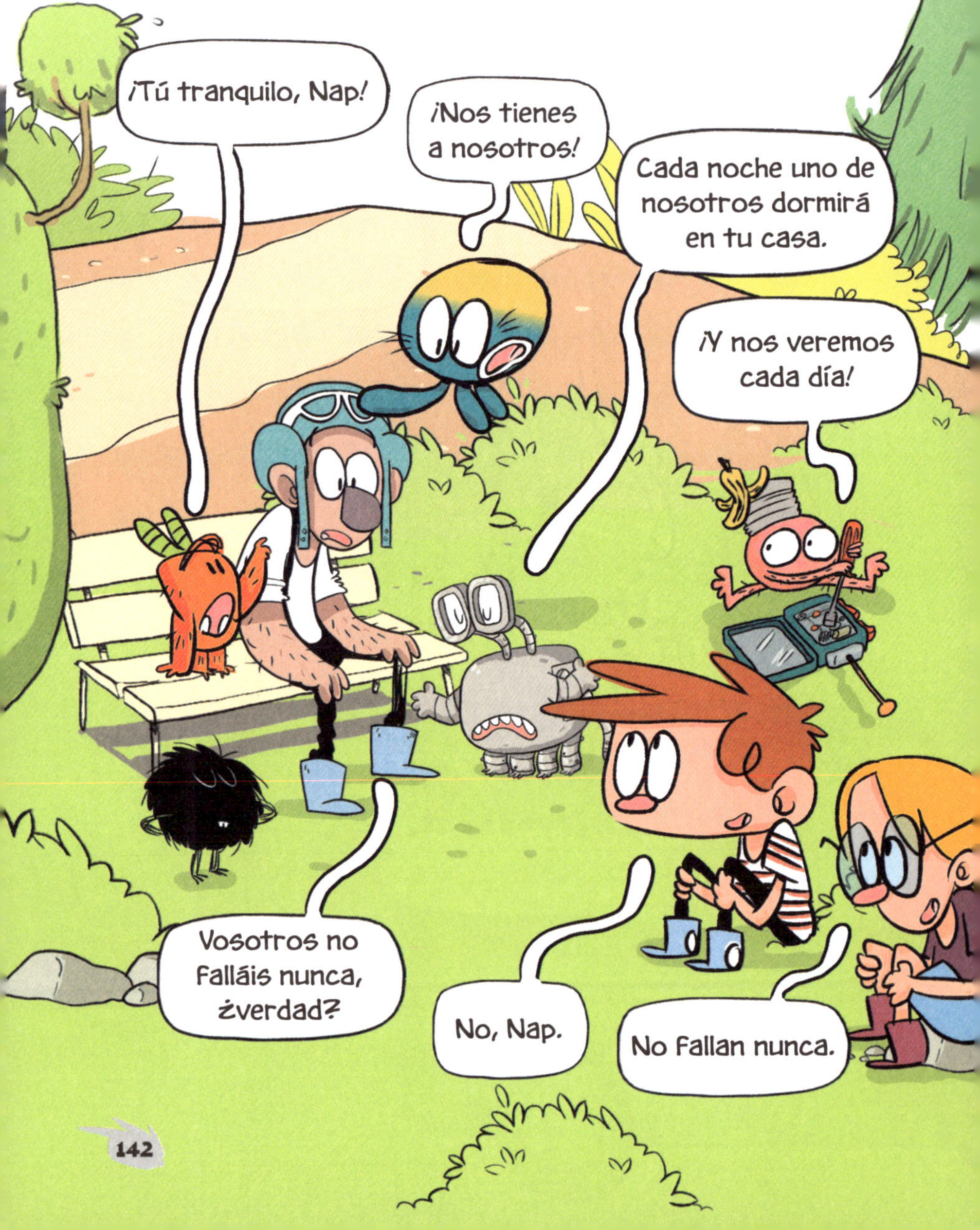

¡Tú tranquilo, Nap!
¡Nos tienes a nosotros!
Cada noche uno de nosotros dormirá en tu casa.
¡Y nos veremos cada día!
Vosotros no falláis nunca, ¿verdad?
No, Nap.
No fallan nunca.

Por tranquilizador que fuera compartir la vida con alguien que no fallaba nunca, cuando recordamos que al día siguiente teníamos la fiesta de despedida de la escuela tuvimos un bajón enorme. No estábamos para fiestas.

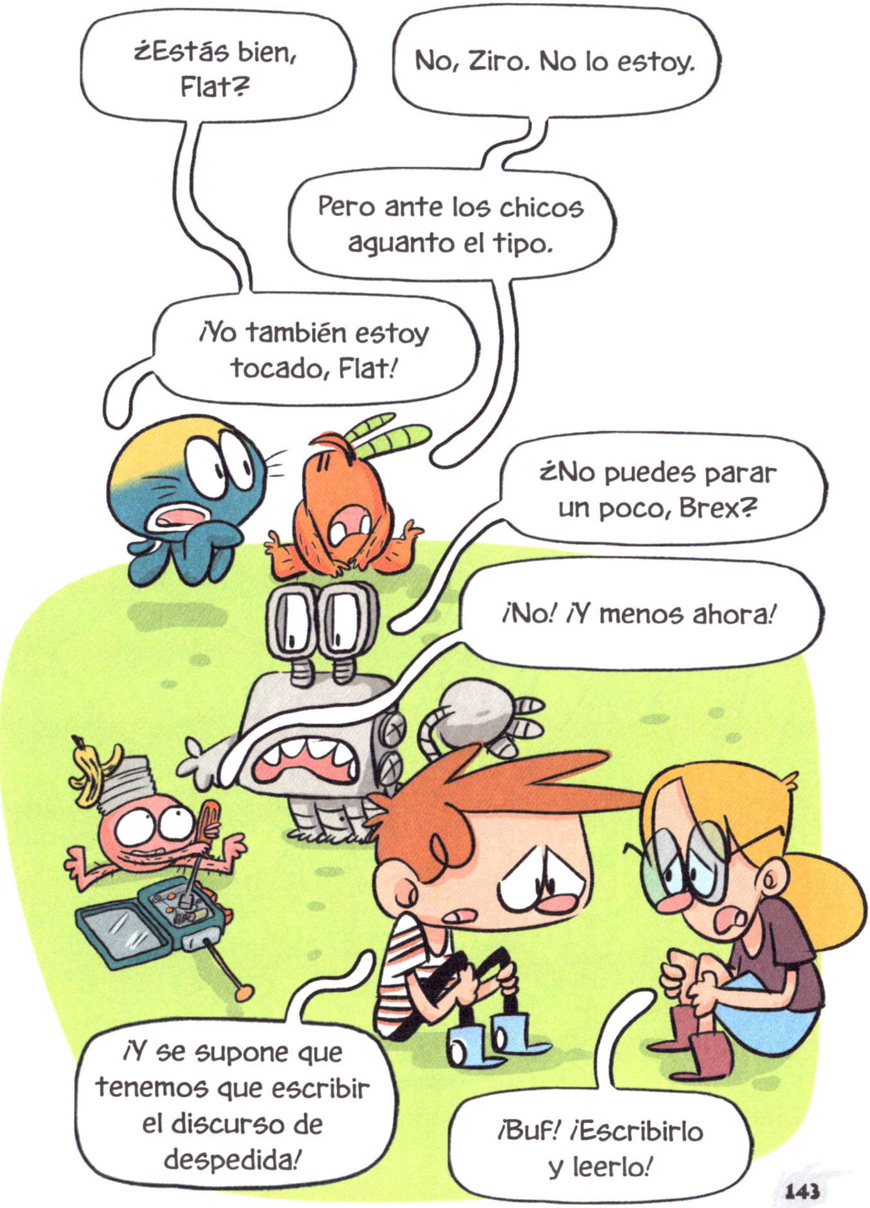
¿Estás bien, Flat?
No, Ziro. No lo estoy.
Pero ante los chicos aguanto el tipo.
¡Yo también estoy tocado, Flat!
¿No puedes parar un poco, Brex?
¡No! ¡Y menos ahora!
¡Y se supone que tenemos que escribir el discurso de despedida!
¡Buf! ¡Escribirlo y leerlo!

Aquella noche soñé con Pintaca, Chef Roll, Drílocks, la Dra. Veter y Octosol. Y fue como estar otra vez con ellos. Me habría quedado a vivir para siempre en aquel sueño.

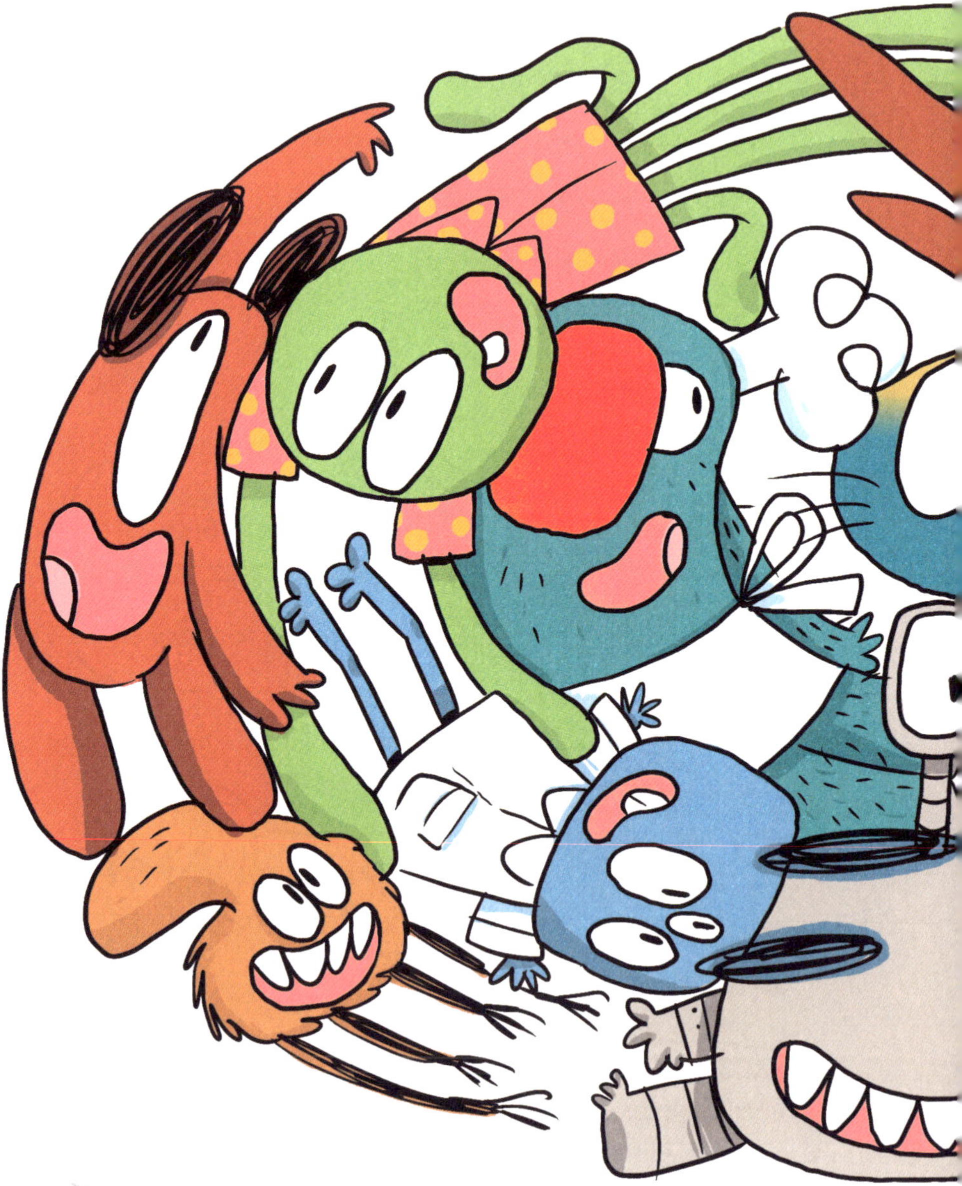

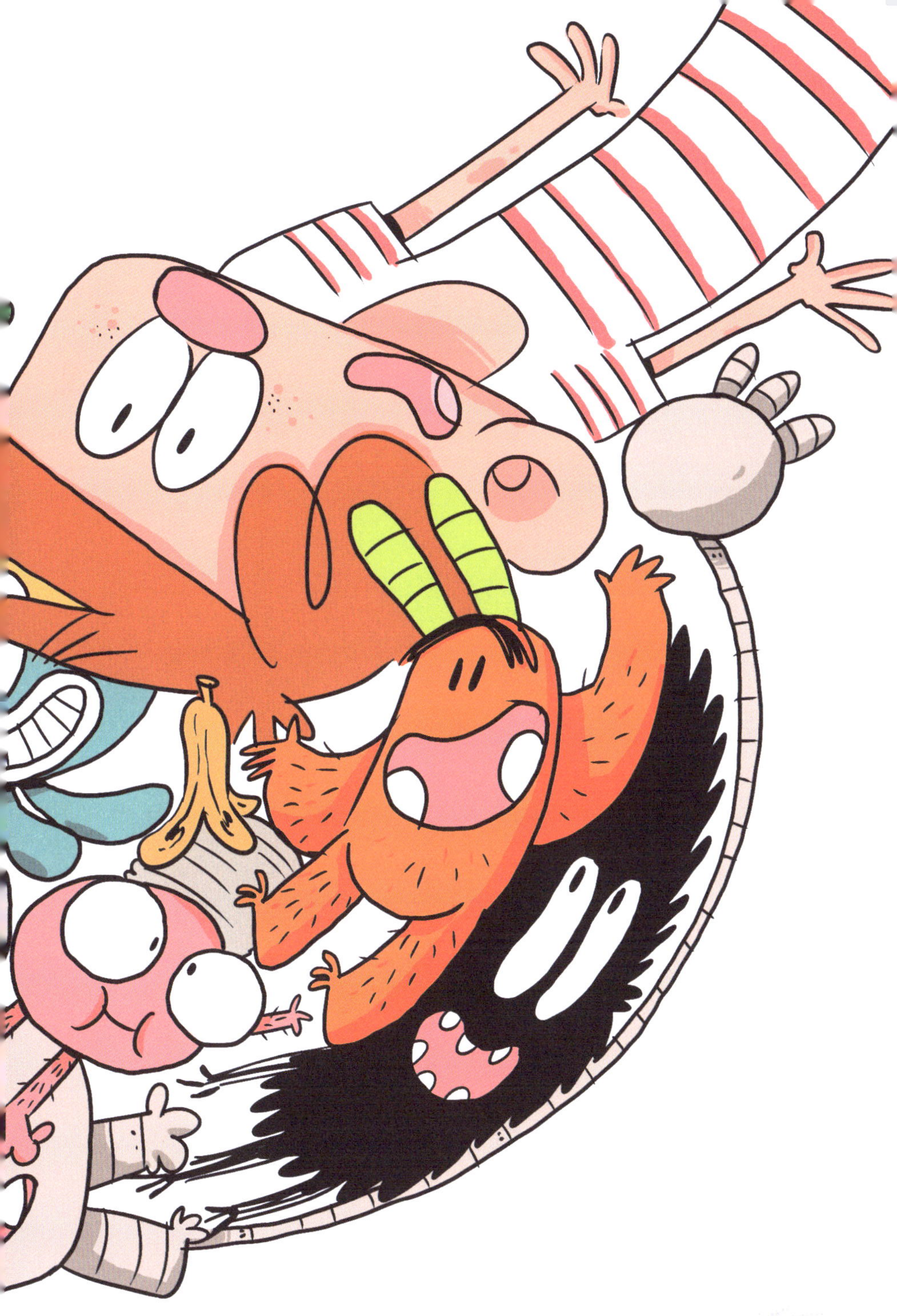

10

¿NUNCA MÁS?

Al día siguiente, todos los medios de comunicación hablaban de lo que ellos creían que era el robo del *Libro Secreto*. Bull y su padre estaban indignados. Y a nosotros su estúpida indignación casi nos hizo gracia.

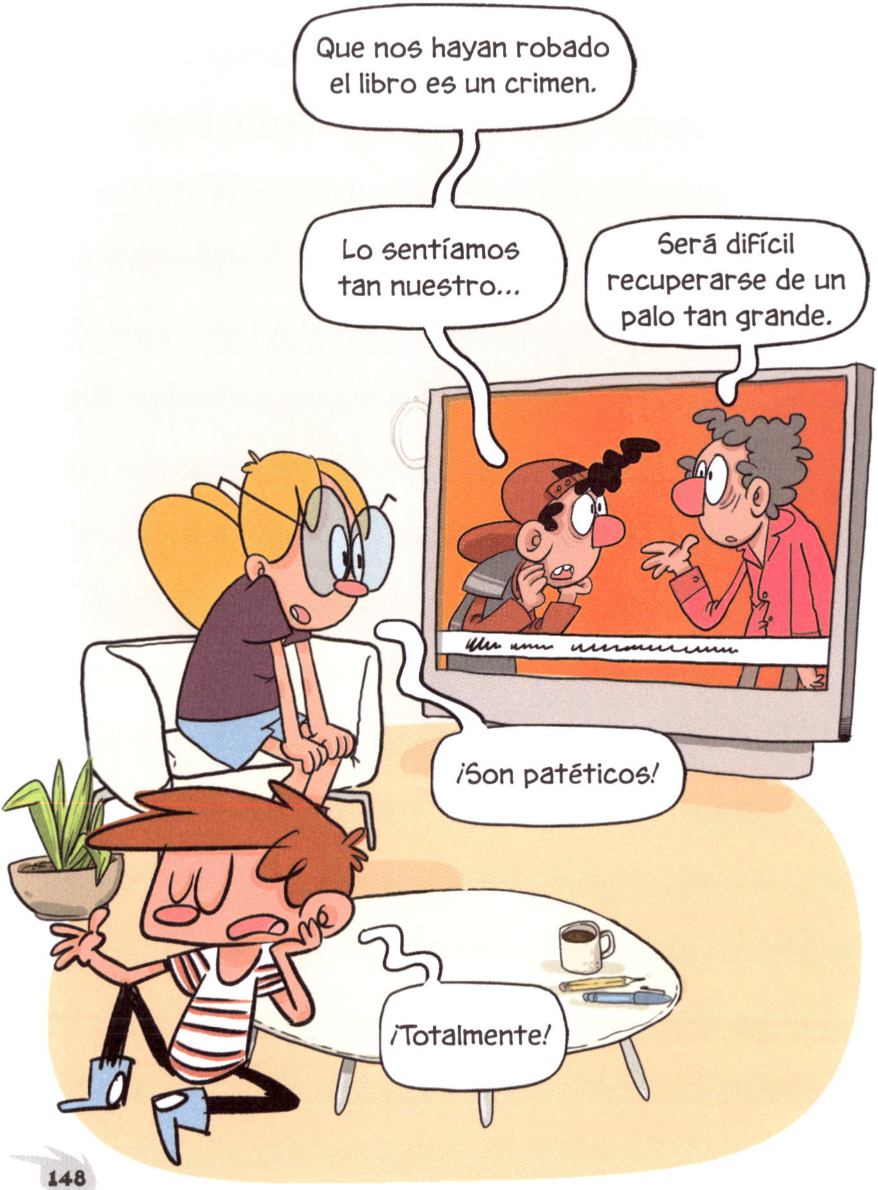
Que nos hayan robado el libro es un crimen.
Lo sentíamos tan nuestro...
Será difícil recuperarse de un palo tan grande.
¡Son patéticos!
¡Totalmente!

Las horas que quedaban para la fiesta se hicieron eternas, y a medida que se acercaba el momento de ir a la escuela todo era cada vez más absurdo.

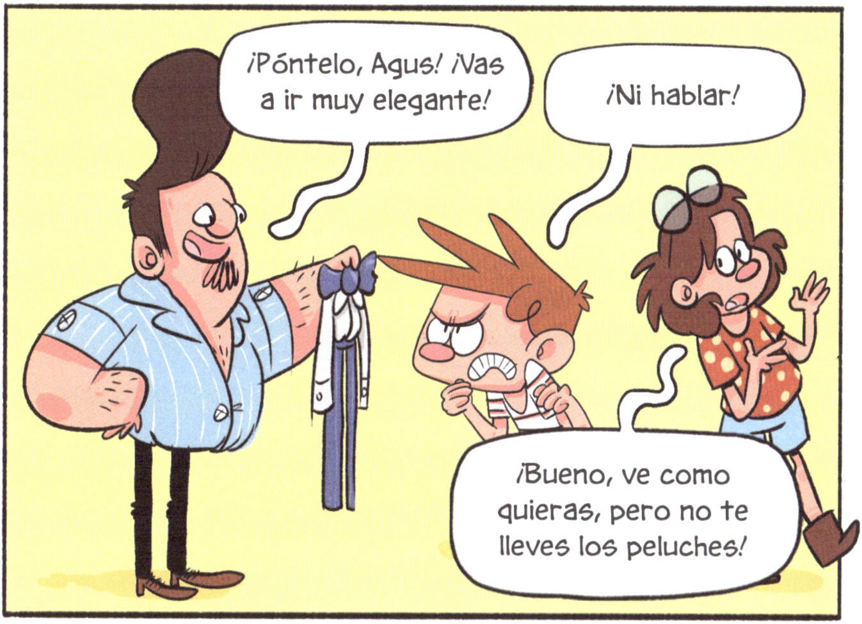
¡Póntelo, Agus! ¡Vas a ir muy elegante!
¡Ni hablar!
¡Bueno, ve como quieras, pero no te lleves los peluches!

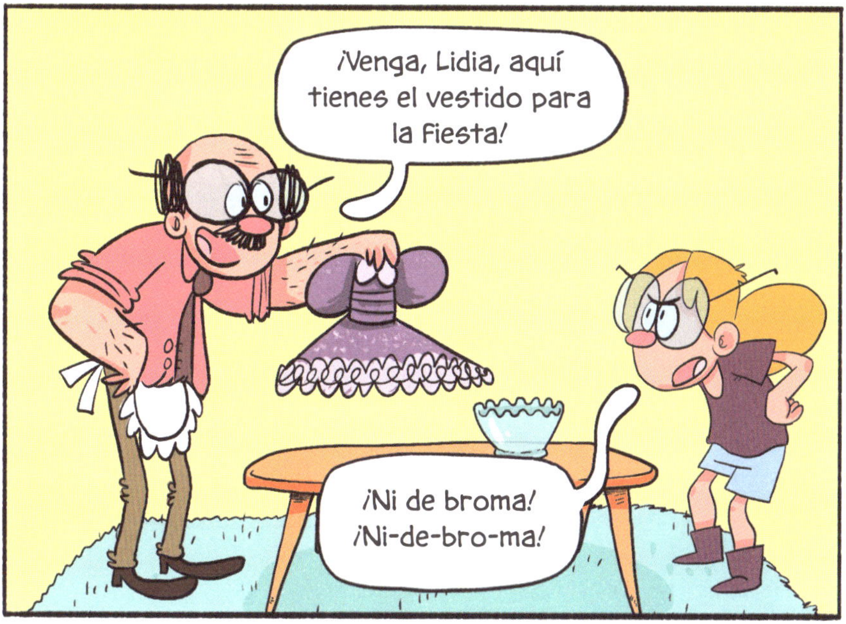
¡Venga, Lidia, aquí tienes el vestido para la fiesta!
¡Ni de broma! ¡Ni-de-bro-ma!

Cuando llegó la hora de ir a la escuela, como es evidente, puse a los monstruos en la bolsa. Y cuando salimos de casa encontramos a Nap, increíblemente elegante. Había decidido acompañarnos a la fiesta porque consideraba que era un día importante para nosotros.

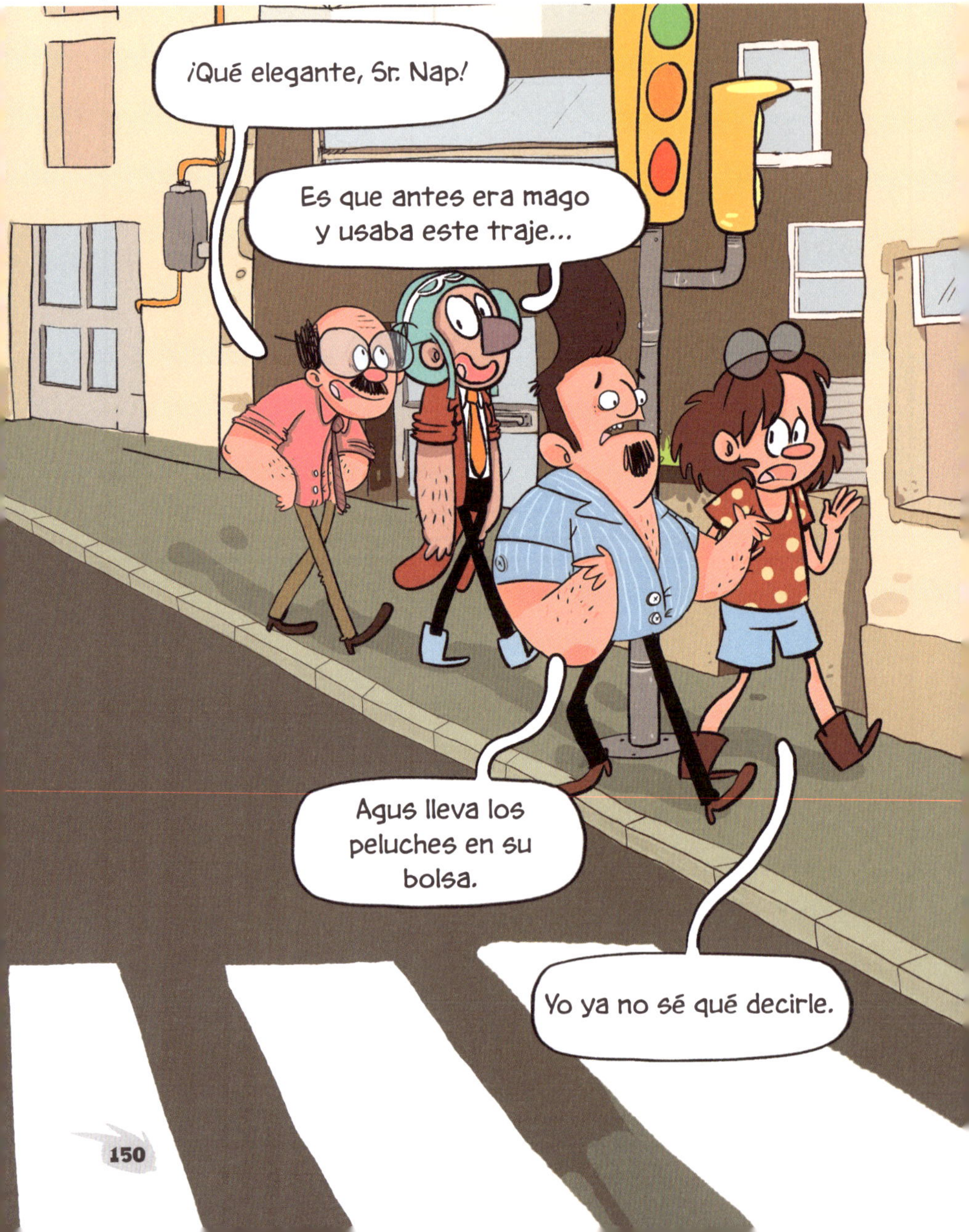
¡Qué elegante, Sr. Nap!
Es que antes era mago y usaba este traje...
Agus lleva los peluches en su bolsa.
Yo ya no sé qué decirle.

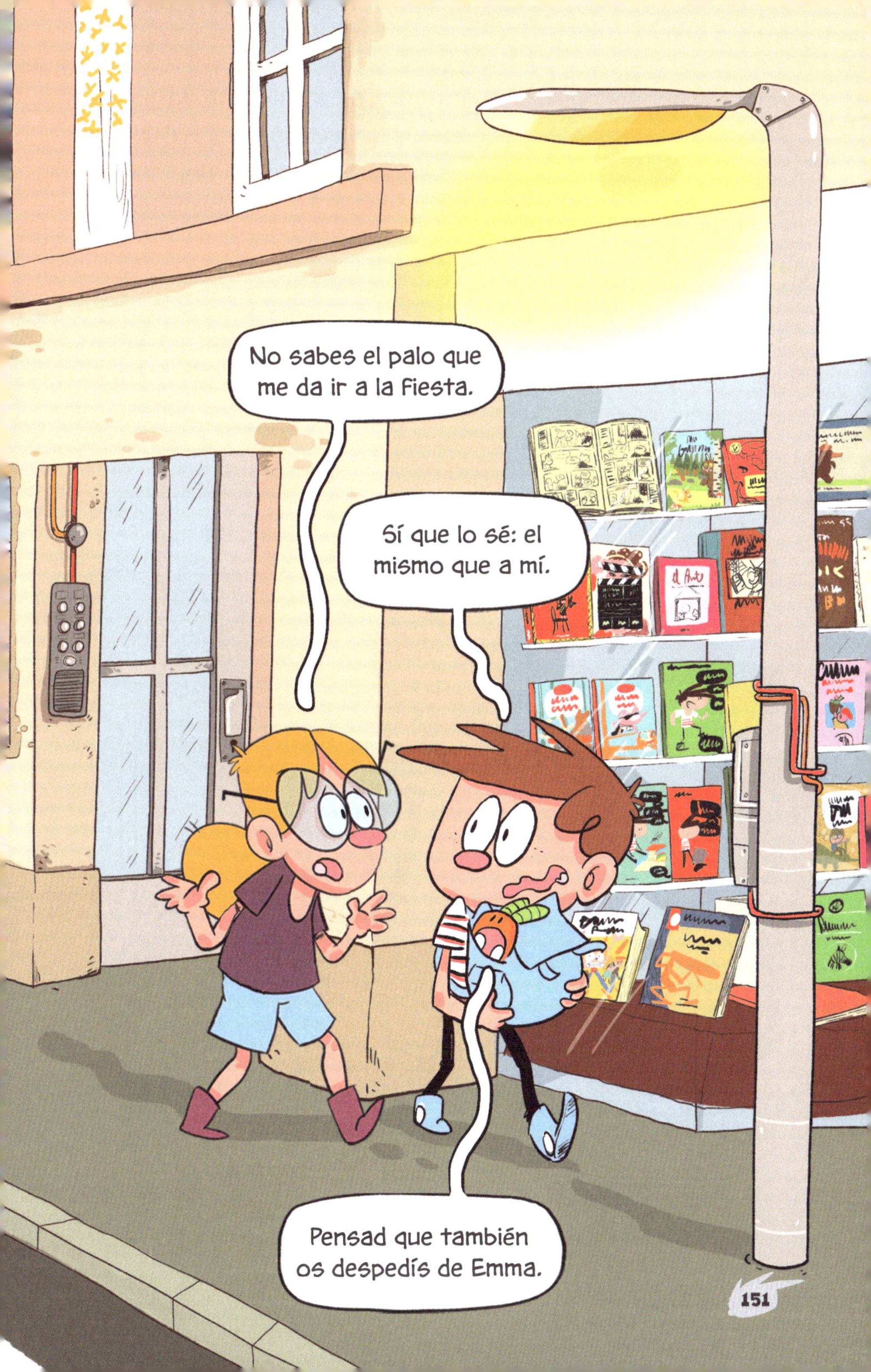
No sabes el palo que me da ir a la fiesta.
Sí que lo sé: el mismo que a mí.
Pensad que también os despedís de Emma.

Efectivamente, la fiesta fue un palo total. Hicieron un montaje audiovisual con fotos de todos los de la clase y después nos dieron un diploma. El picoteo fue terrible y encima tuvimos que aguantar a Bull.

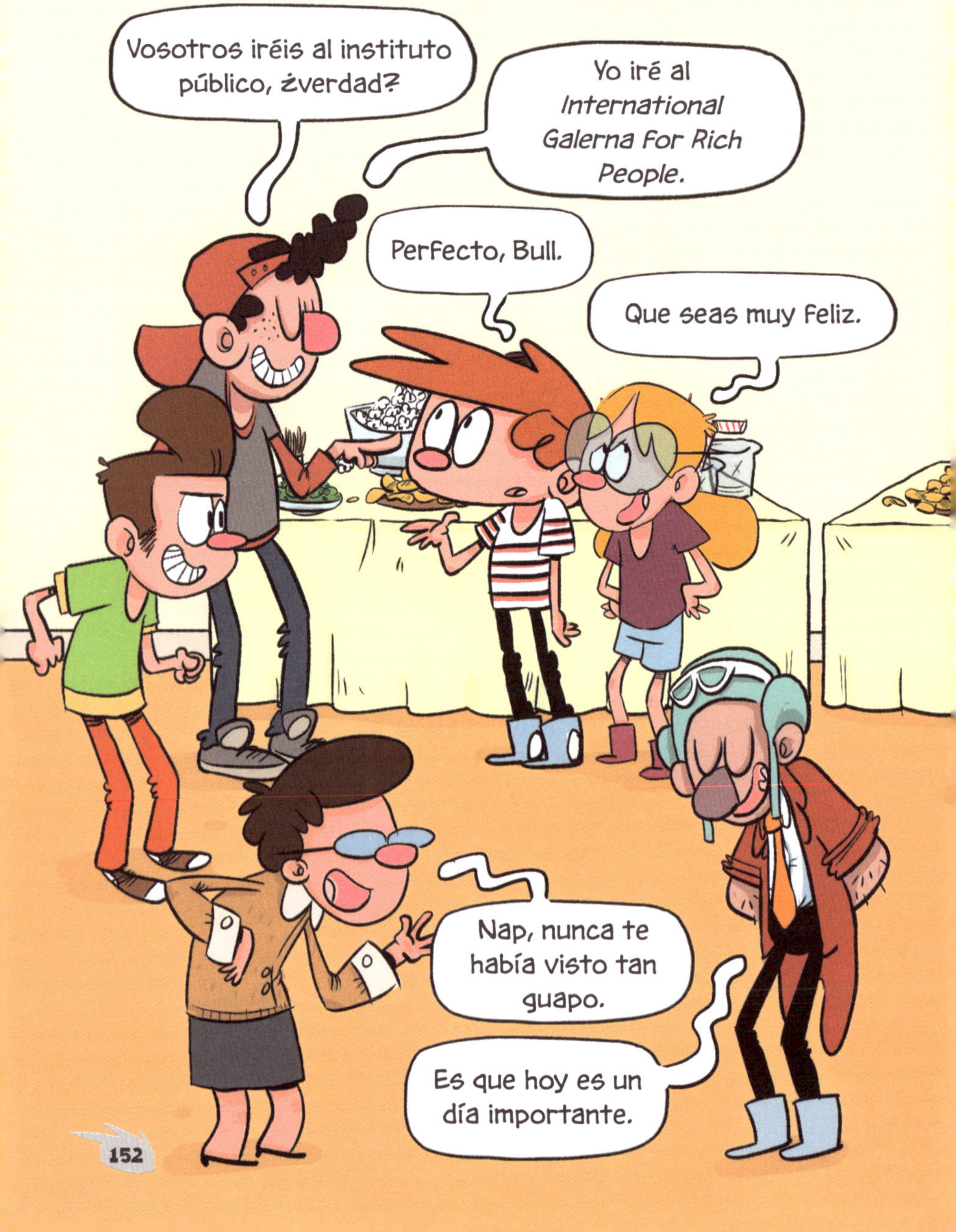

Vosotros iréis al instituto público, ¿verdad?
Yo iré al *International Galerna For Rich People.*
Perfecto, Bull.
Que seas muy feliz.
Nap, nunca te había visto tan guapo.
Es que hoy es un día importante.

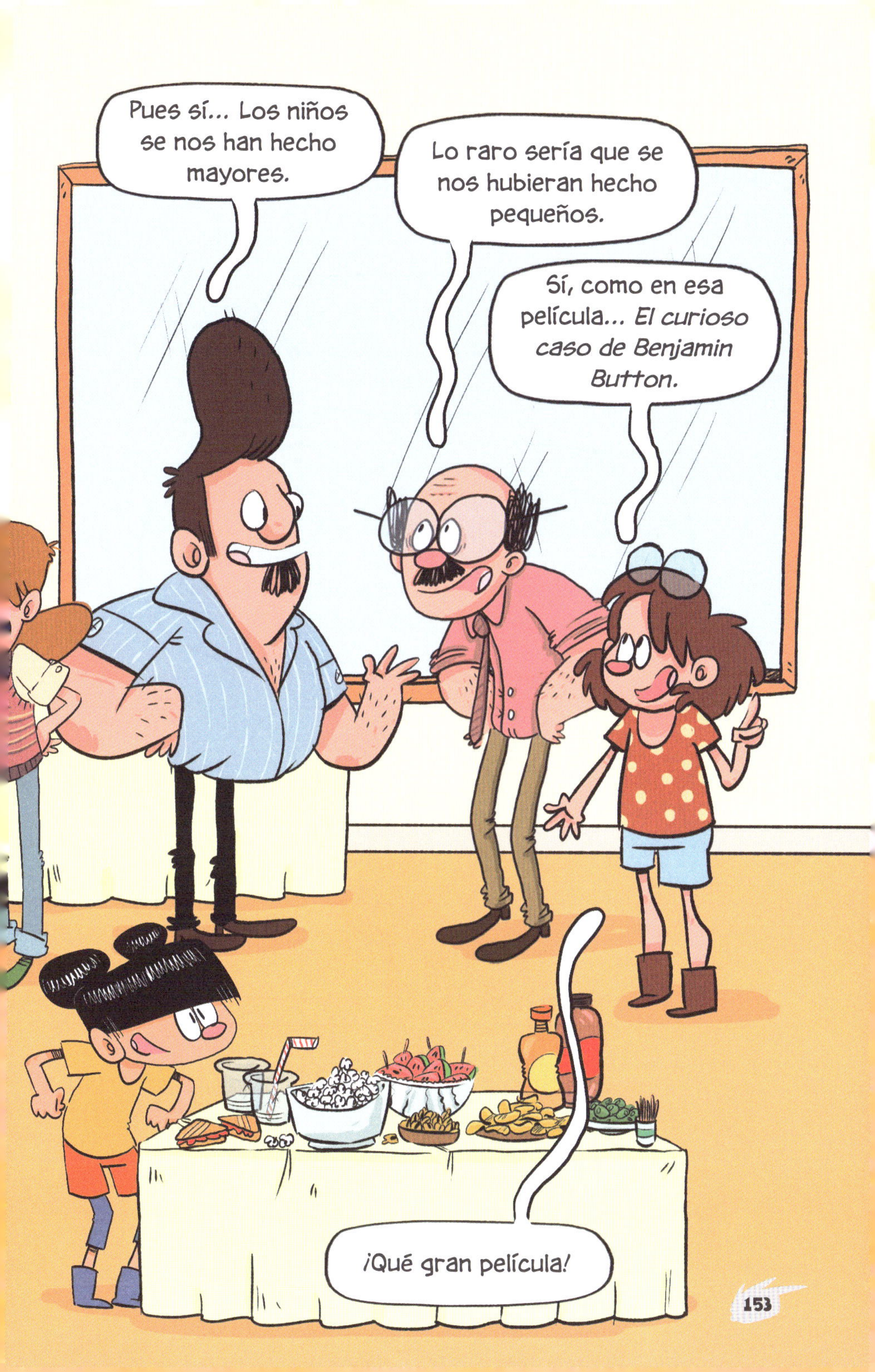
Pues sí... Los niños se nos han hecho mayores.
Lo raro sería que se nos hubieran hecho pequeños.
Sí, como en esa película... *El curioso caso de Benjamin Button.*
¡Qué gran película!

Y entonces llegó el momento de los parlamentos. Primero habló la directora, pero no tengo ni idea de lo que dijo porque yo estaba pensando en Pintaca y los demás.

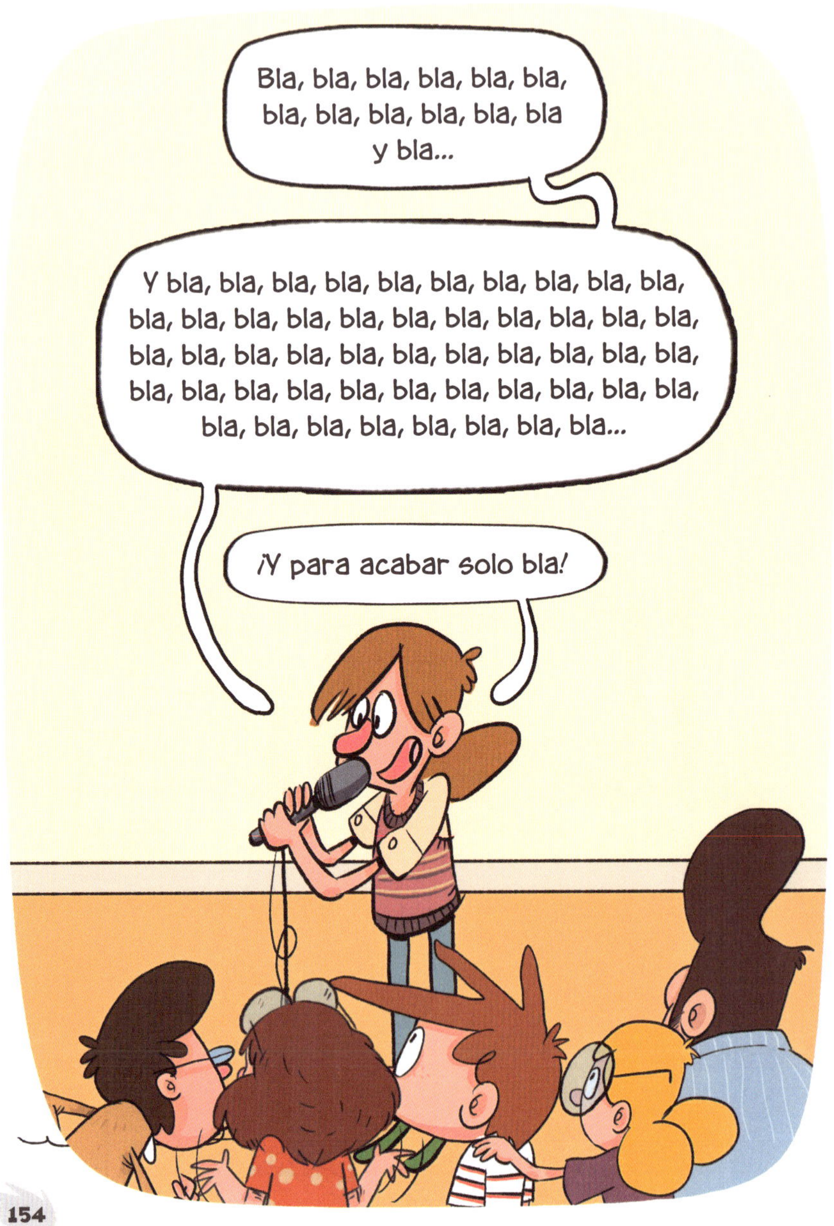
Bla, bla, bla, bla, bla, bla, bla, bla, bla, bla, bla, bla y bla...
Y bla, bla, bla, bla, bla, bla, bla, bla, bla, bla, bla, bla, bla, bla, bla, bla, bla, bla, bla, bla, bla, bla, bla, bla, bla, bla, bla, bla, bla, bla, bla, bla, bla, bla, bla, bla, bla, bla, bla, bla, bla, bla, bla, bla, bla, bla, bla, bla, bla, bla, bla, bla...
¡Y para acabar solo bla!

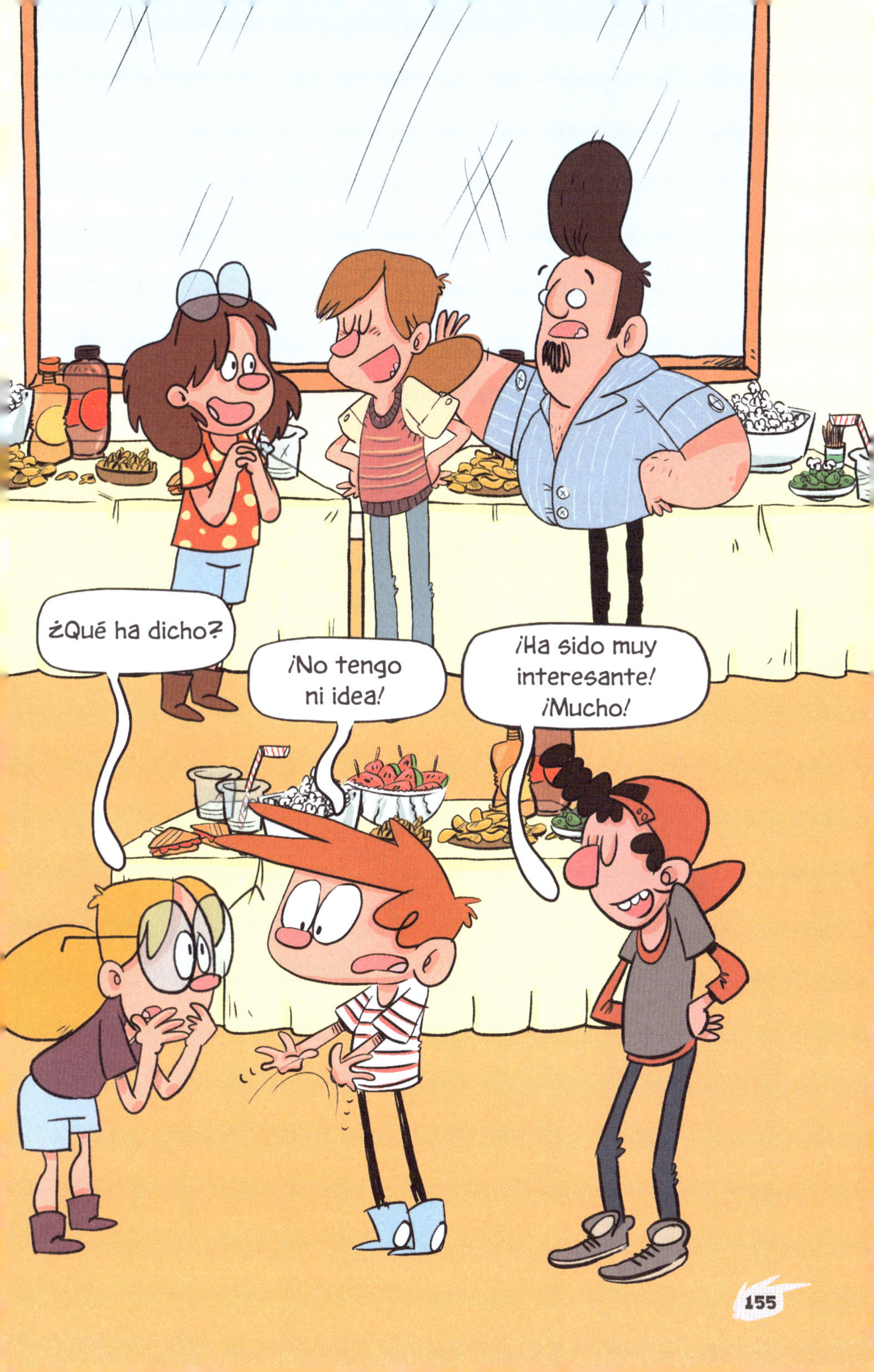
¿Qué ha dicho?
¡No tengo ni idea!
¡Ha sido muy interesante! ¡Mucho!

Después de la directora, fue Emma quien habló para desearnos un buen futuro a todos. Y cuando terminó de hablar…

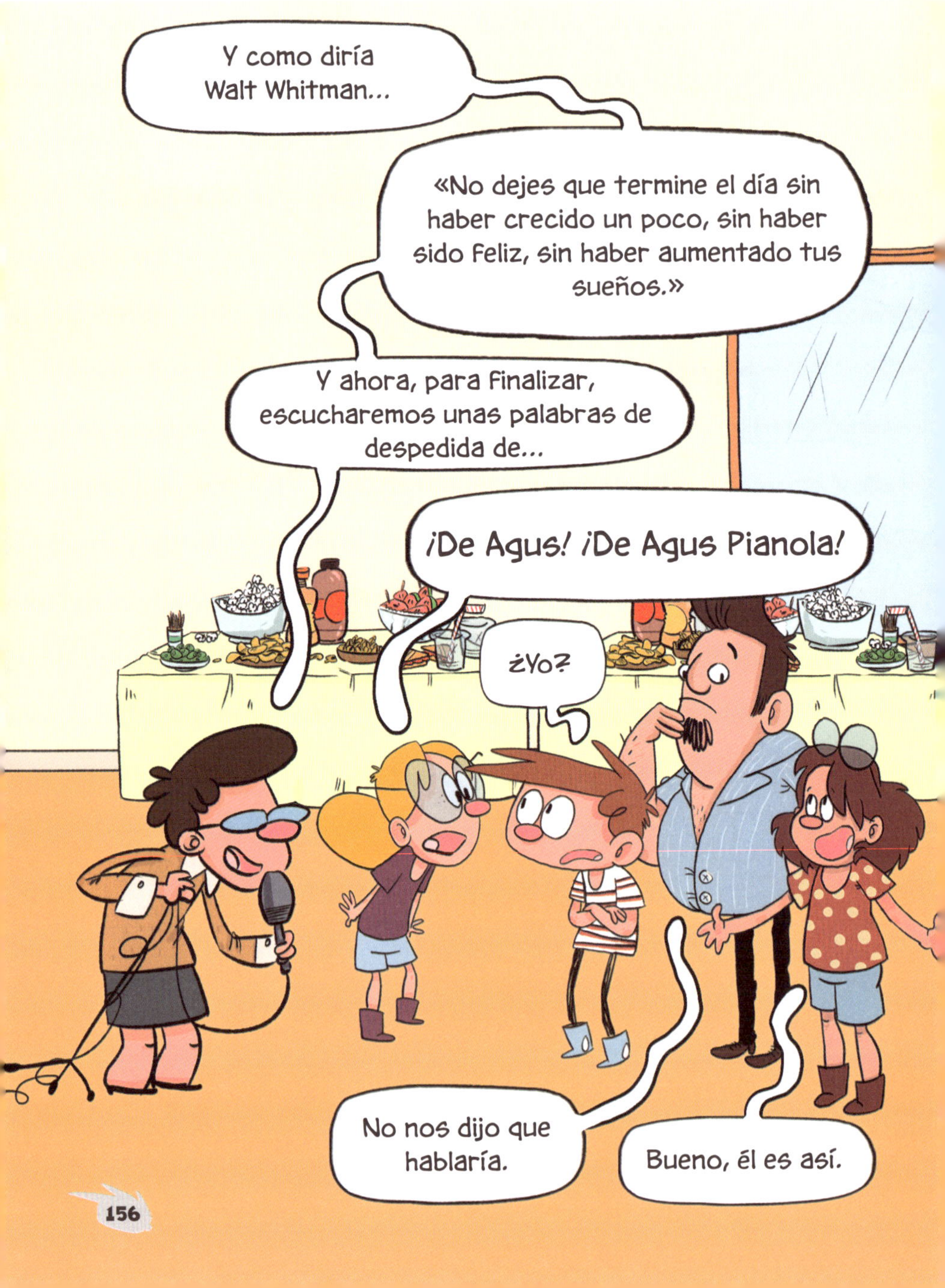
Y como diría Walt Whitman…
«No dejes que termine el día sin haber crecido un poco, sin haber sido feliz, sin haber aumentado tus sueños.»
Y ahora, para finalizar, escucharemos unas palabras de despedida de…
¡De Agus! ¡De Agus Pianola!
¿Yo?
No nos dijo que hablaría.
Bueno, él es así.

Era totalmente absurdo que me tocara hablar a mí, Lidia se explicaba mucho mejor que yo. Y, además, como no había escrito nada, tuve que improvisar y empecé fatal.

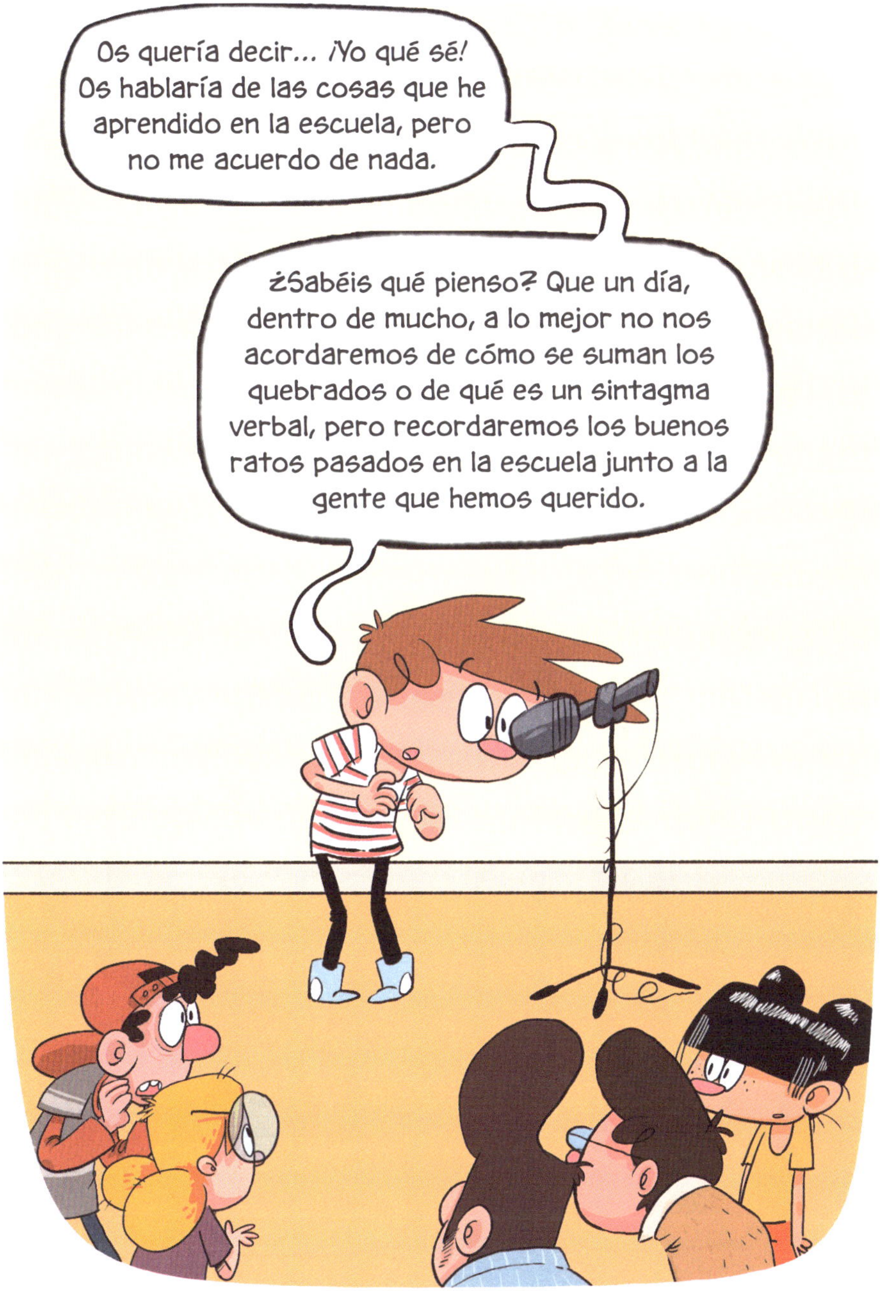
Os quería decir... ¡Yo qué sé! Os hablaría de las cosas que he aprendido en la escuela, pero no me acuerdo de nada.
¿Sabéis qué pienso? Que un día, dentro de mucho, a lo mejor no nos acordaremos de cómo se suman los quebrados o de qué es un sintagma verbal, pero recordaremos los buenos ratos pasados en la escuela junto a la gente que hemos querido.

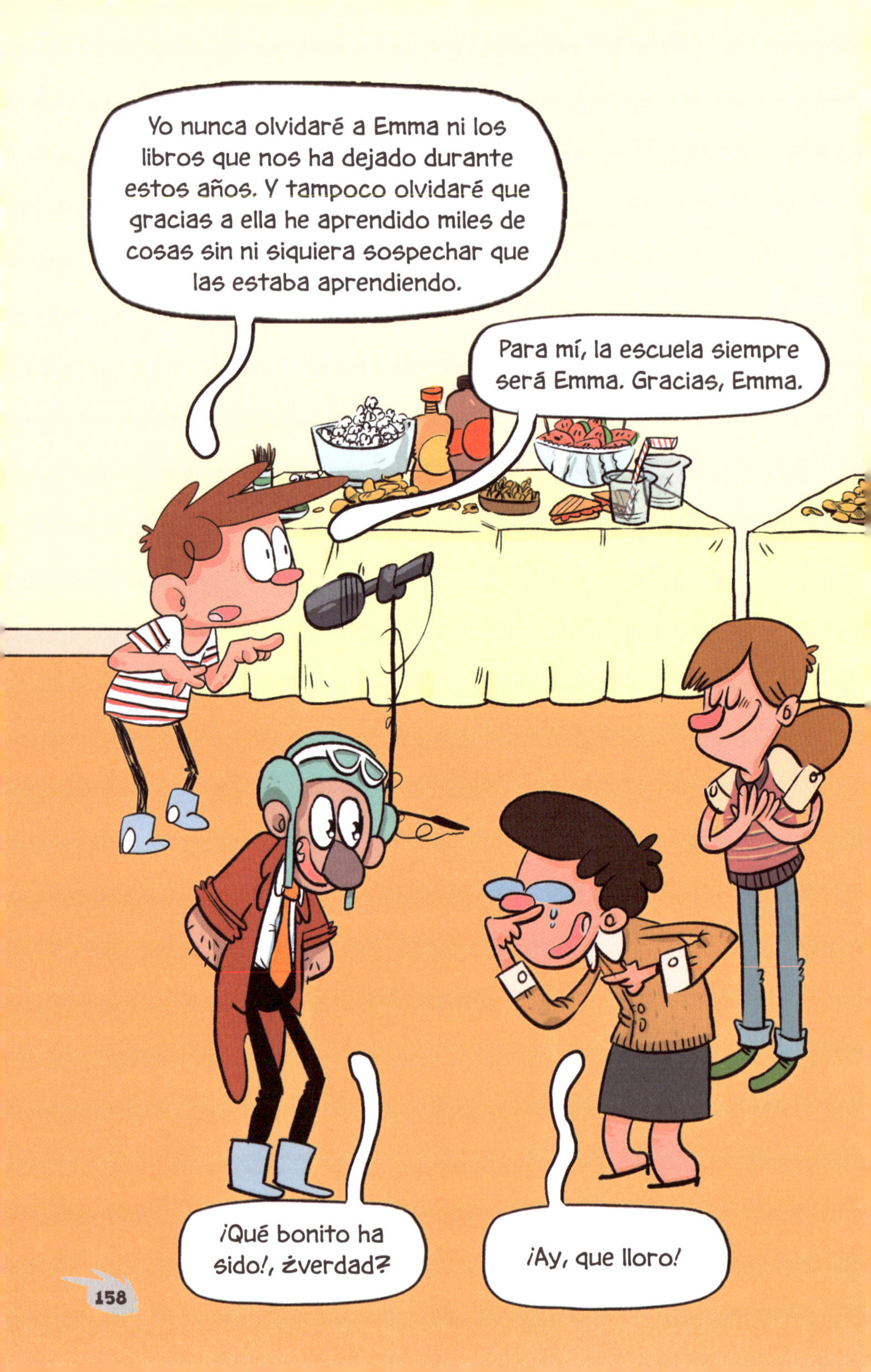
Yo nunca olvidaré a Emma ni los libros que nos ha dejado durante estos años. Y tampoco olvidaré que gracias a ella he aprendido miles de cosas sin ni siquiera sospechar que las estaba aprendiendo.
Para mí, la escuela siempre será Emma. Gracias, Emma.
¡Qué bonito ha sido!, ¿verdad?
¡Ay, que lloro!

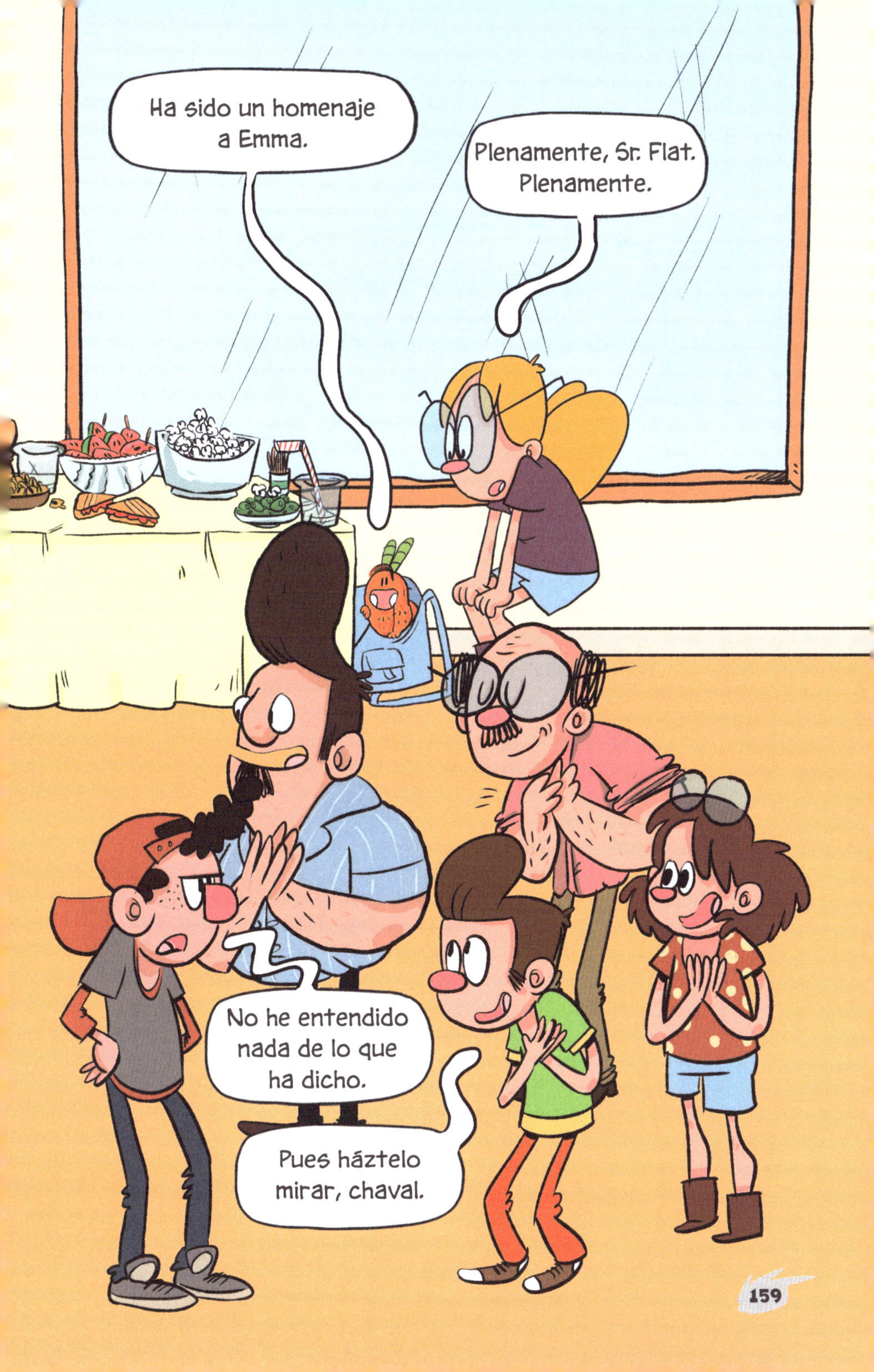
Ha sido un homenaje a Emma.
Plenamente, Sr. Flat. Plenamente.
No he entendido nada de lo que ha dicho.
Pues háztelo mirar, chaval.

Tras la fiesta nos fuimos al parque, donde nuevamente tuvimos la sensación de que, sin nuestros amigos, el parque se había quedado vacío.

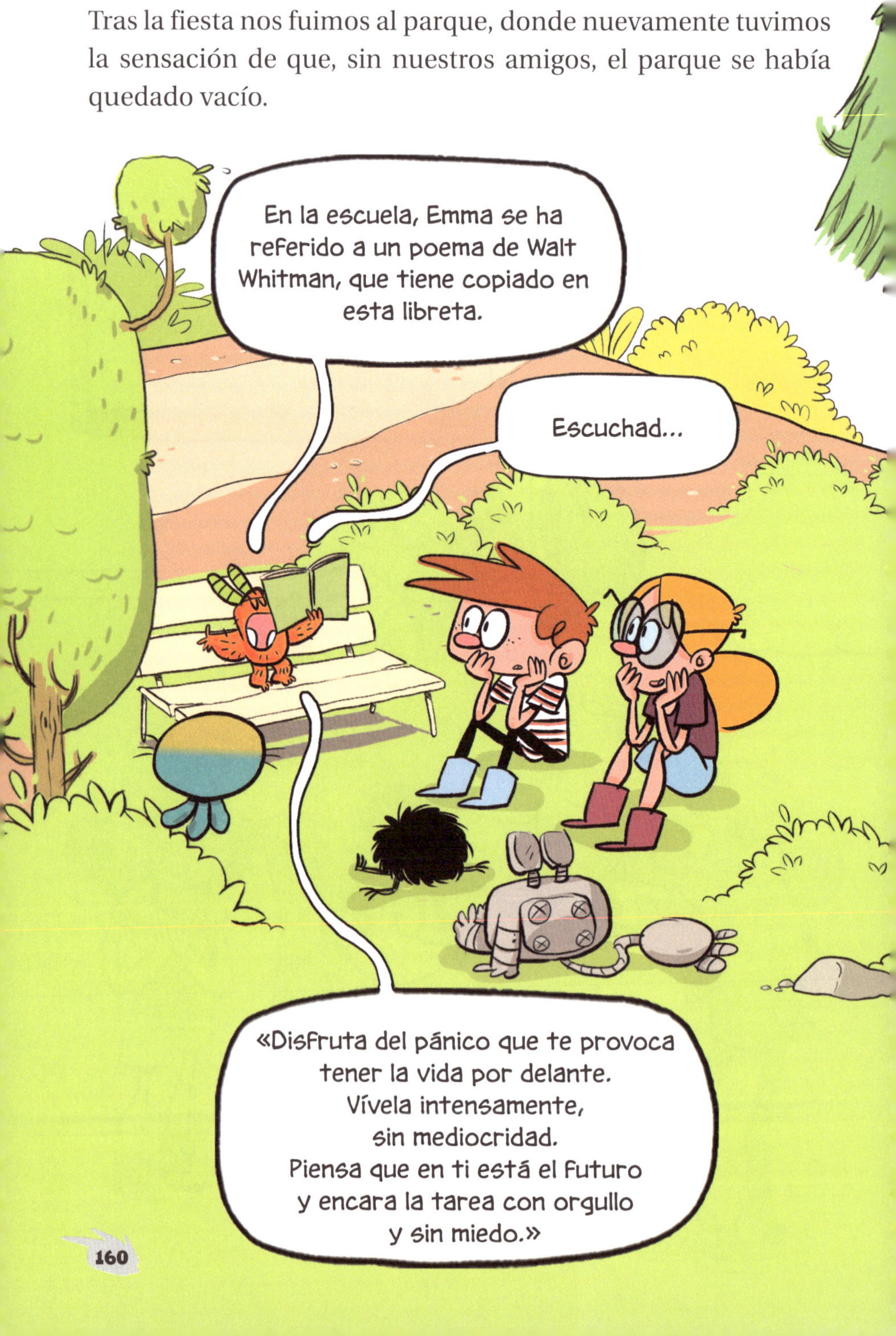
En la escuela, Emma se ha referido a un poema de Walt Whitman, que tiene copiado en esta libreta.
Escuchad...
«Disfruta del pánico que te provoca tener la vida por delante. Vívela intensamente, sin mediocridad. Piensa que en ti está el futuro y encara la tarea con orgullo y sin miedo.»

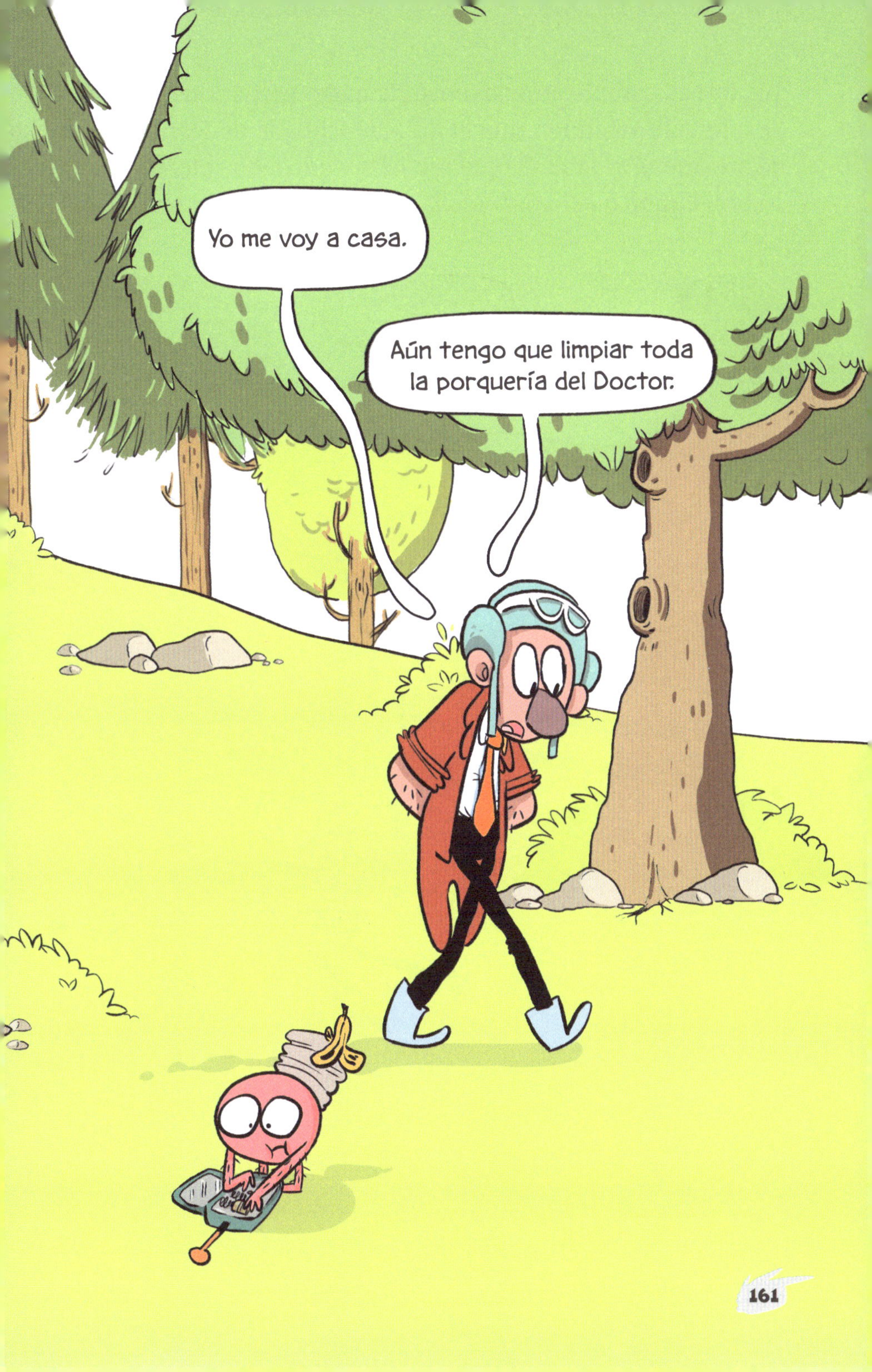
Yo me voy a casa.
Aún tengo que limpiar toda la porquería del Doctor.

Me quedé completamente ensimismado, pensando en los versos de Walt Whitman que el Sr. Flat acababa de leer. Y, de repente, me di cuenta de que me había quedado solo, y encima habría jurado que había oído la voz de la Dra. Veter.

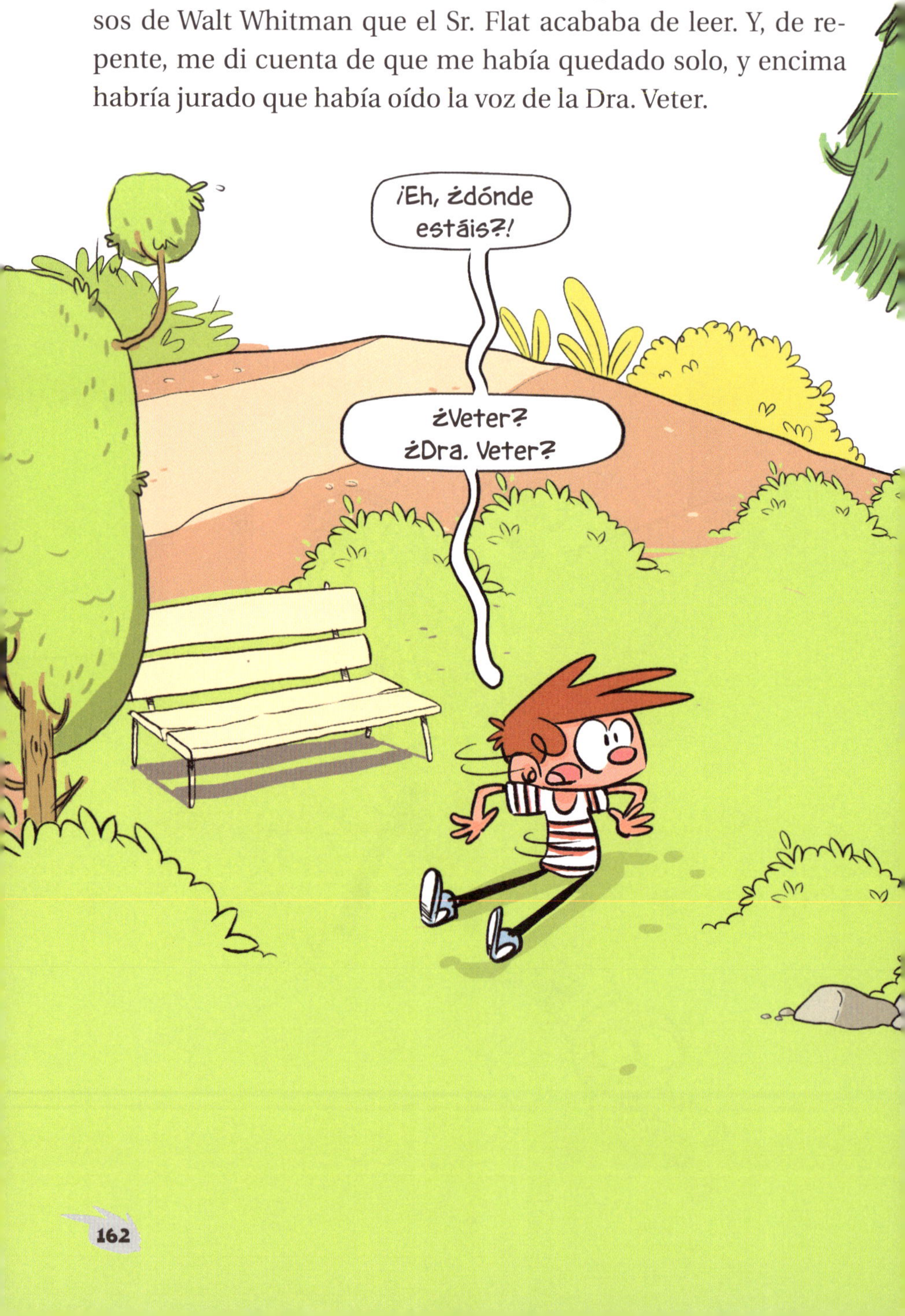
¡Eh, ¿dónde estáis?!
¿Veter? ¿Dra. Veter?

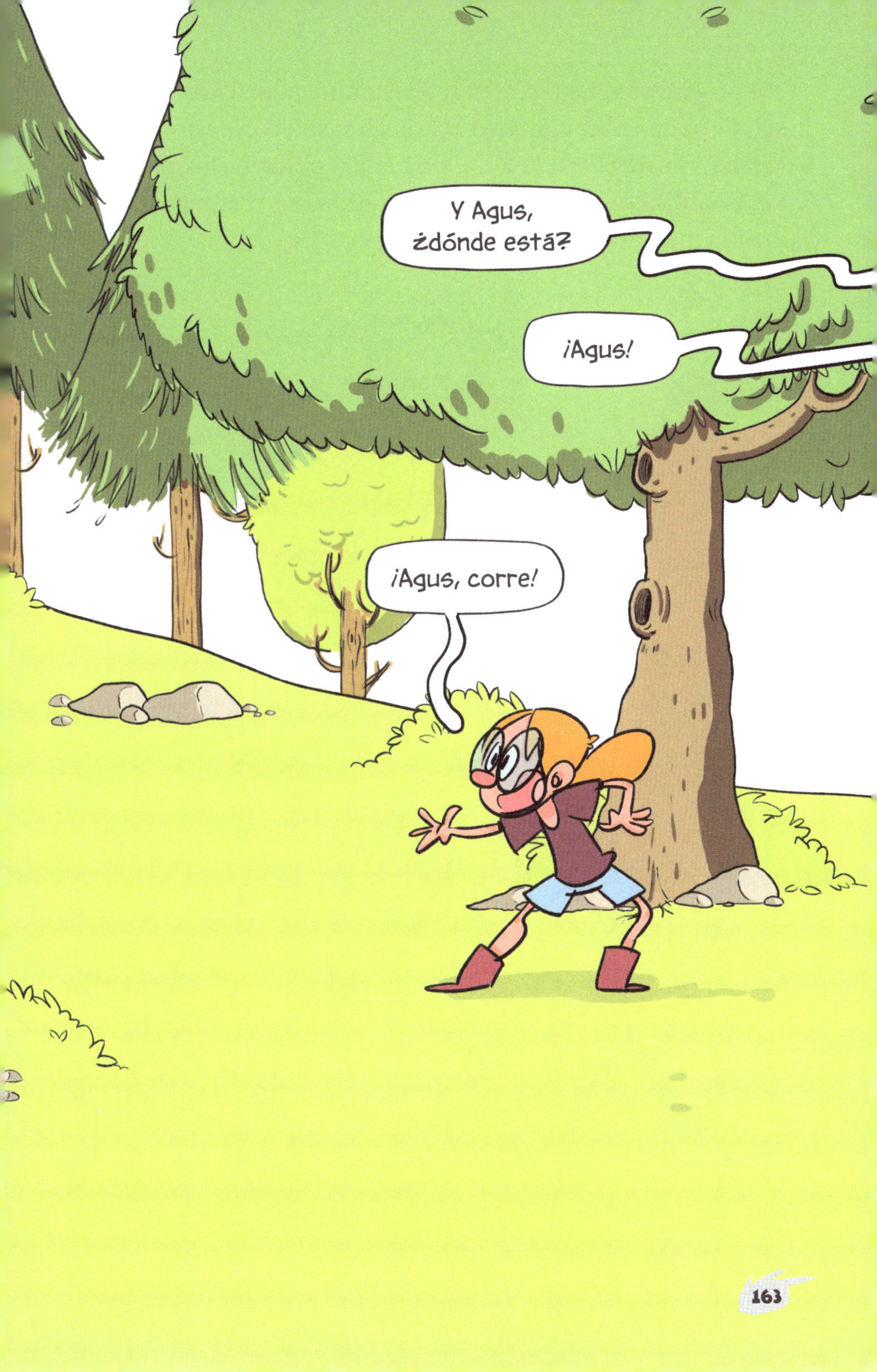
Y Agus,
¿dónde está?
¡Agus!
¡Agus, corre!

No se sabe cómo, gracias al Intercomunicador Total, Brex consiguió ponerse en contacto con la Dra. Veter. ¡Nuestros amigos estaban en el *Libro de los monstruos* y nosotros los podíamos ver y hablar con ellos! Bueno, aunque en esos momentos a mí la alegría me impedía hablar.

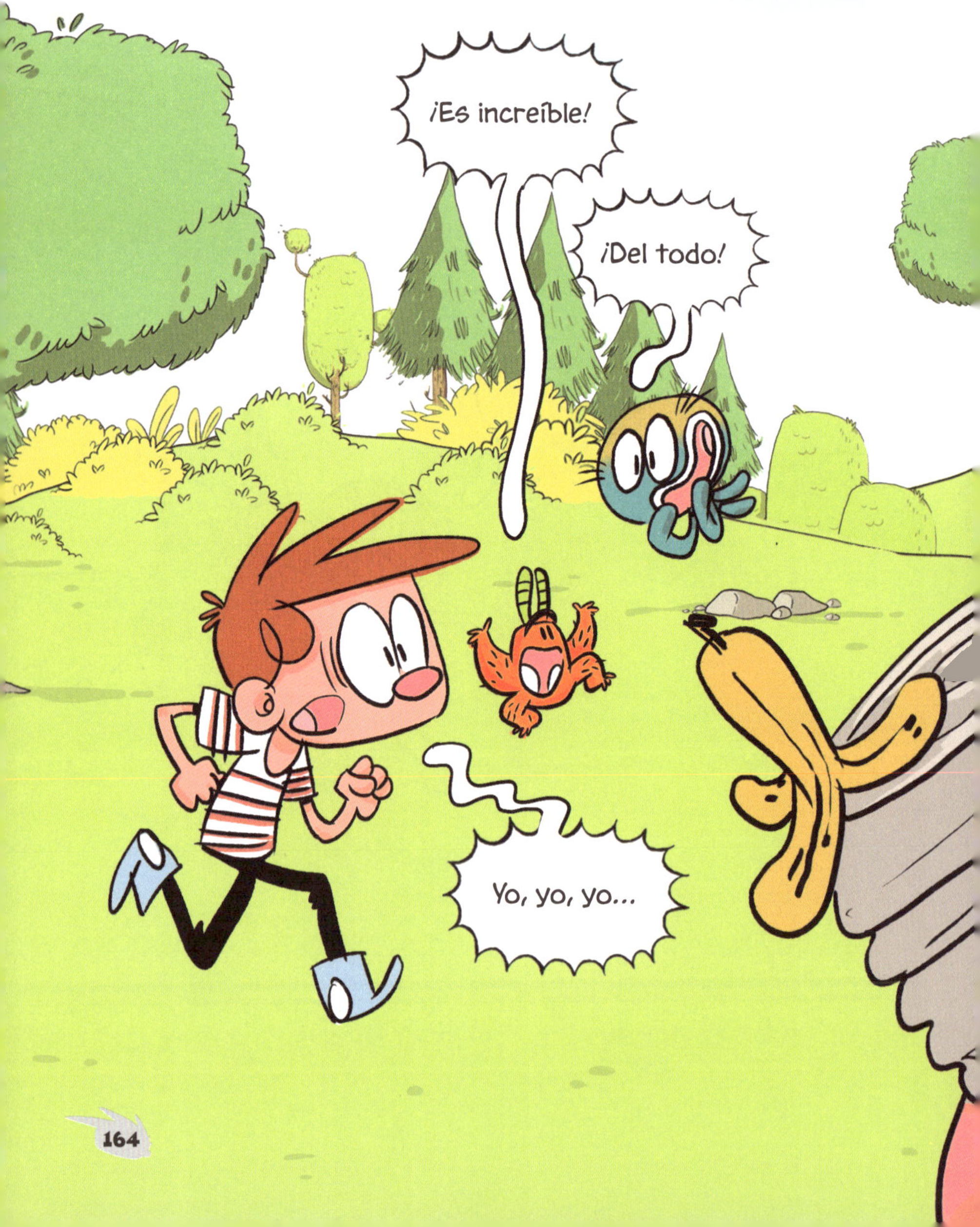
¡Es increíble!
¡Del todo!
Yo, yo, yo...

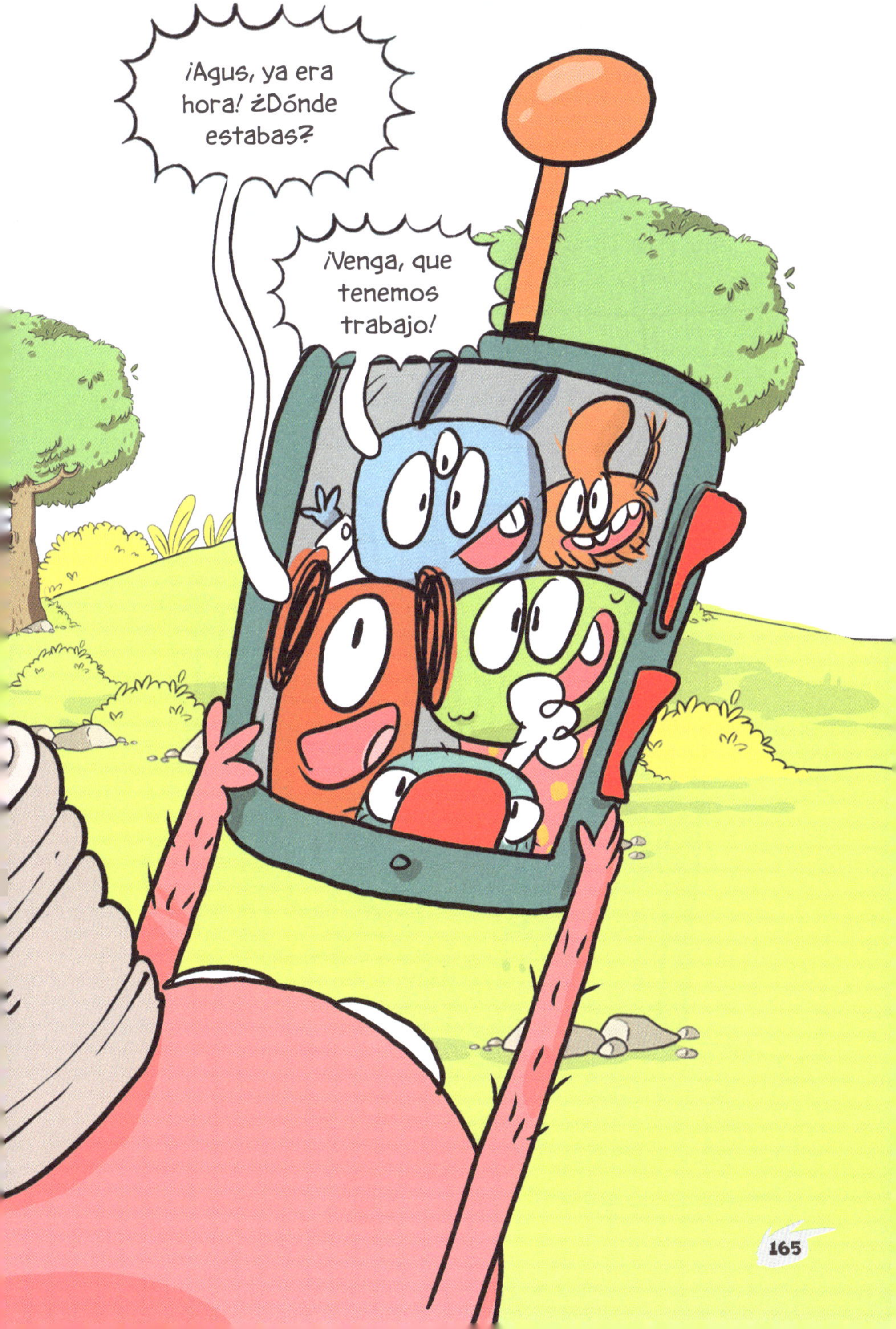
¡Agus, ya era hora! ¿Dónde estabas?
¡Venga, que tenemos trabajo!

El «nunca más» que yo había pensado cuando nuestros amigos desaparecieron había terminado. Los teníamos allí y, según ellos mismos, disfrutábamos de una oportunidad de poder volver a estar juntos.

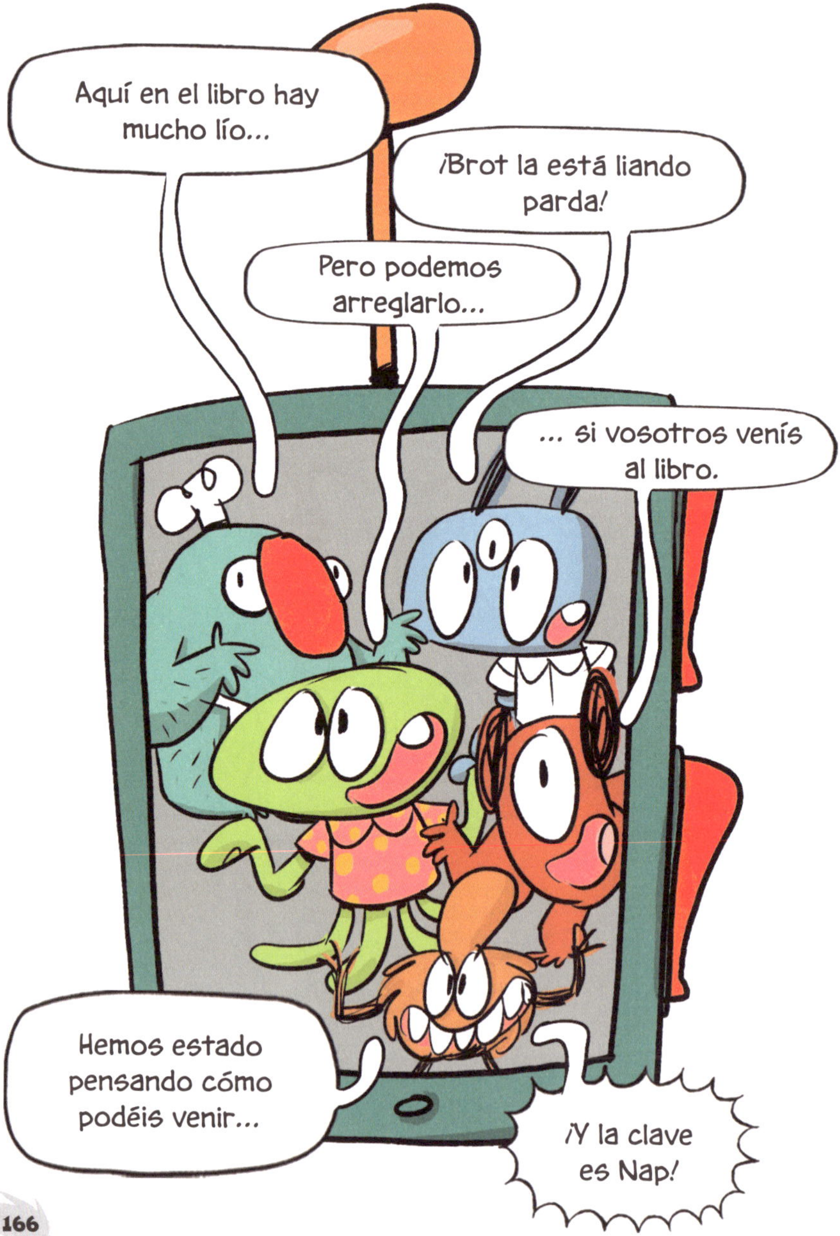
Aquí en el libro hay mucho lío...
¡Brot la está liando parda!
Pero podemos arreglarlo...
... si vosotros venís al libro.
Hemos estado pensando cómo podéis venir...
¡Y la clave es Nap!

Era difícil pensar que Nap, con su tontería habitual, fuera la clave de nada.

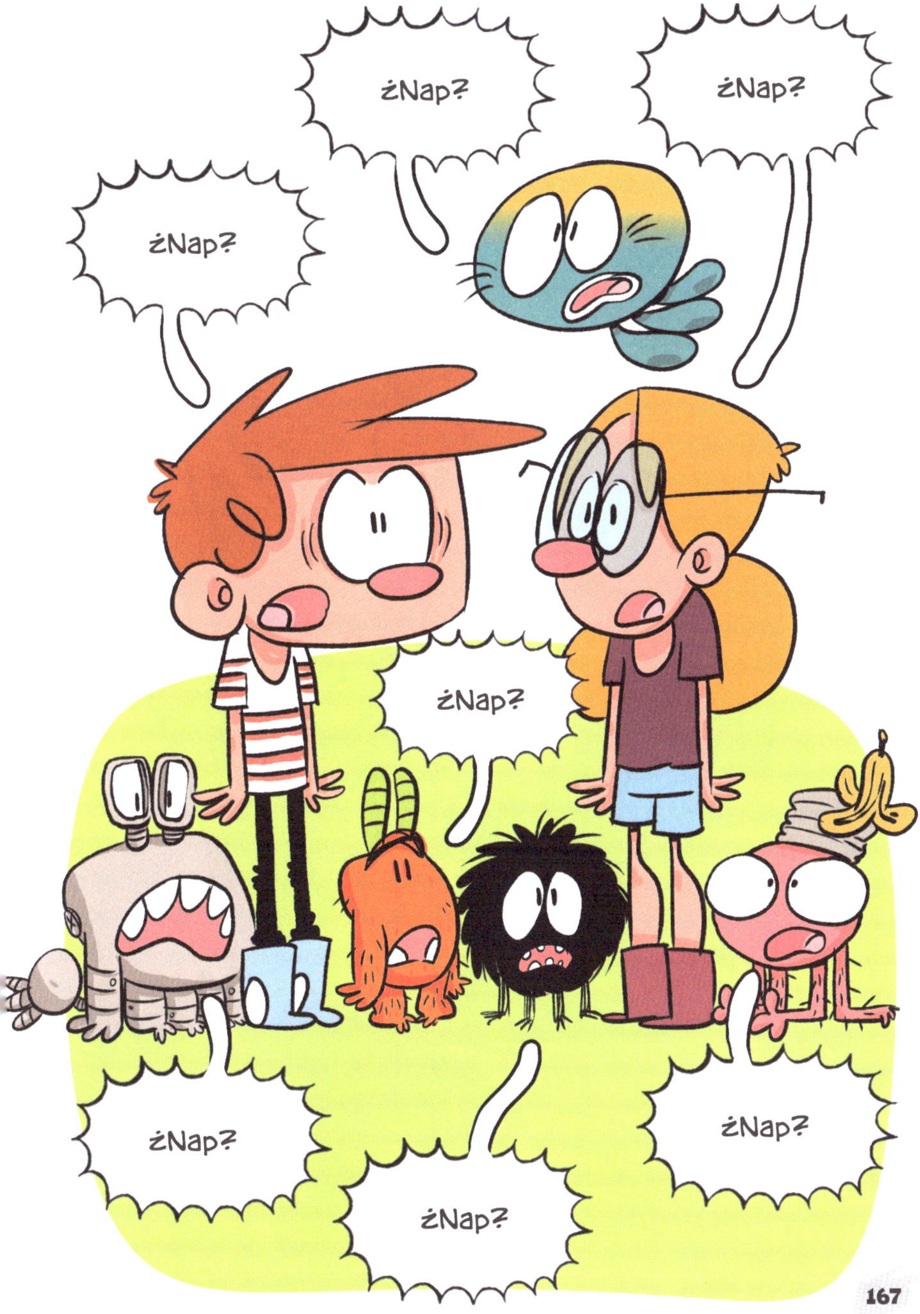
¿Nap?
¿Nap?
¿Nap?
¿Nap?
¿Nap?
¿Nap?
¿Nap?

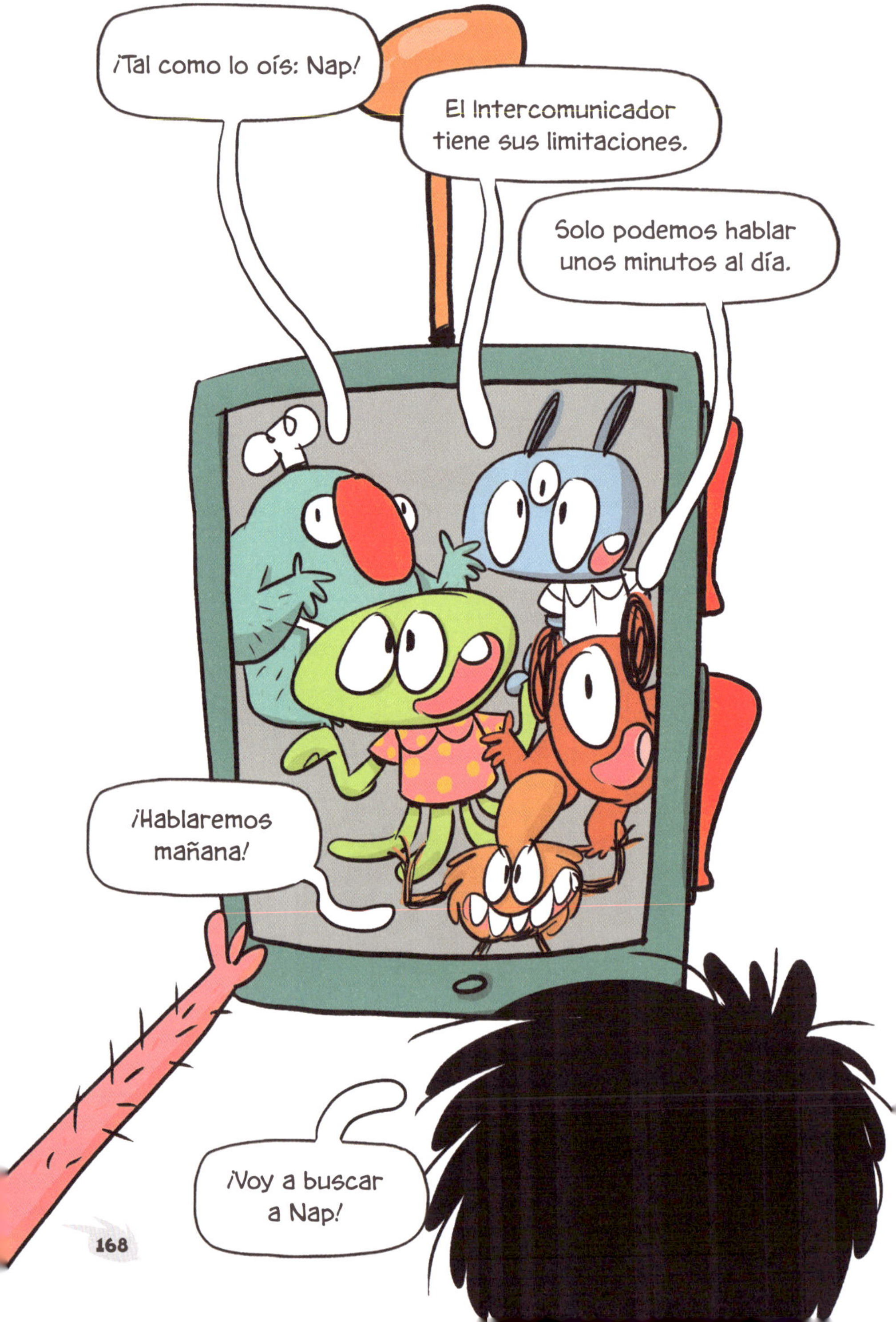
¡Tal como lo oís: Nap!
El Intercomunicador tiene sus limitaciones.
Solo podemos hablar unos minutos al día.
¡Hablaremos mañana!
¡Voy a buscar a Nap!

Hole regresó con Nap, que se mostró encantado de colaborar con nosotros en lo que fuera necesario, aunque él mismo se hacía cruces de ser la clave de nada.

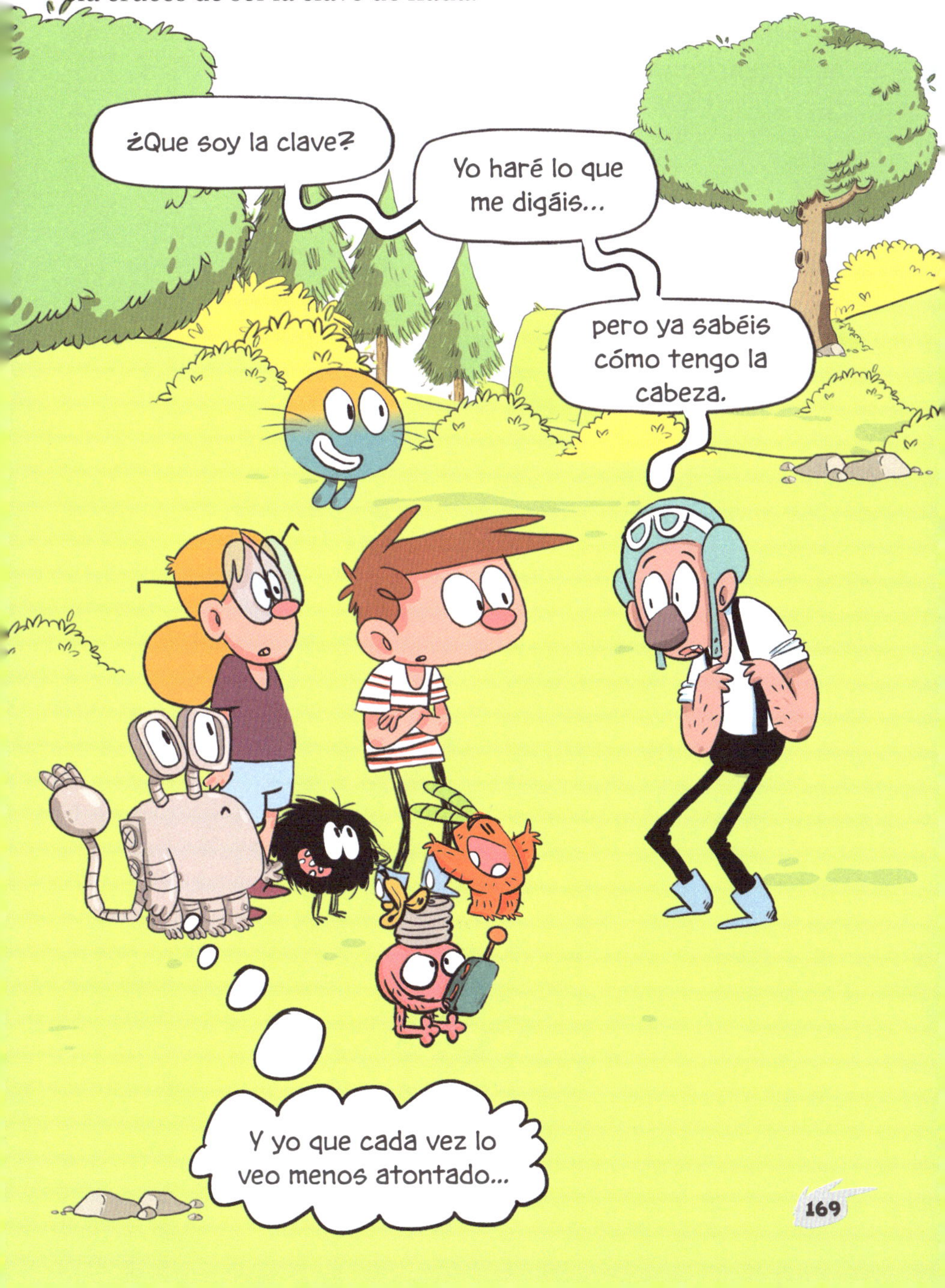
¿Que soy la clave?
Yo haré lo que me digáis...
pero ya sabéis cómo tengo la cabeza.
Y yo que cada vez lo veo menos atontado...

Y allí, en el parque, con Nap y los monstruos, como decía el poema de Walt Whitman, disfrutamos del pánico que provocaba tener la vida ante nosotros y de saber que habría un mañana, y luego otro y otro… Y estábamos dispuestos a luchar todos para reencontrarnos con nuestros amigos.

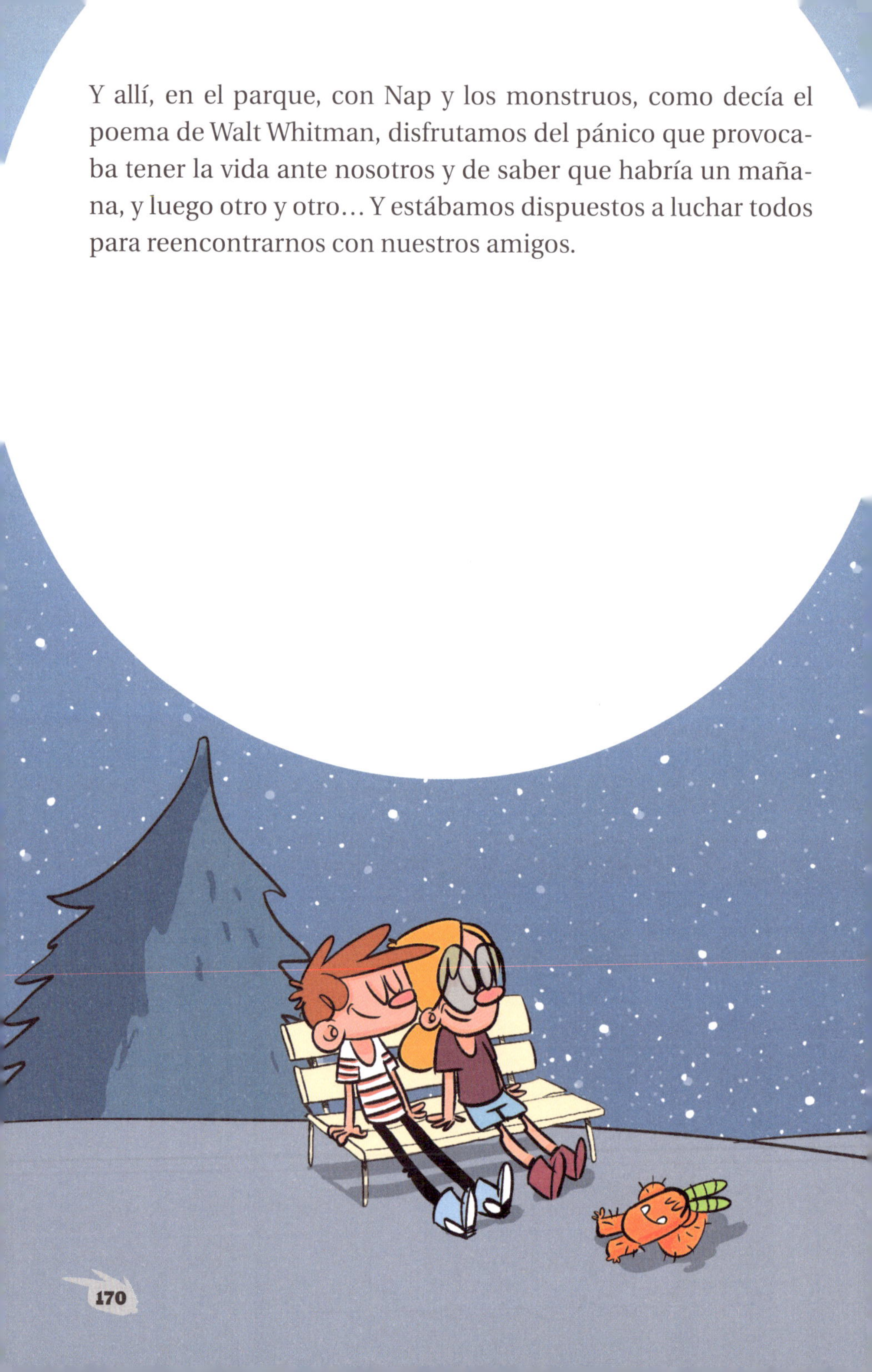

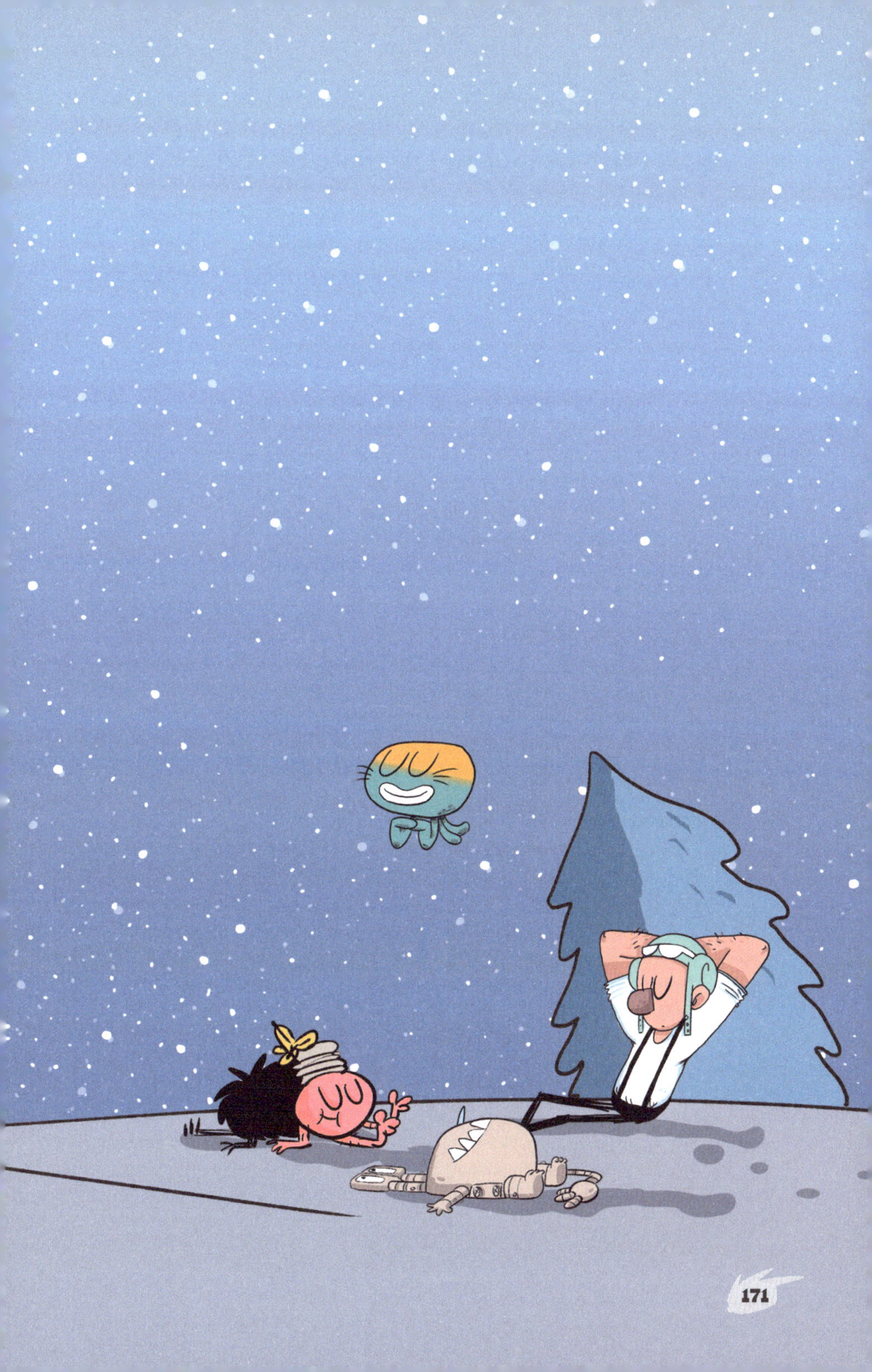

Y MUY PRONTO...
UNA NUEVA AVENTURA:

EL MAGO PAN

Un problema de los gordos,
mucha tontería acumulada,
una difícil solución
¡Y MUCHOS, MUCHOS LÍOS!

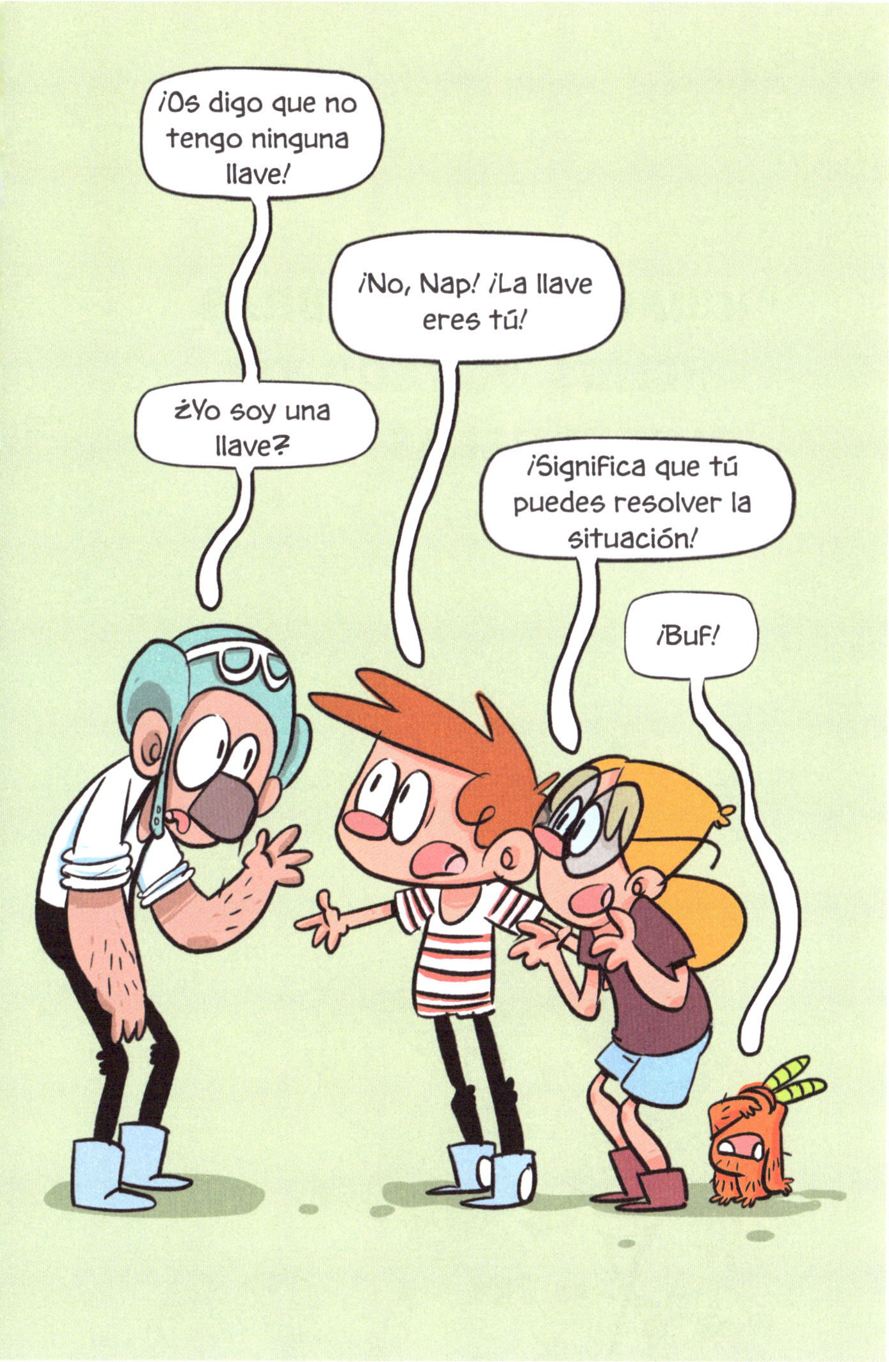
¡Os digo que no tengo ninguna llave!
¿Yo soy una llave?
¡No, Nap! ¡La llave eres tú!
¡Significa que tú puedes resolver la situación!
¡Buf!

¡CUÁNTAS AVENTURAS HEMOS VIVIDO YA! ¡DESCÚBRELAS TODAS!

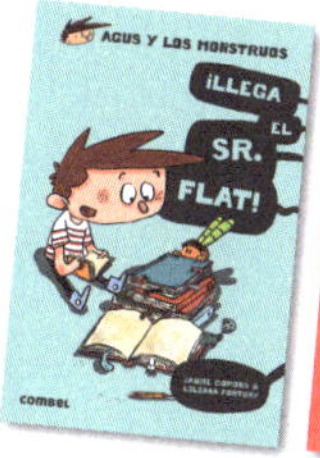
AGUS Y LOS MONSTRUOS
¡LLEGA EL SR. FLAT!
combel
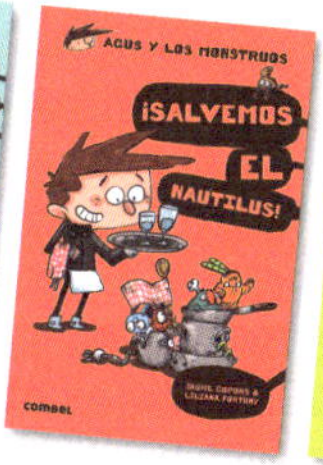
AGUS Y LOS MONSTRUOS
¡SALVEMOS EL NAUTILUS!
combel
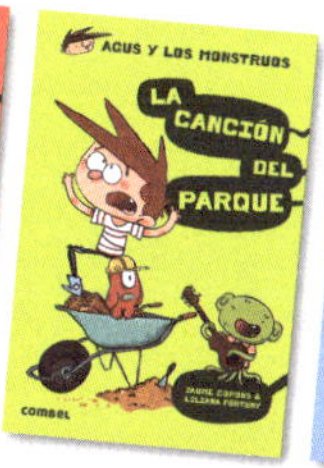
AGUS Y LOS MONSTRUOS
LA CANCIÓN DEL PARQUE
combel
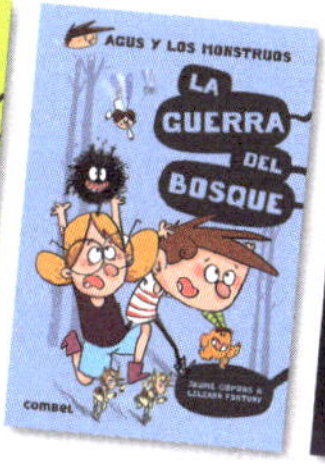
AGUS Y LOS MONSTRUOS
LA GUERRA DEL BOSQUE
combel
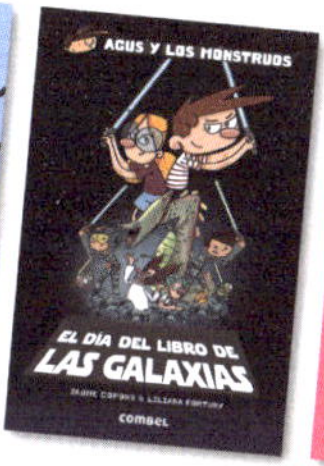
AGUS Y LOS MONSTRUOS
EL DÍA DEL LIBRO DE LAS GALAXIAS
combel
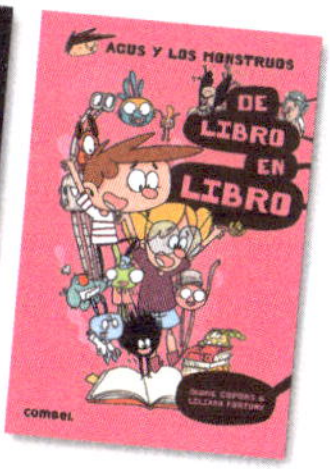
AGUS Y LOS MONSTRUOS
DE LIBRO EN LIBRO
combel
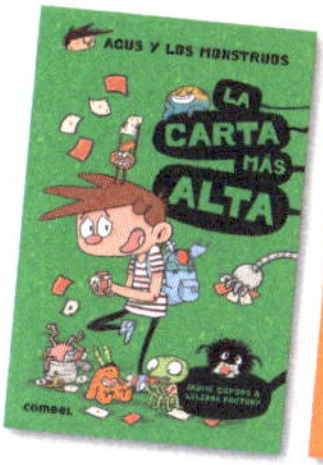
AGUS Y LOS MONSTRUOS
LA CARTA MÁS ALTA
combel
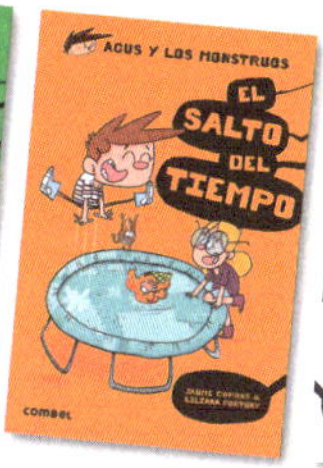
AGUS Y LOS MONSTRUOS
EL SALTO DEL TIEMPO
combel
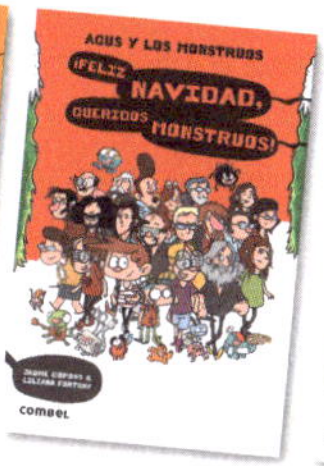
AGUS Y LOS MONSTRUOS
¡FELIZ NAVIDAD, QUERIDOS MONSTRUOS!
combel
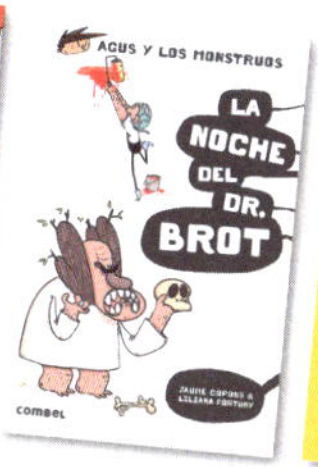
AGUS Y LOS MONSTRUOS
LA NOCHE DEL DR. BROT
combel
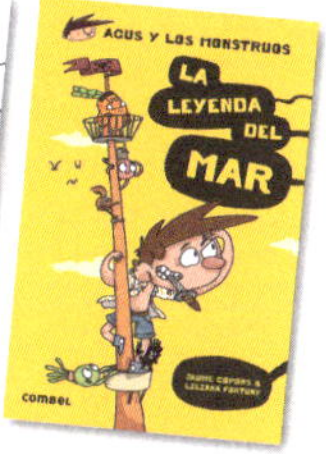
AGUS Y LOS MONSTRUOS
LA LEYENDA DEL MAR
combel
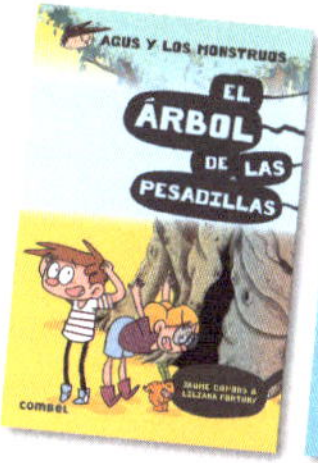
AGUS Y LOS MONSTRUOS
EL ÁRBOL DE LAS PESADILLAS
combel
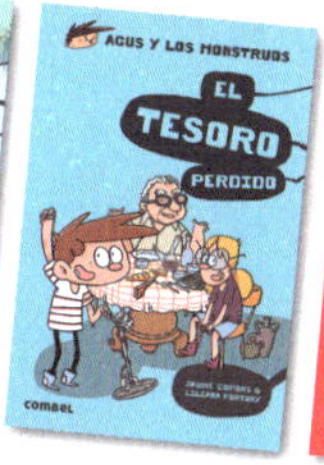
AGUS Y LOS MONSTRUOS
EL TESORO PERDIDO
combel
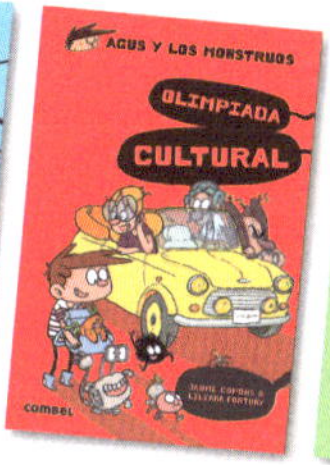
AGUS Y LOS MONSTRUOS
OLIMPIADA CULTURAL
combel
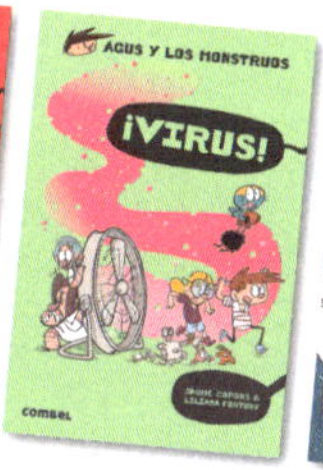
AGUS Y LOS MONSTRUOS
¡VIRUS!
combel
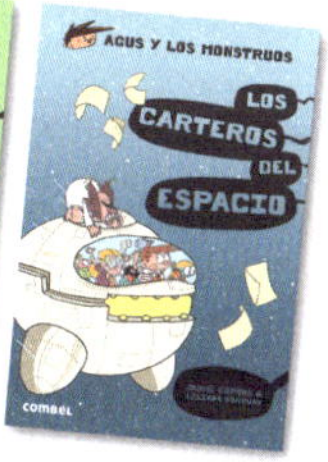
AGUS Y LOS MONSTRUOS
LOS CARTEROS DEL ESPACIO
combel
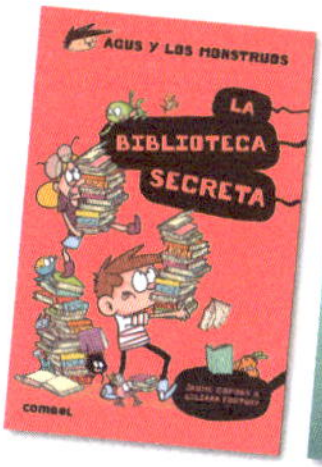
AGUS Y LOS MONSTRUOS
LA BIBLIOTECA SECRETA
combel
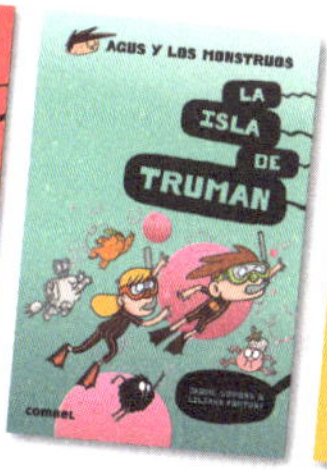
AGUS Y LOS MONSTRUOS
LA ISLA DE TRUMAN
combel
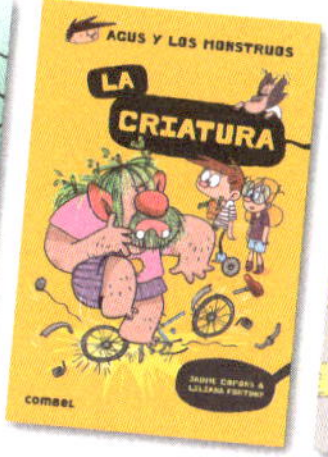
AGUS Y LOS MONSTRUOS
LA CRIATURA
combel
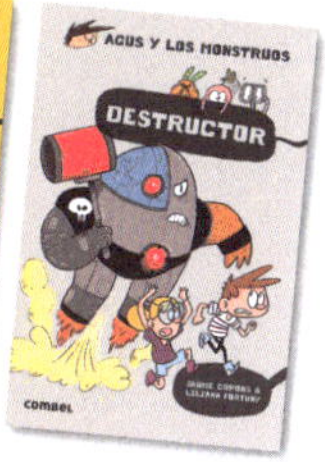
AGUS Y LOS MONSTRUOS
DESTRUCTOR
combel
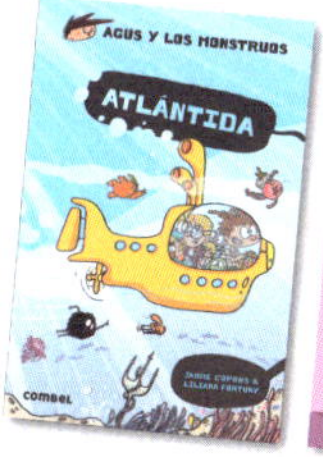
AGUS Y LOS MONSTRUOS
ATLÁNTIDA
combel
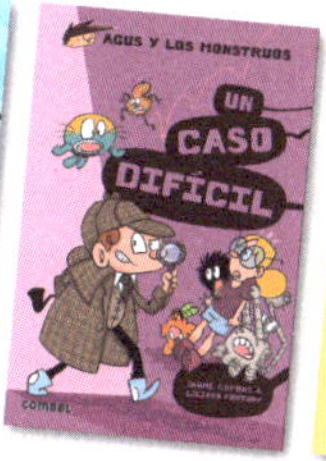
AGUS Y LOS MONSTRUOS
UN CASO DIFÍCIL
combel
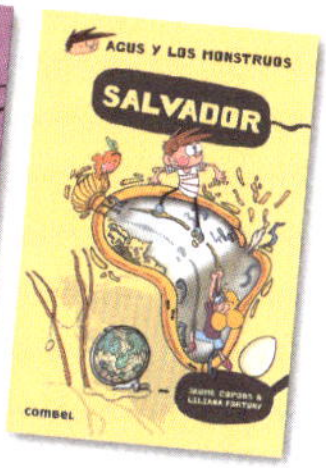
AGUS Y LOS MONSTRUOS
SALVADOR
combel
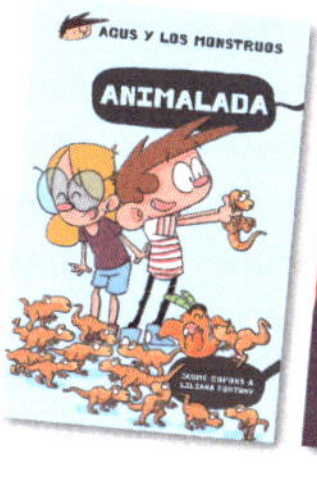
AGUS Y LOS MONSTRUOS
ANIMALADA
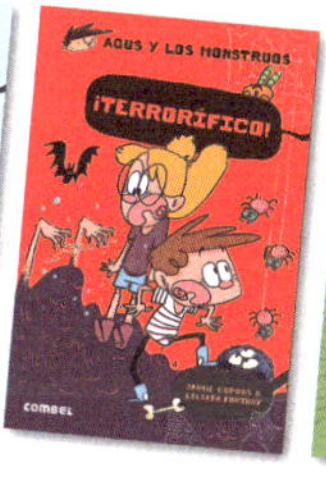
AGUS Y LOS MONSTRUOS
¡TERRORÍFICO!
combel
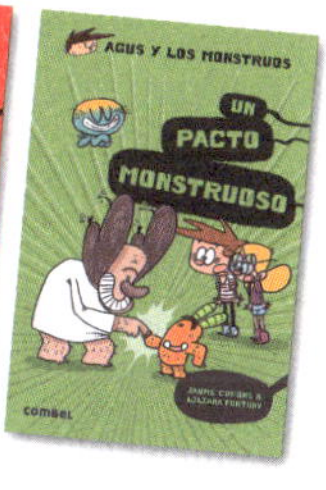
AGUS Y LOS MONSTRUOS
UN PACTO MONSTRUOSO
combel

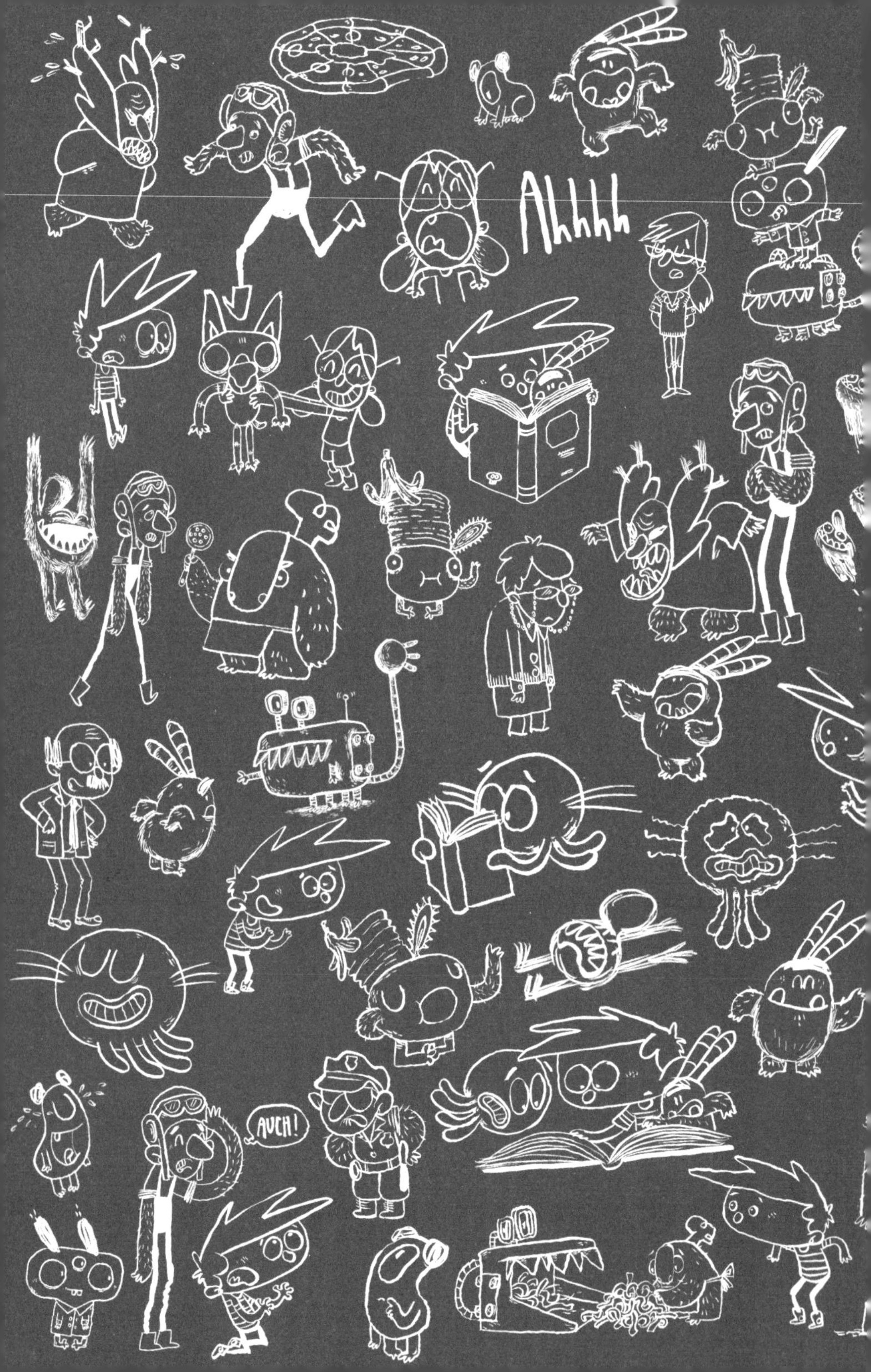
Ahhhh
AUCH!